Kerstin Ekman
Mittsommerdunkel

SERIE PIPER

Zu diesem Buch

Die dunklen Wintermonate können in dem abgelegenen nordschwedischen Dorf sehr lang sein. In ihrem vor Kälte ächzenden Haus versucht Helga Wedin nicht zu verzweifeln und ist froh, daß ihr Geliebter Edvard Arbeit in der fernen Schwefelfabrik gefunden hat. Als Helga den kleinen Dorfladen ihres Onkels erbt, entdeckt sie im Lagerraum etwas, das wie die Lösung ihrer Probleme aussieht: Zucker und Hefe liegen dort, und das in überraschend großen Mengen. Gemeinsam mit ihrer Stieftochter Åsa und dem zurückgekehrten Edvard entwirft sie einen Plan – in Zeiten strengen Alkoholverbots wollen sie die Schnapsbrennerei in dem kleinen Ort wiederaufnehmen. Unermüdlich machen sie sich daran, ihr geheimes Vorhaben in die Tat umzusetzen. Eine große Feier zur Mittsommernacht soll schließlich die Belohnung für all ihre Strapazen werden. Doch Neid und Mißgunst gewinnen die Oberhand … In ihrem wiederentdeckten Roman erzählt Kerstin Ekman eine spannungsgeladene Geschichte um eine ungewöhnliche Dreiecksbeziehung.

Kerstin Ekman, geboren 1933 in Mittelschweden, zählt zu den bedeutendsten schwedischen Autorinnen der Gegenwart. Mit ihrem Roman »Geschehnisse am Wasser« gelang ihr der internationale Durchbruch. Für ihr Werk wurde sie vielfach ausgezeichnet, unter anderem mit dem Literaturpreis des Nordischen Rats und dem renommierten Pilotpreis. Zuletzt erschien von ihr auf deutsch »Der Ruf des Raben«.

Kerstin Ekman
Mittsommerdunkel

Roman

Aus dem Schwedischen von
Hedwig M. Binder

Piper München Zürich

Von Kerstin Ekman liegen in der Serie Piper vor:
Hexenringe (3591)
Am schwarzen Wasser (3613)
Springquelle (3738)
Die Totenglocke (3771, Piper Original 7022)
Mittsommerdunkel (3915, Piper Original 7032)

Ungekürzte Taschenbuchausgabe
Juni 2003

Titel der schwedischen Originalausgabe:
»Mörker och blåbärsris«, Albert Bonniers Förlag, Stockholm 1972

Umschlag / Bildredaktion: Büro Hamburg
Isabel Bünermann, Julia Martinez /
Charlotte Wippermann, Kathrin Hilse
Foto Umschlagvorderseite: Simon Puschmann / Schierke, Frankfurt
Foto Umschlagrückseite: Ulla Montan
Gesamtherstellung: Clausen & Bosse, Leck
Printed in Germany ISBN 3-492-23915-3

www.piper.de

Es gibt genug Schnaps in diesem Land, um das Bett eines großen Norrlandstroms zu füllen. Doch das ist reglementierter Schnaps.

Er ist in künstlichen Seen gespeichert und wird nach genauen Bestimmungen abgelassen. Wenn die Schleusentore geöffnet werden und man das Rauschen dieses reglementierten Schnapses hört – das Samstagsrauschen, die Kavalierstarts –, dann verleiht er Kraft. Die Kraft, Kinder zu zeugen und einander totzuschlagen. Die Kraft, eine weitere Woche durchzustehen.

An den Hebeln sitzen Leute und kontrollieren diesen klaren Strom des Lebenswassers, seinen Ablaß. Ungefähr dieselben Leute sammeln auch diejenigen auf, die es an den Rand geschwemmt hat.

Ein mächtiges Rauschen reglementierter Kraft. Mächtige, lässige Pranken am entscheidenden Hebel: So sieht die Kraft heute aus.

Abseits davon gluckst und plätschert all der Schnaps, der nicht im staatlichen Flußbett strömt. Im Wald verborgene Bäche mit frühlingshaft perlenden Fällen, breite Jauchegräben, anschwellende, übelriechende Flüsse –

– ein kleines Rinnsal in feuchtem Sternmoos:

Über der hohen Kommode in Isak Perssons Kammer in der Diamantkate hängt ein Bild mit schwarzem Holzrahmen. Rechts unten in der Ecke steht »Pfingstsamstag 1965«. Gemalt hat es Adana, und Helga hat es, indem sie das Blatt über eine Reproduktion von Nils Jacob Blommérs »Elfenreigen« gesteckt hat, mit einem Rahmen versehen.

»Pfingstsamstag 1965« ist mit Tempera aus dem Materialbestand der Schule gemalt. Die Farbe ist an sich schon dicker als normale Aquarellfarbe, doch Adana hat ihr zusätzliche Fremdstoffe beigemischt, um sie noch pastoser zu machen. Zum Schluß hat sie das ganze Bild mit dünnem Plastiklack gefirnißt.

Jede Familie im Dorf besitzt eine Farbfotografie oder ein Gemälde ihres Hofes. Vera Strömgren hat das ihre in Öl auf dem Hohlgrund eines alten Backtrogs, was dem Bild eine Dimension verleiht, die in aller Regel fehlt. Adanas »Pfingstsamstag« unterscheidet sich von diesen Hofbildern in zweierlei Hinsicht. Es ist größer, und es umfaßt nicht nur einen Hof, sondern das ganze Dorf. Auch hat sie mit einer Ausdauer daran gearbeitet, die für ein solches Motiv sonst niemand aufgebracht hätte.

An diesem Pfingstabend ist der Himmel über dem Dorf zichorienblau. Er ist dicht und undurchdringlich wie eine Zeltleinwand. Hinter dem Rauch aus den Schornsteinen verläuft wie eine Chinesische Mauer der Älgåsen, und dahinter ragt der Tavelberg auf. Man könnte um das ganze Dorf herumgehen, ohne den Standpunkt der Malerin zu finden. Am nächsten käme man ihm vielleicht, wenn man die alte Mühle bestiege und die Luke unterm Dachfirst öffnete. Doch Adana hat sicherlich nie in dem raunenden Halbdämmer dort oben gesessen und gemalt; sie hat Höhenangst. Wahrscheinlicher ist, daß sie aus dem Gedächtnis gemalt hat und vermutlich im Winter. Sie hat ein ausgezeichnetes Gedächtnis.

Tatsächlich kann man vom Dachboden der alten Mühle aus das ganze Motiv überblicken, bis auf Evert Petterssons Hof und Noréns Villa. Adana hat sie durch einen Trick mit aufs Bild gebracht, indem sie unseren Blickwinkel beiderseits um ungefähr zwanzig Grad erweitert hat. Im übrigen wendet sie die Technik der Meister von Siena an: Sie serviert alles auf einem Tablett mit steil abfallender Perspektive. Diese Technik wird überdies durch die Landschaft gestützt.

Zuvorderst sieht man Onkelchens Laden, sehr weiß und mit heruntergelassenem Rollo an der Tür, und auf dem gelben Viereck steht sorgfältig ausgearbeitet: GESCHLOSSEN. In der Rabatte stehen seine aufrechten weißen Narzissen und darum herum, wie kleine blaue Himbeeren geformt, die Perlhyazinthen.

Die Sorgfalt, die Adana auf die Wirklichkeit verwendet, ist nicht nur der verzweifelte Fleiß der Unkundigen. Es handelt sich dabei auch um eine Wirklichkeitsauffassung und eine Art Kunstanschauung. Man mag es eine Verwechslung nennen: Adana macht keinen Unterschied zwischen einem Gegenstand und dem Abbild, das sie davon schafft. Sie arbeitet, meißelt aus. Am Ende eignet den Gegenständen eine unbestreitbare Realität. Schließlich kann man ihre trockenen, glatten Oberflächen anfassen.

Man sieht die Brücke und das silbrige Wasser, dessen Wellen wie Meringenspitzen hochstehen. Unwirklich hell schlagen zum See hin Espen und Erlen Bogen um Bogen über den Fluß. Wo der See sich weitet, hat das Wasser die Farbe des Himmels, leuchtend zichorienblau. Auf der Brücke steht still ein Mann in brauner Hose und schwarzer Jacke, die Hand auf dem Geländer. Immer.

Am Bahnübergang warnen gelbe Schilder: »Achtung! Stromleitung!«, und die Gleise, glatt wie Aalrücken, verschwinden hinter Wedins Viehstall in dem hellen Wald, der so verheißungsvoll und laubdämmrig ist, daß man meinen könnte, er läge viel weiter im Süden.

Alle Pfingstblumen hat Adana nicht malen können, und sie wollte das Problem nicht dadurch lösen, daß sie auf allen grünen Flächen ein diffuses Getüpfel verteilte. Statt dessen hat sie die Blumen hie und da zu Florenschilden und Sträußen gebündelt: die geneigten Perlenreihen der Maiglöckchen, träge Sumpfdotterblumen am Wasser, Buschwindröschenschnee unter den Bäumen. Adana verabscheut alles Summarische und Allgemeine. Sie nimmt sich der gesamten Wirklichkeit an und formt sie zu einer neuen Substanz, zu konzentrierter Sinnfälligkeit.

Wenn Adana krank und wirr ist, malt sie nicht. Die Person, die Isak Frau Regierungspräsident nennt, hat keine Geduld, und es wäre unvorstellbar, daß sie auf Evert Petterssons Misthaufen Halm an Halm legte oder mit feinstem Pinsel die blauen Pyramiden der Perlhyazinthen baute. Wenn sie böse und rachsüchtig ist, kümmert sie sich nur um den Haushalt und ihre verzwickten Berechnungen. Als sie das Bild malte, war sie ganz normal.

Die Häuser haben Gesichter, doch das haben sie auch in Wirklichkeit. Die Fensteraugen und Türmünder sehen fragend aus, grübelnd, unwissend. Niemals heiter hier. Außer bei ein paar kleinen Gebäuden und Simon Noréns grau-weißer Villa sind alle Dächer im gleichen Winkel gebrochen. In der linken Ecke, bei Evert Petterssons Hof mit seinen sehr dichtstehenden Gebäuden, ist Adana zur Kubistin geworden. Unterhalb der Fliederhecke spielen zwei tote Kinder auf dem Hof, Everts Enkelsöhne, die bei einem Verkehrsunfall im April 1965 ums Leben gekommen sind. Sie haben Bälle geworfen, die unverrückbar im Gras liegen, eine rote und eine blaue Kugel.

Sowohl Evert als auch Ejnar Strömgren haben ihre Kühe hinausgetrieben. Evert hat vierzehn, sie sind alle rundlich und hellbraun. Von Ejnars Kühen sind sechs rotbunt und sieben vom Tieflandschlag. Diese sieben stehen gerade unten an der Bahnlinie, nahe dem stromführenden Draht, der sie einschließt. Sie bilden in ihrem Teil der Lehde ein schwarzweißes Muster. Ihre Hörner sind lyrenförmig, ihre Augen schwarzblau.

Bei Fricks sieht man Bror auf der Drillmaschine und hinter ihm in kleinen goldenen Bogen die Aussaat. Auch Helga sät, oben bei Wedins im Kräutergarten. Ihre Samen liegen dicht und ordentlich wie die Knopfreihe eines langen Handschuhs. Noch hat sie die Erde mit dem Rechen, der daneben steht, nicht über die Furche geschoben. Die Erde ist hellgrau, so als wäre sie sehr warm und trocken. Ansonsten ist das Dorf festlich gekleidet und hat frei. Gej ist unten an der Straße und verharrt, den gekringelten Schwanz auf dem Rücken, in einem Luftsprung. Er hat das Maul zum Bellen geöffnet. Weiter oben, in Richtung Strömgrens und Tabor am Hang, steigt Veras jüngste Tochter in ein Auto. Sie ist weiß gekleidet und soll konfirmiert werden. Das kleine Gesangbuch in ihren Händen ist weithin sichtbar, es ist hart und schwarz.

Auf den hellbraunen Wegen stehen mehrere Leute, die einander das Gesicht zuwenden. Sie stehen nicht fest auf dem Boden, sondern sind auf die Bildfläche geheftet. Doch es mangelt ihnen nicht am Schwerpunkt; sie schwimmen weder noch schweben sie.

Ihre Gesichter sind rund, und sie berühren einander nicht. Sie stehen bei ihren Gegenständen, auf die ihre Blicke gerichtet sind. Ruhend sehen sie nichts an. Man erkennt sie an der Kleidung oder den Utensilien. Ihre Stöcke, Bälle und Maschinen sind schön. Onkelchen geht gerade nach Tabor hinauf, und sein Stock, den er zum Sechzigsten bekommen hat, zeigt vor ihn hin. Helga trägt ihren roten Pullover, den sie eigentlich für Åsa gestrickt hat, aber selbst behalten durfte.

Bei Noréns ist niemand zu sehen. Die Fenster sind gardinenweiß. Adana hat jedoch auf all die Zwiebelgewächse, die auf dem Rasen sprießen, viel Mühe verwendet, besonders auf die kleinen Sterne der Szilla.

Vor Bror Fricks weißem Haus mit der großen Holzveranda steht das alte Häuschen, in dem seine Mutter wohnt. Durchs Fenster kann man die alte Frau dort drinnen sehen. Es stimmt wirklich, daß das Haus wie ein halb durchsichtiges Ei ist, man kann vom Kammerfenster bis zum Küchenfenster hindurchsehen. Wie ein Kükenkeim in einem Ei sitzt die alte Frau stets am Küchentisch. Die leerstehende Schule ist ihr nächster Nachbar. Auf dem »Pfingstsamstag 1965« ist dort geflaggt.

Den Älgåsen und den Tavelberg, die dem undurchdringlichen Himmel am nächsten sind, hat Adana mit Bärten aus Tannenbäumen bemalt. Am Fuß der Hänge ist hellerer Laubwald zu sehen. Die Diamantkate ist nicht mit aufs Bild gekommen, weil sie vom Wald verdeckt wird. Vielleicht wollte Adana sie auch gar nicht malen. Ihr Elternhaus war das von Strömgrens, und dort hat sie die Backstube, in der sie sommers immer gewohnt haben, so rot und mit weißen Ecken gemalt, wie sie einst war. Hinter der Backstube schimmert ein Gesicht durch das Laub und die Himbeerzweige.

Helga hat das Bild zum ersten Mal bei Isak gesehen, als es erst halb fertig war. Trotzdem war sie von seiner Genauigkeit so begeistert, daß ihr die Worte dafür fehlten. Sie selbst könne nicht einmal einen Katzensteiß zeichnen, der auch danach aussehe, behauptete sie. Als das Bild fertig war, bekam sie es.

In ihrer ersten Begeisterung steckte sie es in den Rahmen mit den Elfen und hängte es in der Kammer an die Wand, so daß es zu sehen war, wenn man von der Küche hereinkam, und auch, wenn man auf dem Sofa saß. Nach einiger Zeit mußte sie es umhängen.

Das war in dem Winter, als Egon Wedin rechtsseitig gelähmt im Obergeschoß lag und nicht mehr sprechen konnte. Er starb erst im Winter des folgenden Jahres nach Weihnachten. Das Bild hing in der Stube, und als die Zwangsversteigerung anstand, gab Helga es zur Auktionsmasse, obwohl es eigentlich ihr gehörte. Sie konnte es nicht mehr sehen.

Irgend etwas stimmte nicht mit dem Bild. Auf der Auktion erstand es die Lehrerin. Sie meinte, die Kinder hätten Spaß daran, es anzugucken. Aber dem war nicht so. Als die Schule geschlossen wurde, war das Bild nicht im Inventarverzeichnis aufgeführt, und die Lehrerin hatte es auch nicht in ihrer Wohnung hängen. Isak suchte sie in Adanas Namen auf und fragte, ob es noch vorhanden sei. Sie suchte es hervor, und die beiden bekamen es anstandslos zurück. Adana mochte das Bild, und sie war sich seines Wertes und seiner Eigenart durchaus bewußt.

Die Lehrerin und alle, die es sich öfter als einmal angesehen hatten, stimmten indes darin überein, daß an dem Bild irgend etwas verkehrt war. Doch selbst wenn man näher herantrat, um die Häuser, die runden Gesichter der Leute und die weißen und blauen Frühlingsblumen zu betrachten, konnte man keinen Grund nennen, weshalb es auf die Dauer unmöglich war, es in der Kammer an der Wand hängen zu haben.

Es waren Edvard Evansson und Helga, die Witwe Egon Wedins, sowie Wedins Tochter Åsa, die die im Dorf lange darniederliegende Schnapsbrennerei wiederaufnahmen. Helfeten half mit, weil sie mehr oder minder nicht umhinkamen, seine Hilfe anzunehmen, und erst genießbar machte den Schnaps eigentlich Isak Persson. Adana war natürlich auch mit von der Partie.

Die Ursachen waren mannigfach, die Folgen schwer überschaubar. Der Schnaps wurde schließlich sehr gut und hatte mit dem harten und übelriechenden Sprit, den sie bis dahin für vierundvierzig Kronen und fünfundfünfzig Öre den Liter im staatlichen Alkoholladen gekauft hatten, nichts gemein. Die Brennerei kam erst zu Pfingsten in Gang. Im Nachwinter war Helga allein. Edvard arbeitete dreihundert Kilometer südwärts in der Sulfitfabrik, und Åsa war in Stockholm.

Helgas Tage begannen alle gleich, als fahle Dämmerung in der ausgekühlten Kammer. Das Haus hatte von der nächtlichen Kühle Schmerzen, es knackte und ächzte. Helga blieb liegen, bis der Gråhundmischling in der Küche zu winseln anfing. Wenn sie den Hund hinausließ, kam er gerade noch die Vortreppe hinunter, bevor er einen ätzenden gelben Fleck in den Schnee pinkelte. Sie heizte den Kessel ein, sie machte Kaffee heiß und trank ihn ungesüßt zu zwei Zwiebäcken. Dann ging sie in die Kammer und stellte sich ohne Nachthemd vor den Schrankspiegel, als glaubte sie, eine solche Selbstzucht beim Frühstück würde sich unverzüglich am Bauch und an den Schenkeln bemerkbar machen. Sie trank eine zweite Tasse Kaffee am Küchentisch und saß ganz nahe an der Heizung, die allmählich lauwarm wurde. Auf dem Stuhl neben ihr lag die Katze, funkelte mit den Augen und fuhr die Krallen aus und ein.

Helga war den größten Teil des Dezembers, den ganzen Januar und den Februar bis zu der Woche, die mit dem Fastnachtssonntag beginnt, allein. Sie schlief viel. Die Kälte war meist streng, und es fiel kaum Schnee. Helga tat nichts Besonderes, raffte sich zu keiner Handarbeit auf, langweilte sich. Vormittags machte sie für gewöhnlich sauber, und wenn sie von Zeit zu Zeit die Teppiche hinausschaffte, dann nur wegen Vera Strömgren. Vera, die neben der Schule wohnte, schaffte freitags alle ihre Teppiche hinaus und klopfte sie kräftig. Ihre Füße steckten in Männerbotten und langen, grauen Wollsocken, die ihr fast bis an die Knie reichten, da sie sie nicht umkrempelte. Sie trug einen abgeschnittenen, eingesäumten Wintermantel als Jacke und hatte eine Baskenmütze auf. Diese wurde von einem karierten Wollschal festgehalten, der zugleich die Ohren wärmte. Vera war zweiundfünfzig, genau zehn Jahre älter als Helga.

Vor zwanzig Jahren, als Helga frisch vermählt auf Wedins Hof gekommen war, hatte sie Vera für ein altes Weib gehalten. Sie hatte schon seit der Konfirmation keine eigenen Zähne mehr, und die zehn Jahre zwischen ihnen waren für die gutaussehende Helga eine unüberwindliche Barriere. Nun aber glaubte sie fast zu ersticken, wenn sie Vera durchs Fenster anstarrte. O Gott! In zehn

Jahren! Sie scheuchte die Katze vom Stuhl und rumpelte mit dem Staubsauger in die Kammer. So vergingen die Vormittage, und der Angst hielt sie insoweit stand, daß sie immerhin nicht im Bett blieb.

Als Egon Wedin sie einst mit ins Dorf brachte, wurde sie für überaus hübsch befunden: schwarzhaarig, regelmäßige Züge, kleine Nase, dunkelblaue Augen. Sie war klein und hatte seit damals um den Po und die Hüften zugelegt. Ihr Busen war nicht größer geworden. In jungen Jahren hatte sie Lachgrübchen gehabt, doch nun verlief von der Stelle des einen Grübchens zur anderen eine tief eingegrabene Furche unterm Kinn. Unter dieser Furche hatte sich die Haut verändert, sie hatte ihre Elastizität verloren und war leblos geworden. Das Haar war noch immer kräftig und saß tadellos, wenn sie es kämmte. Es war von vielen Silberfäden durchzogen, doch sie war nach wie vor unverkennbar schwarzhaarig. Wie schon im Alter von zwanzig Jahren hatte sie eine Frisur, die man Pagenkopf nannte und die sie dadurch zustande brachte, daß sie ihre Haare auf einen wurstähnlichen Lockenwickler drehte, der mit einem Gummiband auf dem Scheitel festgehalten wurde.

Sie war dreizehn Jahre mit Egon Wedin verheiratet, als er eine Gehirnblutung bekam und aus dem Sulky geworfen wurde. Der frisch erworbene Traber, fünfunddreißigtausend Kronen wert, ging durch und wurde auf der Reichsstraße von einem Lastwagen getötet. Edvard Evansson, der ursprünglich als Knecht auf den Hof gekommen war, mußte diesen in den verbleibenden Monaten bis zum Konkurs und zur Zwangsversteigerung nun allein bewirtschaften. Egon kam nicht mehr auf die Beine, sondern lag einseitig gelähmt darnieder und starrte selbst im Schlaf mit dem einen Auge, das er nicht mehr schließen konnte. Viele Leute glaubten, er sei dem Säuferwahn verfallen, doch das stimmte nicht.

Edvard und Helga schliefen miteinander vom zweiten Jahr an, das er bei ihnen arbeitete, nachdem sie sich angefreundet hatten und es gewohnt waren, sowohl bei der Arbeit als auch am Feierabend zusammenzusein. In den Zeiten, in denen Egon Wedin zu Hause war, war das schwierig für sie.

Hinter dem Waschhaus wuchsen Hopfenranken. Eines Augustabends hatte Helga ein Litermaß voll Hopfenzapfen gepflückt und Egon ins Kopfkissen gestopft. Da war er schon geschlagene drei Wochen zu Hause, und Edvard und Helga waren die ganze Zeit über nicht zusammengekommen. Er war sehr mißtrauisch.

Der Hopfen schläferte ihn ein, und er fiel in so tiefe Bewußtlosigkeit, daß Helga schon glaubte, sie hätten ihn umgebracht. Den ganzen nächsten Tag über hatte er Kopfschmerzen und mußte sich erbrechen. Sie wagte das nie wieder zu tun. Nach dem Unfall freilich brauchten sie keine weiteren Vorsichtsmaßnahmen zu treffen, als sie selbst wollten, denn Egon konnte sich weder rühren noch sprechen.

Der Hof lag an einer steilen Halde; die Backstube, die Nebengebäude und der Brennholzschuppen waren schief vor Alter und sahen aus, als würden sie gleich den Hang hinunterrutschen. Das Wohnhaus und der Viehstall standen noch einigermaßen aufrecht. Hier hatte man es sich einst leisten können, großzügig mit Bauholz umzugehen – der Viehstall war so angelegt, als hätte man eine Kirche zu bauen begonnen. Nun stand er leer, die Fensterscheiben waren eingeschlagen, und die Türen hingen schief.

Das Wohnhaus war gezimmert und verschalt. Wind und Schnee hatten das Holz bearbeitet, bis es den gleichen milden Glanz angenommen hatte wie der Rücken alter Zibben. In einem gewissen Licht aber, meist im März und November, war das Haus grau wie die leibhaftige Hoffnungslosigkeit. Es war groß, doch hinter der eindrucksvollen Fensterreihe des Obergeschosses gähnte die Leere. Helga wohnte mit Gej und der Katze im Erdgeschoß. Sie benutzten lediglich die Küche und die Ecke der Kammer, in der der Fernseher und das Bett standen.

Die Landwirtschaft gehörte einst zu den größten dieser Gegend, zu Egon Wedins Zeit waren jedoch Veränderungen eingetreten. Es hieß, Wedin sei einer der Pioniere des Dorfes gewesen. Einer der Pioniere, was den Verkauf der Ackerkrume anbelangte. Nunmehr bestand das Wedinsche Anwesen nur noch aus dem Hofgrundstück samt Gebäuden. Helga mietete das Haus vom Forstunternehmen.

Egon Wedin hatte eine Zeitlang acht Pferde im Stall stehen gehabt. Sie trabten in ganz Norrland, und er konnte wochenlang fort sein. Im ersten Jahr ihrer Ehe war Helga manchmal dabei, der Stolz eines alten Mannes.

Jetzt konnte der Hof an der steilen Halde zwischen mehreren Schneefällen so gut wie unberührt daliegen. Katzen und Hermeline bestickten die weiße Decke mit ihren Pfoten, Vogelkrallen steppten rings um die Apfelbäume planlose Stiche. Aus dem Weiß ragten Rainfarn und zierliche Doldengewächse empor, die an feuchten Tagen von Frostkristallen verlängert wurden.

Am Kellerhang wuchsen im Sommer Steinnelken, Stiefmütterchen, Pechnelken und die Borsten der Brunelle. In der Julihitze duftete der Sandthymian, dann kam das Johanniskraut und schließlich der kräftig gelbe Rainfarn, der alle anderen Gerüche verdrängte. Helga hatte ein paar weiße Buschrosen in der Rabatte an der Vortreppe, ein Gestrüpp von Akeleien und vereinzelte brandgelbe Lilien. Der wilde Wein rankte noch immer bis zum Dachgeschoß, niemand hatte ihn beschnitten. Es war nicht mehr alles so wie früher, doch manchmal, wenn es sehr still war, fiel es Helga schwer, zu sagen, worin der Unterschied bestand.

Am elften Montag, an dem sie allein war, fuhr sie mit dem Tretschlitten zweimal zu Onkelchens Laden hinunter. Die Geführigkeit des Schnees war rauh in der Kälte. Als sie die Tür öffnete und es drinnen im Dunkeln bimmelte, wäre sie gern jemand anders gewesen, eine kaufkräftige und nicht verwandte Person. Es dauerte eine Weile, bis er aus dem Lagerraum geschlurft kam. Er trug karierte Filzlatschen gegen die Kälte, hohe Hausschuhe mit Spangen und Schnallen.

»Ach, du bist es«, sagte er.

Er roch wie sein Laden, und dieser Geruch erinnerte an eine alte Gewürzlade, doch war da auch eine Beimischung von etwas Ekligem, so als wäre zwischen Nelkenblüten und Pfefferkörnern versteckt Mäusekot vertrocknet.

Sie kaufte bei ihm Margarine, Frühstückswürstchen, Käse und Bier. Vom Hackfleisch sah sie trotz seines Zuredens ab. Es wurde schon dunkel und schorfig. Sie kaufte noch ein Kastenbrot.

»Und ich dachte, du würdest backen«, sagte Onkelchen.

»Ich brauche für mich allein nicht zu backen. Ich würde nur dasitzen und altes Brot essen.«

»Fünfzehn fünfundneunzig«, sagte Onkelchen gewissenhaft, ehe er die Summe in das braungestreifte Buch eintrug. Es war seine Liebe zu Zahlen und jeglicher Art Exaktheit, die ihn in diese nach Wurst und Waschmittel duftende Welt geführt hatte.

»Jetzt schuldest du mir hundertzweiundachtzig Kronen mehr, als du Rente hast«, sagte er, und als Helga nicht reagierte:

»Wann kommt denn Edvard wieder heim zu dir?«

»Nun, ich weiß nicht.«

Sie spürte, daß ihr Gesicht und ihr Hals fleckig wurden.

»Da ist es wohl recht einsam.«

Auch darauf reagierte sie nicht.

»Nun, ich weiß nicht«, echote Onkelchen schließlich, und damit versandete ihr Gespräch wie schon so oft.

Der Laden lag in der Nähe der alten Mühle, ein weißes, zweigeschossiges Haus mit einem Schaufenster im Parterre. Das hatte Onkelchen vor Jahren mit *Jör*-Waschmittelpaketen vollgestapelt, und zu Weihnachten hängte er immer bunte Glaskugeln dazwischen. Einige Kugeln waren kaputtgegangen, und die Scherben lagen nach wie vor zwischen den Waschmittelkartons. Es kam oft vor, daß die Leute vorbeifuhren und glaubten, der Laden habe wie der Konsum auch dichtgemacht.

Er hatte die Vortreppe nicht geräumt. Neuschnee lag, und außer Helgas Spuren war auf den Stufen nur ein Muster von Pfoten zu sehen, die nicht größer waren als Zehnörestücke. Er hatte am Vormittag keine Kundschaft gehabt, keine Lieferung. Nur das Hermelin.

Das Quecksilber kroch auf dreiundzwanzig Grad minus. Kein Auto kam den Hang herauf, kein Mensch auf einem Tretschlitten, nichts. Der triste Nachmittag senkte sich herab, das blaue Licht kam, und die Kälte nahm zu. Draußen wurde jegliches Lebenslicht heruntergedreht. Helga saß da und fragte sich, wo die Wasseramsel sei oder der Birkenzeisig. Das arme Helgawürmchen unter dem großen, leeren Himmel, es fürchtete den Nachmittag mehr als die Nacht und die Dunkelheit.

Die Dämmerung brach jetzt rasch herein, und die kleinen Häuser schwebten schwerelos zwischen Himmel und Schnee, das Blau verdichtete sich zu Schwarz. Helga weinte und verachtete sich selbst, weil sie da am Küchentisch saß und schluchzte. Sie spürte schon im voraus den Druck der langen Nacht und die Stille voller leiser Geräusche, voller Gescharr, Gezisch und Geknispel, womöglich Geräusper. Und die künstliche dumpfe Stille, wenn sie den kleinen Finger so weit wie möglich in den Gehörgang steckte und das andere Ohr fest ins Kissen preßte.

Sie wußte sehr wohl, daß bestimmte Arbeiten getan werden mußten, auch wenn einem das Geschick dazu fehlte. Was ihre selbstgebackenen Semmeln manchmal bewiesen hatten, ihre Webarbeiten mit den losen Kanten und gerissenen Kettfäden, dunkelbraunes Apfelmus, eingemachte Himbeeren, die schimmlig und dünnflüssig geworden waren. Sie wußte ebenso, daß etlichen Gefahren auch ohne Mut ins Auge geblickt werden mußte.

Auf jeden Fall aber wollte sie Zigaretten haben. Bevor es richtig dunkel war, nahm sie den Tretschlitten und fuhr noch einmal zu Onkelchen hinunter, um sich ein Päckchen zu kaufen. Sie hatte eigentlich aufgehört zu rauchen, und das wußte er.

Diesmal kam er nicht in den Laden heraus, als die Glocke bimmelte. Sie fand ihn im Lager auf dem Platz, auf dem er immer seinen Nachmittagskaffee trank. Er hatte sich ein Sirupbrot geschmiert, war aber nicht dazu gekommen, hineinzubeißen. Die Knäckebrotscheibe war mit der beschmierten Seite nach unten auf seinem Schoß gelandet, und der Sirup rann ihm zäh am Bein entlang. Ansonsten war alles still. Abrupt verließ Helga rückwärts den Raum und schloß die Tür. Mit zögernden, feierlichen Bewegungen knöpfte sie ihren Mantel auf und setzte sich auf den kunstlederbezogenen Hocker vor der Ladentheke. Sie fühlte sich innerlich so leer wie Onkelchens Körper auf der anderen Seite der Tür.

Als Vera Strömgren kam, um ein wenig Kaffee zu kaufen, fand sie Helga einsam im Laden vor. Sie saß da und rauchte, die Zigarettenpackung hatte sie dem Ständer auf der Ladentheke entnommen. Vera war ihr dabei behilflich, den Bezirksarzt anzurufen, und sie lieh ihr ein schwarzes Kleid.

»Denn eigentlich war er ja *dein* Onkel«, sagte sie, und das stimmte auch, obwohl alle Welt ihn Onkelchen genannt hatte. Der Doktor sagte, ihn habe der Schlag getroffen, und am Abend kam die Polizei und jagte ihr einen Schrecken ein. Es hatte jedoch alles seine Richtigkeit. Sie erklärten, sich alle Todesfälle, die außerhalb des Krankenhauses einträten, ansehen zu müssen. Helga hatte vom Doktor Beruhigungsmittel bekommen sowie ein Röhrchen mit starken Schlaftabletten. Sie dachte an die vielen Stunden traumlosen Schlafs, die in diesem Röhrchen steckten, und lehnte Veras Einladung, bei ihr zu übernachten, dankend ab. Bevor sie sich trennten, sagte Vera noch, sie solle Edvard anrufen.

Sie telefonierte bei Strömgrens in der Diele. Die Tür zur Küche stand halb offen, und Helga wurde nervös.

Edvard war nicht mehr dort. Er hatte in dem Werk aufgehört, seine Sachen gepackt und sein Zimmer gekündigt. Die Finnin, bei der er gewohnt hatte, wußte nicht, wohin er verschwunden war.

Für Edvard begann der elfte Montag damit, daß sie an einem Rohr ein Leck hatten. Er war umhergerannt und hatte es zu lokalisieren versucht, während die Luft vom Säuregeruch immer stickiger wurde. Der alte Bengtsson kümmerte sich derweilen allein um die Probeentnahme, und dann signalisierte er ihm, daß es Zeit für den Auslaß sei. Sie hatten acht Kocher, die über alle Etagen gingen, und irgendwo ganz weit oben wurden die Holzschnitzel nachgefüllt. Edvard und der alte Bengtsson sahen denjenigen, der die Nachfüllungen besorgte, jedoch nie. Meistens sahen sie die ganze Schicht über nur einander.

Der Alte war schon lange hier und gegen Leckagen fast unempfindlich. Er hatte nur ein Auge, und damit glotzte er Edvard jedesmal an, wenn er hörte, daß dieser hustete, weil ihm der Rachen brannte und stach. Als sie den Zellstoffbrei gerade auslassen wollten, schien sich das Leck plötzlich vergrößert zu haben, und Edvard bekam Nasenbluten, als er rannte, um Gasmasken zu holen.

Daheim in der Zellulosefabrik hatte er in der Putzerei gearbeitet. Das Gepolter war dermaßen laut gewesen, daß es ihm so oft vorgekommen war, als fielen und plumpsten die Stämme auch nach dem Ende der Schicht noch weiter in seinem Kopf. Der Geruch mußte jedoch gut gewesen sein, wenn Edvard damals auch nicht darüber nachgedacht hatte. Daheim war im Halbdunkel das Wasser über rauhe Wände geflossen, es war gesickert und getröpfelt und hatte über dem heiseren Lärm der Stämme in hellerem Ton seine eigene Weise gesungen. Edvard hatte sich, ohne darüber nachzudenken, in der Putzerei wohl gefühlt. Und hätte ihn ein derartiger Gedanke gestreift, dann hätte er angenommen, daß es vor allem an Per-Ola und Blommen liege, beides anständige, lustige Kerle, die in derselben Schicht wie er arbeiteten. Dieser Alte hier dagegen schwieg immer nur, und sein eines Auge sah meistens an Edvard vorbei. Es wirkte gekocht und trübe.

Diesmal mußten sie Hilfe anfordern, um das Leck zu lokalisieren, und es war ein Ingenieur aus dem Betriebsbüro, der Edvard ansah, als sie hinterher in der Kälte standen und ihre Gasmasken abnahmen. Er selbst wußte in dem Moment nicht, daß er blutete. Er hatte das lauwarme Getröpfel auf der Oberlippe vergessen, doch merkte er, daß er sich nur schwer auf den Beinen halten konnte, und er schämte sich vor dem Blick, der auf ihn gerichtet war. Der Ingenieur fragte, ob es ihm nicht gutgehe, und Edvard schüttelte den Kopf, ohne zu antworten. In eben diesem Augenblick kam ihm der Gedanke, daß er aufhören sollte.

Er hatte noch nie einen so schnellen Entschluß gefaßt. Trotzdem war er völlig überzeugt davon. Er lehnte sich zurück und spürte durch das blaue Arbeitshemd die rauhe Ziegelwand im Rücken, und als er die Augen schloß, konnte er die Tage in der Stadt und im Werk wie eine Reihe Bilder vor sich dahinwandern sehen. Auf jedem Bild waren der alte Bengtsson und der Wasserdampf und die ätzende Säure, die die Nase zum Laufen brachte und die Nerven wie eine harte Bohrerschneide im Magen rotieren ließ. Ferner war auf diesen Bildern Tuula Karjalainen, wie sie an der Spüle stand und Salzströmlinge mit Kartoffeln und Schweinefleisch zu diesem Pudding schichtete, den sie Sillakalatikko nannte.

Schweinefleisch mit Hering zu mischen war eine unnatürliche und eklige Verrichtung. Die lange schwarze Strähne, die sich aus Tuulas Scheitel löste und nach vorn über den Rest des Haars fiel, das in fettige Abschnitte unterteilt war, unterstrich dies nur. Diese starre Strähne zitterte nicht weiter als fünf Millimeter vor der Spitze ihrer Zigarette, und nicht viel weiter von dem Hering entfernt, den sie, mit dem Daumen die Rückengräte entlangfahrend, gerade filetierte, wippte manchmal die Aschensäule. So stand Tuula in diesen Bildern der Tage, die Edvard in den Sekunden vor seinem Entschluß vor sich wußte, auf eine eigentümliche, aber dennoch völlig natürliche Weise neben dem alten Bengtsson.

Oben im Betriebsbüro wollte man ihn zum Werksarzt schicken, doch er lehnte ab. Der Arbeitsschutzobmann kam und wollte mit ihm allein sprechen, aber auch das lehnte er ab und blieb stur dabei, daß, nein, kein größeres Unglück passiert sei, die Leckage bereits behoben und er nicht verletzt sei, nein, und er habe auch keinen Schock. Aber er wolle aufhören, und zwar jetzt. Der Ton wurde allmählich schärfer, doch Edvard gab nicht nach, und nach einer halben, dreiviertel Stunde war alles vorbei. Er marschierte mit seiner Proviantbox in der einen und dem Päckchen mit der zusammengelegten Arbeitskluft in der anderen Hand aus dem Betriebsbüro. Das Unternehmen schuldete ihm nicht viel, denn die Woche hatte soeben erst begonnen, und insgesamt besaß er vier

Hunderter und ein paar Zehner, das wußte er, ohne nachzählen zu müssen. Nicht eben sonderlich viel, womit man zurückkehrte, nachdem man ausgezogen war, um in fernen Zellulosefabriken sein Glück zu machen, wahrlich nicht!

Er war noch nie während einer Schicht über das Fabrikgelände gegangen, und er war erstaunt, wie still und leer es war. Es erinnerte ihn daran, wie er einmal von der Schule nach Hause geschickt worden war, weil er Fieber bekommen hatte.

Tuula stand wie erwartet am Herd, als er kam, machte sich aber Kaffee, und als sie sich von ihrer Verwunderung erholt hatte, fragte sie, ob er auch einen haben wolle. Doch daß er in der Fabrik aufhören wollte, das verstand sie.

»Es ist kein Leben für einen verheirateten Mann, weit weg von zu Hause in Kost und Logis zu wohnen.«

»Ich bin nicht verheiratet«, sagte Edvard.

»Und die Frau, die dir manchmal Klamotten schickt?«

»Das ist die Frau des Bauern, für den ich früher gearbeitet habe. Ich bin dort wohnen geblieben.«

Tuula stand lässig in der Tür, während er packte. Er würde sie und ihren Kerl nicht vermissen. Der Mann arbeitete an den Entrindungstrommeln und war ein schweigsamer Typ, außer samstags abends, wenn er und Tuula sich eine Flasche Schnaps teilten und einen schwedischen Bürger zeugten.

Es war noch nicht zwölf Uhr, als er mit seinen zwei Koffern und dem Pappkarton das Haus verlassen hatte. Er trank eine Tasse Kaffee in der Imbißstube bei Domus, aß einen Kopenhagener dazu und fühlte sich unbehaglich, weil er zur falschen Zeit unterwegs war, wie ein Dachs im hellen Sonnenschein. Er hatte nach seinem Gefühl gehandelt; er hatte es nicht mehr ausgehalten. Er wohnte beengt und teuer bei Leuten, die seine Sprache nicht richtig beherrschten. Er hatte abends nichts zu tun. Er fühlte sich in der Kocherei unwohl. Er fürchtete sich vor drohenden Unfällen, wurde vom Geruch der Säure nervös. Er hatte seinem Arbeitskollegen nichts zu sagen. Seine Nerven und sein Gefühl sagten ihm, daß es ein richtiger Entschluß sei, fortzugehen, ohne sich umzudrehen. Erst am Bahnhof holte ihn sein Verstand ein.

In seinem Kopf bildete sich eine völlig klare Vorstellung des Dorfes, und er blieb stehen und starrte aufs Pflaster, während sein Gehirn irgendeine Antwort auf die Frage zu formulieren versuchte, die er so deutlich hörte, als würde sie ihm ins Ohr geflüstert:

»Ah, Edvard, bist du wieder daheim. Und was willst du jetzt arbeiten?«

Die Sortieranlage, dachte er. Gleichzeitig wußte er überaus gut, daß bei der neuen, hochmechanisierten Sortieranlage kürzlich dreißig Mann entlassen worden waren. Es gab jetzt auch nicht mehr Jobs als zu der Zeit, da er gefahren war: Die Zellulosefabrik war stillgelegt, die Schuhfabrik hatte den Betrieb eingestellt, Noréns Ferkel brauchten nicht viele Leute – und die Schweinefabrik war ohnehin das letzte! Nein, verflucht, erst jetzt begriff er, was er sich eingebrockt hatte dadurch, daß er auf und davon war. Sicher war er sich nur dessen, daß Helga ihn verstehen würde. Doch es war kein Verständnis, was er jetzt am dringendsten brauchte, sondern etwas viel Handfesteres.

Er blieb im Wartesaal stehen und starrte die große Schwedenkarte an, und plötzlich hatte er, ohne zu wissen, wie es zugegangen war, einen weiteren Entschluß gefaßt. Als sich der Zug in Bewegung setzte und die

Stadt mit dem Sulfitgeruch, den Schneehaufen und den einförmigen Reihen alter Holzbaracken rückwärts davonjagte, war es Stockholm, wohin Edvard fuhr. Er schlief fast augenblicklich ein.

Eine halbe Stunde hinter Söderhamn machte er sich auf der Toilette zurecht, ging dann in den Speisewagen und aß gefüllte Strömlingsfilets mit Kartoffelbrei. Er trank in aller Gemütlichkeit eine Tasse Kaffee und saß so immer noch am Tisch, als der Zug Gävle erreichte. Da ergriff ihn ein leicht feierliches Gefühl, denn Gävle war doch ziemlich weit von zu Hause entfernt, und ohne Schnee, mit glänzendem Asphalt und dem trüben Neonlicht in der Winterdämmerung glich es seinen Vorstellungen von Stockholm. Erinnerungen daran hatte er keine, es war zu lange her. Er war wieder wankelmütig und reuig.

In Stockholm angekommen, fühlte er sich besser. Sein Schritt war von der wiedergewonnenen Sicherheit, sich selbst und nicht einen wetterwendischen Fremdling in seinem Körper vorzufinden, kräftiger geworden. Er kam jedoch gerade mal bis zu den Ausgangstüren des Hauptbahnhofs, als er von einem jungen Mädchen abgefangen wurde, das von ihm fünf Kronen für ein Bild haben wollte. Sie zeigte ihm blitzschnell etwas. Zunächst wurde er nicht schlau daraus und schüttelte ernsthaft den Kopf. Da zeigte sie es ihm ungeduldig und flüchtig noch einmal, und er begriff, daß es sich um ihr Porträt aus dem Photomaton handelte. Auf das Bild gekommen war die Partie von den Schenkeln bis unmittelbar unter den Nabel. Edvard errötete vor Verdruß und ging mit seinen Koffern weiter. Sein Schritt war jedoch schon wieder etwas unsicherer, und als er in dem trüben, silbergrauen Abend mit all den Lichtern und den ihm fremden Geräuschen auf der Straße stand, dachte er, daß dies eine idiotische Reise sei.

In der Stadt glaubte er sich in einer großen, transparenten Kugel zu befinden, die in der grauen Nacht aus eigener Kraft leuchtete. Er dachte an das Licht des Ortes an der Bahnstation, das an den Winterabenden wie eine glühende Tönung über dem Horizont lag, und er konnte sich vorstellen, wie Stockholm, dieses Riesenei aus Licht, viele Meilen entfernt schillerte. Als er jedoch einige Kilometer mit dem Bus gefahren war, dämmerte ihm, daß die Stadt nicht seinen Vorstellungen entsprach. Er sah, wie sie sich unter Brücken ausbreitete und über Höhen kletterte, die von der Nacht verschluckt wurden, und er fand, sie gleiche einem seltsamen Pflanzenwuchs, einer Lichtfäulnis, die sich unablässig vor seinen brennenden Augen vermehrte. Er war ordentlich müde und spürte, daß er zu der Schicht gegangen war, die morgens um sechs Uhr begann. Er hatte viel zu wenig Geld, er war müde, und rings um ihn herum redeten die Leute spitz und herausfordernd in ihrem Stockholmerisch. Es hatte einen Augenblick gegeben, nämlich als der Zug sich in Bewegung gesetzt hatte, in dem ihm der Geruch nach Abenteuer frisch wie der von Birkenlaub in der Samstagssauna in die Nase gestiegen war. Jetzt wollte er nur noch entkommen. Er wollte Åsa zu fassen kriegen.

Der Wind toste. Es war nur drei Grad unter Null, und in den Sturmböen kam es unausgesetzt zu Stromausfällen. Helga blieb im Haus, kochte Pökelfleisch und rollte einen Bauchlappen vom Lamm um rote Zwiebeln und Lorbeerblätter. Onkelchen sollte beerdigt werden.

Am Samstag vormittag kam Edvard nach Hause. Er hatte den Nachtzug genommen und war nach der durchwachten Nacht ein bißchen blaß und steifbeinig. Helga stand am Herd und mußte das Pökelfleisch abschäumen, vergaß es jedoch ganz, als er eintrat. Es kochte auf den Fußboden über, und leise fluchend mußte sie auf die Knie gehen und aufwischen, als sie hören wollte, was er zu erzählen hatte. Und warum hatte er aufgehört? Er habe die Schnauze voll gehabt, antwortete er. Mehr traute sie sich in dieser Angelegenheit nicht zu fragen. Aber woher um alles in der Welt wußte er, daß Onkelchen gestorben war? Er habe es gehört. Und wo war er gewesen? Fast eine ganze Woche lang. Er schwieg und strich sich immer wieder über die Augen, so als sei er sehr müde. Helga vergaß erneut alles, sie stand bedeppert da und drückte den Putzlappen an ihre Brust und die saubere Kleiderschürze.

»Aber es ist doch schon so lange her«, sagte sie. »Ich habe am Montag bei den Leuten angerufen, bei denen du gewohnt hast. Da warst du schon weg.«

»Ja«, sagte Edvard und klang so müde, daß sie wieder Angst bekam. Was gab ihr denn das Recht, ihn in die Mangel zu nehmen, ganz so, als wären sie verheiratet und gleichaltrig?

»Hast du dir dann Arbeit gesucht?«

Er nickte.

»Hast du was gekriegt?«

Er schüttelte langsam den Kopf. Ach herrjemine, wie leid er ihr tat! Der arme Tropf, wie er durchhing! Sie warf den Putzlappen in die Spüle und schob den verflixten Fleischtopf beiseite, auf den man so genau aufpassen mußte, und setzte dann in aller Eile Kaffee auf.

Am Abend kam Åsa mit dem Zug aus Stockholm und vom Ort an der Bahnstation mit dem Taxi. Es kostete einhunderteinundfünfzig Kronen. Helga fiel schier in Ohnmacht (sagte sie), und in der ersten Viertelstunde ging es um nichts anderes als das Taxigeld. Rolf bekam Angst und weinte. Er war erst elf Monate alt und begriff nicht, was sie sagten. Und als sie die Stimmen hoben, barg er das Gesicht an Åsas Hals und schluchzte. Das erweichte Helga natürlich, und sie beschloß, kein Wort mehr über das Taxi zu verlieren. Einhunderteinundfünfzig Kronen!

»Wann fährst du denn zurück?« fragte sie, Åsa und Edvard, die nebeneinander auf der Küchenbank saßen und sich an ihren Zigaretten bedienten, den Rücken zugewandt.

»Das ist vielleicht eine Begrüßung!«

»Ich hab's nicht so gemeint.«

Und Edvard schwieg. Helga wünschte, er begänne plötzlich mit Engelszungen zu sprechen, denn jetzt starrte die Luft zwischen ihnen vor Mißtrauen. Aber er sagte nichts. Helga überlegte, daß Åsa höchstens vierhundert Kronen Sozialhilfe für sich selbst und vielleicht hundertfünfzig, zweihundert für den Jungen bekam. Davon machte man keine Norrlandreisen, und am allerwenigsten nahm man ein Taxi. Daß ihr das Sozialamt die Reise zur Beerdigung eines alten Onkels ihrer Stiefmutter bezahlt haben könnte, das glaubte Helga keinen Augenblick lang. Folglich steckte hier noch irgend etwas dahinter, wie sie das jedoch herausbekommen sollte, ohne daß es ein fürchterliches Gezeter gäbe, war ihr schleierhaft. Da sagte Åsa plötzlich in völlig anderem Ton, daß sie nicht vorhabe, zurückzufahren.

»Ich habe das Haushaltsgeld genommen und bin losgefahren« sagte sie. »Ich habe da unten nichts mehr zu schaffen.«

Das war nicht ihre Art.

»Aber wenn du nicht vorhast, zurückzufahren, wo hast du dann deine Sachen?«

Die habe sie dabei. Und die Möbel? Die standen noch dort. Standen noch dort! Großer Gott, was meinte sie bloß damit? Das grüne Cordsamtsofa und die Sessel, der Kieferntisch und der weiße Ryateppich – alles, wovon Helga ein Farbfoto bekommen hatte, eine Blitzlichtaufnahme gleich nach dem Einzug. Darauf war Rolfs Kinderwageneinsatz auf dem Sofa zu sehen sowie sein schlafendes, zerknittertes Gesicht, ein Korb Orangen und ein Alpenveilchen auf dem Tisch, und auf dem grünen Cordsamtsessel ein weißes Strickzeug. Åsa war nicht darauf, denn sie hatte das Bild geknipst.

»Die gehören mir nicht mehr«, sagte sie. »Die sind gepfändet worden, weil ich mit den Raten hinterhergehinkt bin. Motz deswegen jetzt bloß nicht herum, schließlich habe ich die Möbel gekauft, als ich Arbeit kriegte, und habe die Arbeit natürlich verloren, als ich die Tagesmutter verloren habe, und seitdem sitze ich da draußen und gucke mir die verdammten Möbel an. Und bald holen sie sie ab, und dann bleiben mir nur noch die Wände zum Angucken.«

»Du übertreibst«, sagte Helga lahm.

»Nein.«

»Die können dich und den Jungen doch nicht in einer leeren Wohnung sitzenlassen, wenn du gar nichts dafür kannst, daß du die Arbeit verloren hast? Da müssen sie doch für einen Kinderkrippenplatz sorgen oder auch die Möbel bezahlen.«

»Ich kriege neue. Vom Sozialamt.«

»Aha«, sagte Helga verwirrt, »bist du denn nicht zufrieden damit?«

»Schau dir doch diesen Mantel an«, erwiderte Åsa. »Und die Schuhe. Die sind daher.«

Der Mantel war hellblau. Helga sah ein, daß sie sich nun als allererstes auf das Problem konzentrieren mußten, Åsa für die Kirche und zur Beerdigung Trauerkleidung zu beschaffen. Dann könnten sie sich den Rest vornehmen. Doch es war nicht Åsas Art, auf diese Weise nach Hause zu kommen. Sie wußte genausogut wie Helga, daß die Kommune sich mit ihr und dem Jungen nicht zu befassen brauchte. Sie waren Stockholmer. Das klingt verrückt, dachte Helga, aber so ist es nun mal. Sie sind Stockholmer. Und ich bin nicht Åsas Mutter und nicht die Großmutter des Jungen.

Åsa war acht Jahre alt gewesen, als ihr Vater sie mit in die Kammer nahm. Dort stand Helga damals in einem hellgrünen, glänzenden Seidenkleid, einem kurzen, hellgrünen Schleier, Blumen im Haar und Blumen im Arm. Sie stand unter dem Zehnender, vor all dem Silber, das die Pferde des Vaters erlaufen hatten. Es war unmöglich, daß Åsa Helga erst am Hochzeitstag kennengelernt haben soll, doch ihrer Erinnerung nach war das so.

»Das ist Helga«, hatte der Vater gesagt. »Du sollst Mutter zu ihr sagen.«

Alte Schreckschraube. Du rührst mich nicht an. Etwas anderes sagte sie in der ersten Zeit nicht. Sie gewöhnte sich jedoch an Helga. Mutter durfte sie ihr allerdings nie werden.

Onkelchen wurde ganz nach seinen eigenen Anweisungen bei der Kirche von Skälånger beerdigt; ein komplettes Dorf saß in der Kirche und roch nach DDT und ungewaschener Wolle. Die Zeremonie war unpersönlich. Kein Mensch hatte Onkelchen nahegestanden, und niemand weinte. Neben Helga saß Åsa einigermaßen schwarz gekleidet und mit völlig ungerührter Miene, was etliche Leute, die wußten, daß sie mit einem Kind nach Hause gekommen war, erregte.

Viele Jahre lang hatte außer Onkelchen selbst niemand den Fuß in die unbeheizte Stube in der Wohnung über dem Laden gesetzt. In detaillierten Vorschriften über den Ablauf seines Begräbnisses hatte er festgelegt, daß hier Kaffee getrunken werden sollte. Der Raum erfüllte nun für eine knappe Stunde die einzige Funktion, die er ihm zugedacht hatte. In diesen Sanktuarien, der ofenheißen Kammer und der eiskalten Stube, war er umhergegangen und hatte für den Anlaß, der nun eingetroffen war, alles in Ordnung gebracht: die Rahmen der Fotografien auf dem Büfett abgestaubt und deren Glasscheiben geputzt, das, was von den Immortellen auf das Spitzentuch heruntergefallen war, entfernt, die

Stearinkerzen, die in der Sonnenhitze vom Fenster her krumm geworden waren, ausgetauscht. Gegen eines war er indes nicht angekommen und war sich dessen im übrigen auch gar nicht bewußt gewesen: die abgestandene Luft. Doch der Geruch nach Kaffee und süßem Gebäck legte sich rasch über die Dünste des Hauses, und bei der dritten Tasse Kaffee drang von dem hinteren Kreis, der am weitesten vom Pfarrer und der Pfarrfrau entfernt saß, Zigarettenrauch aus der Kammer.

Als Helga aus der Neusilberschale auf dem Säulentisch Zucker nehmen wollte, mußte sie sich über Edvard beugen, der am nächsten saß und geradeaus an ihr vorbeisah. Der untere Teil seines Gesichts war in einem Lächeln erstarrt, das allen galt, und sein Blick war stier vor Schüchternheit. Er saß in einem Sessel am Tisch. Es war kein Stuhl mehr dagewesen, und somit saß er tiefer als alle anderen. Weiß der Himmel, welche Eingebung Helga dazu gebracht hatte, ihn mit vor Panik kalten Augen in diesen Sessel zu pressen, einen Meter und achtzig Zentimeter von der Pfarrfrau entfernt!

Rechts von Edvard saß Ejnar Strömgren, wachsam, doch etwas bedrückt und mit steifem Nacken, und gleich daneben auf dem Sofa Vera in glänzendschwarzem Seidenkleid und Hut. Anna Frick saß in der Mitte des Sofas und hatte Mühe, ihren Bauch vor der Tischkante unterzubringen. Sie schwitzte. Bror Frick war der Platz unmittelbar neben der Pfarrfrau zugewiesen worden. Hinterher würde er über die Plazierung Witze reißen, aber jetzt nicht.

An dem runden Tisch hätte auch der Repräsentant der Landwirtschaftskammer sitzen sollen sowie die Lehrerin wenn sie denn dagewesen wäre. Edvard war jedoch fehl am Platz. Er hätte in der Kammer sitzen sollen. Von dort drangen Zigarettenrauch und ein verhaltenes Kichern herüber. Åsa hörte man am deutlichsten, sie erzählte von Stockholm.

Die Pfarrfrau saß auf einem der Polsterstühle. Sie trug ein Kleid aus schwarzem Wollcrêpe, der durch langen Gebrauch etwas speckig geworden war, und sie hatte ererbten Schmuck angelegt. Neben ihr saß der Pfarrer auf einem ebensolchen Stuhl und schob mit dem Löffel geschickt und geduldig einen Kuchenkrümel auf dem geblümten Teller herum. Seine Frau war eine freundliche Person, und sie bildete sich ein, andere Menschen seien auf ihre Freundlichkeiten ebenso angewiesen, wie das Gras der Erde auf den Vorsommerregen angewiesen ist, aber natürlich auch eine recht lang anhaltende Trockenheit übersteht. Jetzt neigte sie sich zu Helga hin und sagte:

»Ich habe gehört, Frau Wedin, daß Sie Großmutter geworden sind und daß es ein so prächtiger kleiner Junge ist! Das ist ja schön!«

So etwas hatte Helga schon befürchtet, und ihr hatte derart davor gegraut, daß sie sich eine Antwort auf diese Freundlichkeit zurechtzulegen vergaß. Jetzt war es also ausgesprochen, lag in der Luft und wartete auf eine Freundlichkeit ihrerseits. Doch wie sollte man darauf antworten? So, als habe man ein Kompliment für einen Gugelhupf bekommen: Ach was, der ist nicht richtig aufgegangen, oder für einen neuen Mantel: Die werden gerade verschleudert. Sie schwieg und zerbröselte ein Plätzchen zwischen den Fingern. Sie stand einiges aus. Rauchgelüstig bis zum Wahnsinn; eine Zeitlang konnte sie an überhaupt nichts anderes denken. Obwohl die Leute mit ihr sprachen, kreisten ihre Gedanken weiter hartnäckig um das, woran sie nicht kam: Zigaretten,

Edvards Hose. Mit einer Kraftanstrengung, die bewirkte, daß sich ihr vor den Augen alles drehte, wandte sie sich der Pfarrfrau zu, um ihr zu antworten, doch geriet ihr dabei der Pfarrer ins Blickfeld, und sie sah ihm geradewegs durch die Kleider. Panik ergriff sie und Abscheu vor sich selbst. O Gott, ich bin wahnsinnig! Ich gehe zu wenig unter die Leute!

Sie wandte den Blick von ihm ab und richtete ihn auf das Service auf dem Tisch; die kleinen Rosen und Vergißmeinnichtsträuße und der abgewetzte Goldrand der Teller, die Kerzenflammen, die Hohlsaumdecke und die zwei Nelken – sie sollten sie zu einer barmherzigeren Sehweise zwingen. Doch das war jetzt aussichtslos; der Geruch nach Tabak, Schweiß und Kaffee zwang Bilder hervor. Ihr Gehirn produzierte diese zu dem Gebrummel leiser Stimmen, und sie war außerstande zu sprechen. Sie war nahezu besinnungslos vor Anstrengung, das, was von ihrem Bewußtsein noch vorhanden war, focht und kämpfte gegen diese Bilder an.

Doch die Zeit hatte nicht, wie sie glaubte, aufgehört, sie schlief nur und schlug, gerade als sich Helga ihrer Bewußtlosigkeit hingeben wollte, wie ein kräftiger Hechtschwanz in seichtem, trübem Wasser: Alles gruppierte sich um, und der Schwarm der Trauergäste zerstreute sich allmählich. Nur Isak und Adana blieben noch, und Helga lud sie ein, mit ihnen zu essen.

Im Dunkeln zogen sie zu Wedins hinüber. Keiner wollte in Onkelchens Küche essen und noch weniger in seiner übelriechenden Stube. Sie beluden den Tretschlitten mit dem übriggebliebenen Kaffeegebäck, ein paar Anschovisdosen aus dem Laden und einer Flasche Klarem, die einsam in einem Karton im Lager gestanden hatte. Helga war in dem Maß glücklich, wie sie meinte, daß ein Mensch sein könne. Im Augenblick war es egal, daß die Pfarrfrau sie Großmutter genannt hatte, obwohl Edvard, der noch keine fünfunddreißig war, direkt daneben gesessen hatte. Sie war mit ihm und Åsa und Rolf zusammen, und Edvard würde in ihrem Bett schlafen, und am Montag würde sie früh am Morgen aufstehen und Rolf seinen Brei geben. Sie erlaubte niemandem außer Adana, die nicht davon abzuhalten war, ihr das Essen auftragen zu helfen.

Adana hatte das Gebäck für Onkelchens Leichenschmaus gebacken. In der Diamantkate oben, wo sie in den Zeiten, da sie gesund war, Isak Persson den Haushalt führte, gab es weder fließendes Wasser noch einen Abfluß, aber sie war so an den mit Holz zu befeuernden Herd gewöhnt und stur von dessen Vorteilen überzeugt, daß sie sich nicht dazu bewegen ließ, woanders zu backen.

Sie trugen die Lammrolle auf, die Helga gekocht hatte, kalt und aufgeschnitten, und Adana zerlegte den Hering in Stücke. Darüber hinaus hatten sie Margarine, einen hellbraunen Laib Brot aus dem Laden, Dünnbrot in einem Karton, gesäuerte Wurst mit weißen Fettsprenkeln, kroß gebratene Fleischbällchen auf einer geblümten Untertasse, Salzgurken im Glas, gekochte Kartoffeln ohne Schale, zwei unberührte Käse, unausgenommene Anschovis in blau-gelben Dosen, Pilsener, Milch im Karton und die Flasche Klaren, umgeben von vier grünen Schnapsgläsern mit gedrehtem Fuß. Den Schnaps servierte Edvard, und er tat es, ohne daß ihn jemand drängen mußte, den Wirt zu spielen, denn jetzt waren sie, von Isak und Adana abgesehen, unter sich, und die beiden würden nie mit irgendeiner sozialen Kritik kommen.

Sie erhoben die Gläser und sahen einander in die Augen, freundlich und ohne Bitterkeit. Da schlug die Haustür draußen, und nach einigem Gestampf und Gescharr ging kreischend die Küchentür auf, und wie von einem übelwollenden Gott bestellt stand Helfeten da. Es war sein Schnaps.

»Ja, hallo«, sagte Helfeten breiter als nötig, denn die Wärme, das Licht und Åsa erschreckten ihn.

»Du bist es?«

Helga klang gefaßt.

»Ja.«

Er ließ seine Hand die Mütze abstreifen, eine speckige Schirmmütze, und Åsa sah jetzt, daß er schütter geworden war.

»Ich dachte mir, daß du jetzt den Laden machst, Helga«, sagte er zögernd. »Ich wollte nicht kommen, bevor er unter der Erde liegt, drum ist es ein bißchen spät geworden. Aber es ist schließlich Samstagabend.«

Das letzte klang schon unerschrockener.

»Geht es um den Schnaps?« fragte Helga.

»Ja.«

Åsa kicherte.

»Ich hab zu ihm gesagt, er soll welchen besorgen«, erklärte Helfeten.

Onkelchen war der Obmann des staatlichen Alkoholvertriebs gewesen, und Helga hatte durchaus so halbwegs begriffen, daß der Schnaps nicht ihm gehörte.

»Du kannst dich ruhig setzen«, sagte sie ohne jede Herzlichkeit, und Helfeten schob sich mit seiner Schirmmütze in der Hand seitwärts zwischen dem Tisch und der Wand bis zur Bank durch.

»Das ist bestimmt auch so in Ordnung«, sagte Edvard und schenkte ihm das Glas, das Helga ihm vorsetzte, ein.

»Ja, freilich. Freilich ist das in Ordnung.«

Sie tranken nachdenklich und aßen, ohne zu reden.

Helfeten war ein großer und ungeschlachter Mensch, über einsneunzig lang und fast hundertzwanzig Kilo schwer. Er war zuckerkrank und fast blind davon. Sein eines Auge war trüb, und es sah aus, als sei die Iris ausgelaufen. Er trug eine schwarze Hose, die zu einem guten Anzug gehört hatte und von breitgestreiften Hosenträgern festgehalten wurde. Seine gesamte Kleidung hatte ein Dorfschneider genäht, der schon lange tot war. Seine Züge waren unscharf, die Krankheit hatte sie verwischt. Er rasierte sich selten, aber auch ohne Bartstoppeln war seine Haut grob und rauh, voller Huckel, Grübchen und kleiner Schwellungen. Er hatte einen strengen Geruch, der sich mit dem Odeur von Tabaksaft und Brennöl mischte, aber auch an sich metallisch war.

Er hatte zeit seines Lebens unterschiedliche Schwerarbeiten verrichtet, und seine Hände glichen allmählich Topinamburs. Es war Jahrzehnte her, daß irgend jemand Helfeten angefaßt hatte.

Edvard war fünfundzwanzig Jahre jünger, doch seine Muskeln an den Waden und Oberarmen begannen knotig und hart zu werden. Er alterte, wenn auch sehr langsam, und er war völlig gesund. Das einzige, was ihm fehlte, war ein Eckzahn, den er jedoch schon vor so langer Zeit verloren hatte, daß die Lücke fast ausgefüllt war. Es war schwierig, im Zusammenhang mit Edvard an Eitelkeit zu denken, doch der fehlende Zahn veranlaßte ihn tatsächlich dazu, beim Lachen den Mund leicht zusammenzuziehen.

Er hatte helle graublaue Augen und, wenn er nachdachte, einen ganz speziellen Ausdruck: den Kopf schräg zur Seite geneigt, die Unterlippe vorgeschoben und die

Augenbrauen zusammengezogen. Man hatte fast den Eindruck, er trenne Gedankenarbeit und normales Leben. Seine Züge waren regelmäßig, die Nase kühn und schön. Sein Haar hatte eine Farbe wie Sand und Asche, es war weich und angenehm anzufassen. Er roch intensiv und eigen – sein Geruch erinnerte an das Fell einer trockenen, gesunden Katze. Er sprach langsam und zögernd, mit starkem Dialekt. Er hatte stets warme Hände und Füße. Wenn er nicht arbeitete, saß er am liebsten still, sogar sehr still. Helga dagegen mußte ständig etwas tun und erledigen, und mochte es noch so belanglos sein. Sie bewegte sich knabenhaft, hastig und ruckartig. Ihre Stimme war rauh, und die Worte flossen schnell. Im Lauf der letzten Jahre hatte sich zwischen ihren Augenbrauen eine konstante vertikale Falte gebildet. Helga sah oft ein wenig irritiert und verdrießlich fragend drein, und sie vergaß, den Mund ganz zu schließen. Sie roch wie Wollstoff.

Isak war der kleinste von ihnen. Mit jedem Jahr, das ins Land ging, verlor er an Gewicht. Er war jetzt achtundsechzig und wog zwischen fünfzig und fünfundfünfzig Kilo. Er war rührig, lebhaft. Von seinen gleichaltrigen Nachbarn unterschied er sich auch dadurch, daß er aufrecht ging. Er hatte keine knotigen und harten Muskeln ausgebildet, denn er war ursprünglich Kunstschreiner gewesen. Über das hinaus, was er gerade so für sein Auskommen brauchte, hatte er nie gearbeitet. Trotzdem hatte er genug zu tun. Sein Kopf war klein, und sein Gesicht hatte etwas Kindliches, das sich mit den Jahren nur noch verstärkte. Sein Haar war stark graumeliert und borstig, es stand oft ab. Er trug eine runde Brille mit schwarzem, schmalem Gestell und hatte blaue, fast farblose Augen. Sein Mund war eingefallen, da er viele Zähne verloren hatte. Hin und wieder trug er ein künstliches Gebiß, dann hatte er einen ganz anderen Ausdruck.

Er gestikulierte beim Reden und sprach Dialekt, hatte aber einen sehr großen Wortschatz. Seine Haut war trocken und wurde in der Kälte leicht schuppig. Sowohl er als auch Adana rochen muffig, nach Äpfeln und saurer Milch.

Adana war zweiundfünfzig. Ihre Bewegungen waren langsam und zögerlich, außer wenn sie am Herd arbeitete. Sie war fett, doch ihre Haut war frisch und angenehm und sehr weiß. Ihre Fettleibigkeit wirkte nicht unappetitlich. Ihr Haar war farblos blond und ergraut. Ihre Augen waren blaßblau und sehr groß und hatten gewölbte Lider. Die Nase war gebogen und der Mund bleich, die Oberlippe hatte ausgeprägte Bogen. Ihr Gesicht konnte, selbst wenn sie einigermaßen gesund war, wochenlang vollends ausdruckslos sein. Sie sprach selten, und ihre Stimme war schwach und unsicher. Wenn sie wollte, konnte sie völlig dialektfrei sprechen. Das hatte sie vor dreißig Jahren am Lehrerinnenseminar gelernt, und sie vergaß das ebensowenig wie irgend etwas anderes aus jener Zeit.

Sie geriet leicht in Atemnot. Manchmal wurde ihr Atem pfeifend und zischend, und es kam vor, daß sie den linken Arm starr an die Seite gedrückt hielt, so als hätte sie einen geheimen, heftigen Schmerz. Kein Arzt hatte sie je untersucht.

Åsa war relativ groß und füllig, zumindest wenn man sie neben Helga sah. Ihr blondes Haar war so kräftig, daß es sich mit Hilfe von Lockenwicklern nicht wellen ließ. Gesäß und Busen waren ausladend, trotzdem trug sie fast immer Jeans und Pullover. Es fiel ihr schwer, in

Schuhen zu gehen, und vom vielen Barfußlaufen hatte sie an den Fersen eine Elefantenhaut bekommen. Ihre Hände waren groß und wohlgeformt und hatten kräftige, schöne Nägel. Sie legte die Arbeit hin, um ihre Hände zu pflegen, aber kaum einmal einen anderen Teil ihres Körpers.

Sie bewegte sich ohne Hast, doch ihre Stimme konnte lebhaft sein und hatte Volumen. Åsa fluchte gern, Dialekt aber sprach sie jetzt meist nur im Scherz. Sie roch nach Nüssen, und saurer, wenn sie ängstlich oder böse wurde. Ihr Teint war empfindlich und glühte errötend rasch auf. Sie war achtundzwanzig. Rolf ähnelte ihr überhaupt nicht. Er schien dunkelhaarig zu werden, war feingliedrig und hatte eine schwach gebogene Nase. Er fremdelte und war während der Beerdigung, als Strömgrens Tochter sich um ihn kümmerte, ganz verzweifelt gewesen. Jetzt schlief er in der Stube, und Helga hatte die Fenster mit Wolldecken verhängt, um sicher zu sein, daß es nicht zog.

Helfeten trank im Hinblick darauf, daß die Flasche eigentlich ihm gehörte, auch wenn er sie nicht würde bezahlen müssen, am zielstrebigsten, beschwipst aber wurde Åsa. Isak trank nur eine Kleinigkeit. Er sagte, wie es war: Der Schnaps war scheußlich und verdiente den Namen Branntwein nicht. An diesem Abend wurde allerdings nicht davon gesprochen, Schnaps zu brennen. Dagegen erfuhr Helga endlich, mit welchen Plänen Åsa zurückgekommen war. Sie beabsichtigte, zusammen mit Helga den Laden zu betreiben.

Draußen war die Kälte strenger geworden, und Isak sagte, sie müßten sich jetzt auf den Heimweg machen, bevor es zu schwierig werde. Adana stand augenblicklich auf und begann den Tisch abzuräumen. Helfeten setzte seine Schirmmütze auf und zwängte sich zwischen dem Tisch und der Wand hinaus.

Sie konnten die Kufen des Tretschlittens über den Schnee kreischen hören, als Isak und Adana sich auf den Weg machten. Der Wind war völlig abgeflaut, und rauhe Kälte kroch durch die Ritzen. Edvard und Helga waren am Küchentisch sitzen geblieben und sahen aus dem Fenster, obwohl in der Dunkelheit nichts zu sehen war, die Scheiben spiegelten lediglich ihre Gesichter. Åsa stand an der Spüle und versuchte noch ein paar Tropfen aus der Flasche mit dem Klaren zu schütteln.

»Die ist leer«, sagte Edvard, »da sei mal ganz unbesorgt.«

»In einem Punkt hatte Isak freilich durchaus recht«, sagte Åsa. »Er ist ziemlich scheußlich, dieser Schnaps.«

In der Senke unterhalb der Schweinefabrik hat sich eine Krähenkolonie niedergelassen. Wenn du dort durch den lichten Espenwald gehst, am besten einen Stock schräg an die Schulter gelegt, kommt mit schweren Flügeln diese große Vogelgesellschaft und kreist geräuschvoll über den Baumkronen, wie ein Schirm, eine Pilzwolke.

Dort weilt auch eine etwas kleinere Kolonie Elstern, deren Quartier jedoch weiter unten in Richtung Fluß liegt. Die Krähengesellschaft ist, angeführt von der ältesten und schwersten, hier ansässig geworden. Der Elsternschwarm gleicht eher einer locker zusammengehaltenen Räuberbande. Ständiger Zank bewirkt Führungswechsel.

In der Schweinefabrik haust ein Rattenclan mit ebenso vielen Mitgliedern wie eine mittelgroße Ortschaft an einer Bahnstation. Ursprünglich waren es zwei Clans. Sie bekämpften einander mit Bissen und lautem Gekreisch. Sie bissen, um zu töten, und nicht, um einander auf Abstand zu halten. Nach einigen Wochen war der Ausrottungskrieg zu Ende, und jetzt gibt es nur noch einen Clan, in dem alle denselben Geruch und dasselbe ergebene Verhalten haben. Wenn sie sich begegnen, reiben sie die Körper aneinander, auch wenn es an der Stelle, die sie passieren, gar nicht eng ist.

Oberhalb von Wedins steht das aufgelassene Gebäude, das Noréns erster Schweinestall im Dorf gewesen ist. Als die Schweine in den Neubau umgesiedelt wurden, zog der Rattenclan, der dort herrschte, auf Nahrungssuche aus und fiel als erstes in Wedins Nebengebäude und Keller ein. Einige Wochen lang lebte Helga in ständiger Angst vor Ratten. Man konnte ihnen in der Dämmerung auf dem Vorplatz oder mitten am hellichten Tag im Holzschuppen begegnen. Es waren große, bräunliche Ratten mit schweren Hinterteilen und kahlen Schwänzen. Ihre Köpfe waren flach, und ihre Zähne lugten hervor. Sie zeigten keine Angst.

Am letzten Samstag im Februar wurde Simon Norén fünfzig. Wäre es Sommer gewesen, dann hätte er seine Gäste mit einem Glas in der Hand am Rand des Forellenteichs entlangflanieren und dem Gemurmel des künstlichen Bächleins lauschen lassen. Korken wären mit festlichem Knall in die Rhododendren geflogen, und über Glutbetten hätten, nach Salbei duftend, Ferkelleiber aus seiner Schweinefabrik rotiert. All das hätte man vom Dorf aus sehen und riechen können.

Von diesem winterlichen Mahl im Partykeller der Villa erwarteten die Dorfbewohner nicht mehr, als die Autos und Partyleuchten zu sehen. Köchinnen und Servierpersonal kamen aus der Stadt, und alle Lebensmittel außer den Schneehühnern wurden ebenfalls dort besorgt. Doch am Tag vor dem Fest wollte es der Zufall, daß eine der Kochfrauen mit einer Gallenkolik flachlag und die andere sich weigerte, die Verantwortung allein zu übernehmen. Auf diese Weise kamen sowohl Isak als auch Adana auf die Feier von Simon Noréns Fünfzigstem, Isak eigentlich nur, um Adana im Auge zu behalten. Er und Helfeten hatten jedoch die Schneehühner gefangen, die Norén bestellt und jeweils gleich, nachdem sie angeliefert wurden, in die Gefriertruhe gelegt hatte.

Isak hatte kein Telefon, weswegen Astrid Norén sich selbst zur Diamantkate aufmachen mußte, um Hilfe zu erbitten. Der direkteste Weg war mit dem großen schwarzen Auto nicht einmal im Sommer befahrbar. Zur Winterszeit wurde er nicht mehr geräumt, und Astrid fuhr auf der Reichsstraße einen Schlenker nach Norden und bog dann in die neu angelegte Straße des Forstunternehmens ein. Der letzte Hang vor der Kate war so steil, daß sie das Auto abstellte und zu Fuß ging.

Auf dem Scheitel des eisglatten Hügels war der Mensch unter Gottes Auge wie eine Laus. Der Wald war nach allen Seiten hin kahlgeschlagen. Dort, wo Isaks Abort stand, war die Aussicht einst so gewesen, daß, offenbar vor Verzückung, in allen Himmelsrichtungen die Kuckucke gerufen hatten. Man hatte bewaldete Höhenrücken und Kuppen gesehen, die Augen zweier Seen unter dem Himmel und in der Ferne einen Streifen des Stroms. Nachdem Isak als Erwachsener in die Kate, sein altes Elternhaus, zurückgekehrt war, hatte er die Tür ausgehängt. Er hielt diese Aussicht für einen Gewinn. Als jedoch die Holzerntemaschinen Quadratmeile um Quadratmeile abrasierten, bekam er auf seinem Aussichtsposten viel Stoff zum Grübeln.

Ein Boden, der nicht durch die grünen, stets bewegten Fransen atmet, erstickt an Wassermangel. Das Grundwasser, grübelte Isak, wie er dort saß. Er erwähnte seine Überlegungen den Ingenieuren des Unternehmens gegenüber, wenn sie vorbeikamen und kurz anhielten. Und die Häßlichkeit. Die erwähnte er auch.

Gewiß verstand er, daß man eine Landschaft nicht deswegen erhalten konnte, weil ein einziger Mensch sie sah, wenn er auf dem Abort hockte. Er war nicht blöd. Aber wie kommt man sich dabei vor, fragte er sich. Alles, was gespielt und gesäuselt hatte, war jetzt fort. Und was wußten sie denn schon?

Er erhielt keine Antwort. Doch von seinem Abtritt aus sann er jetzt über die Häßlichkeit nach, so, wie er früher über die Schönheit nachgesonnen hatte. Sie erschien ihm ebenso streng und geheimnisvoll. Zur Sommerszeit legte sich dumpfe Motorenmusik über die Haufen und Reisigdschungel der dürren, versengten Hügel. Das von den Vögeln verlassene Land hatten nun die Insekten übernommen. Zur Winterszeit ragten aus diesen Feldern hohe Baumstümpfe empor. Und in manchen Nächten war die Stille tiefer als die Kälte; nicht die geringste Wühlmauspfote bewegte im Schlaf ein Blatt.

Isak wollte Astrid Norén nicht einlassen, als sie kam, um mit Adana zu sprechen. Er gab ihr selber Bescheid: Sie werde versuchen zu kommen. Er hielt die Tür fest, und Astrid mußte sich damit begnügen. Sie werde es *versuchen*.

Sie kannte Adana als eine mürrische und pflichtgetreue Person. Sie hielt sie für reinlich und arbeitsam. Isak hielt jedoch die Tür fest, weil die Küche vor Resten strotzte, die Geranien die Köpfe hängenließen und die Katze auf dem Tisch saß und etwas beobachtete, was in der gelben Haut auf der Sahne haftengeblieben war. Er wimmelte Astrid Norén mit dem halben Bescheid ab und ließ die Tür erst los, als er sie unten am Hügel abfahren hörte.

Seit der Beerdigung hatte er mit Adana keinen Kontakt mehr gehabt. Sie war aufgedreht und blieb für sich allein in der Kammer. Er hatte darauf gewartet, daß sie ihren alten feinen Mantel mit dem Pelzkragen anziehen und ins Dorf hinuntergehen würde. Für gewöhnlich ging sie dorthin und versuchte Dinge zu kaufen, die Onkelchen niemals auf Lager gehabt hatte, etliches hatte er nicht einmal dem Namen nach gekannt. Bei diesen Gelegenheiten sprach sie ohne Dialekt und übte Nachsicht mit den Mängeln seines Sortiments. Wenn sie in dieser Stimmung war, nannte Isak sie Frau Regierungspräsident, doch das sagte er niemals laut. Sie trat zerstreut und vornehm geistesabwesend auf, und so eine Phase endete stets damit, daß sie zu weinen anfing und lange weinte, bevor sie wieder in das besonnenere ihrer drei Ichs schlüpfte, die reinliche und pflichtgetreue Adana. Mit der Frau Regierungspräsident war es für Isak eigentlich nicht schwer auszuhalten. Schlimmer war, daß sie auch eine böse und rachsüchtige Frau in sich barg, die sich äußerlich nicht sehr von der freundlichen und pflichtgetreuen unterschied, jedoch auf vertrackte Dinge verfiel.

Sie bereitete aus Kartoffelschalen und Anschovisköpfen, Rückengräten, Därmen und fauligen Zwiebelschalen Abfallpudding. Die Sahne und die Butter, die Kartoffelstreifen und die feinen Anschovisfilets warf sie in den Mülleimer und stellte sich dumm, wenn er ihr Vorwürfe machte. Manchmal bekam er sie satt. Ihre Verrücktheit war verschachtelt wie russische Puppen.

Sie hatte sich, wie erhofft, bis zum Samstagvormittag ausgeweint und war in der Lage, reine Schürzen hervorzuholen und sich zu Noréns zu begeben. Isak hielt es jedoch für das klügste, mitzukommen und auf sie aufzupassen. Auf diese Weise bekam er zum ersten Mal Zutritt zu Noréns Villa, und er traf dort zur gleichen Zeit wie die Schnaps- und Weinkartons ein, die von Helfeten in die Küche gebracht wurden. Die Kartons rochen nach Schweinen, da sie mit dem Lieferwagen der Norfood AG vom Alkoholvertrieb in der Stadt transportiert worden waren, doch ihr Inhalt erfüllte Isak mit Andacht. Er war in seinem Leben schon viel mit Schnaps umgegangen, allerdings tröpfchenweise und mit Umsicht. Aus einem kleinen Apparat darf es niemals in Strömen fließen, wenn man es mit dem Geschmack genau nimmt. Den Schnaps aus dem Alkoholladen verachtete er, aber das galt nur für die Sorten, die er gekostet hatte. Er wußte, daß es auch richtigen Branntwein zu kaufen gab, daß der allerdings teuer war. Beim Auspacken der Kartons sah er als erstes eine bauchige Flasche mit Whisky von einer Farbe wie das Auge eines Bären und, wie er später feststellte, einem Geschmack, so mild und braun wie dessen Brummen. Helfeten pfefferte ohne jede Ehrfurcht die Flaschen auf den Tisch, und Isak jaulte und flehte. Doch in dem Moment, als Helfeten den Burgunder auspackte, kam Simon Norén höchstpersönlich in die Küche und stürzte sich auf die Flasche, die Helfeten in seiner großen Faust hielt, und stellte sie behutsam auf den Tisch.

»Paß auf den Bodensatz auf!« brüllte er.

Helfeten wurde an die frische Luft befördert, und Simon nahm mit Isaks Hilfe und mit Zärtlichkeit und Präzision die dunklen Flaschen selbst heraus, und er belehrte ihn zugleich, daß der Bodensatz in einem so vortrefflichen und kräftigen Burgunder kein Fehler sei. Der Wein brauche jedoch Luft, um Leben zu entfalten, nachdem er so lange eingeschlossen gewesen sei. Da er merkte, daß Isak ein gutes Händchen hatte, betraute er ihn mit dem Entkorken und Dekantieren, denn er selbst mußte sich für den Empfang umziehen.

Mit schmerzenden Füßen rannten die Frauen um die heißen Herde herum, und ihre Stimmen wurden immer schriller. Isak wurde vom Küchentisch vertrieben, bekam aber im Servierraum eine Bank zugewiesen, wo er die Flaschen aufreihen konnte. Vorsichtig hantierte er mit Korken, lüftete und kostete. Er hätte sich den ganzen Samstag nachmittag und abend im Paradies befunden, wenn ihm nicht ein Katalog des Alkoholvertriebs in die Hände gefallen wäre. Eigentlich wollte er nur die Preise studieren, um deren Poesie die ungeahnten Geschmäcker und flüchtigen blumigen Aromen beizufügen. Er wollte wissen, was ein Sherry kostete, der so herb und edel war und von so heller Farbe, daß Isak glaubte, er sähe Wasser über feinen hellgelben Sand auf dem Grund eines Stroms fließen.

Als er alles zu Simon Noréns Zufriedenheit erledigt und alles, was es zu probieren gab, probiert hatte, kam er auf die Idee, zu überschlagen, was der Schnaps, die Weine und der Likör den Wirt gekostet hatten. Da war das Essen bereits im Gange, und die Serviererinnen warfen ihn aus dem Servierraum, um mit den Gravlachsplatten und dem Mosel durchzukommen.

An der äußersten Ecke des Küchentischs, den Katalog vor sich und ein Spitzglas Courvoisier neben dem Ellbogen, saß er dann, von gehetzten Frauen geschubst, und rechnete auf einem Blatt Papier die Endsumme all dieses Branntweins aus. Sodann fügte er die Weine hinzu und addierte und radierte und strich, während kleine Schneehühner mit runden Brüstchen vorbeigetragen wurden, die vor Sauce glänzten und säuberlich auf Silberplatten gereiht waren. Das Moltebeerenparfait, der helle Sherry und der nach Blumen duftende Portwein waren zu Ende, und als Isak zum dritten Mal die Endsumme aufzuaddieren begann, hatte die Musik eingesetzt. Er hörte den Baß im Partykeller dröhnen und in den schwülen Dämpfen der Küche Adana wütend mit dem Geschirr scheppern. Er fühlte, wie eine leichte

Übelkeit vorüberstrich und vom letzten kleinen Schluck *Gammal Norrlands Akvavit* in die Flucht getrieben wurde, den er in einem Glas hinter der Küchengardine versteckt hatte, bevor er die Frauen die Flaschen für den Imbiß kaltstellen ließ. Jetzt war er fertig und unterstrich die letzte Zahl dreimal. Ihm schwindelte, und er mußte sich das Blatt fest vor die Augen halten, um die Endsumme dieser unerhörten Branntweinflut begreifen zu können, der Simon Noréns fünfzigster Geburtstag die Schleusen geöffnet hatte. Zugleich spürte er, daß diese Zahl zu hoch war, um unbeanstandet durchgehen zu dürfen.

Isak erhob sich und ging los, das Blatt Papier immer noch in beiden Händen, als hielte er sich daran fest, um den Abstieg in den Partykeller sicherer zu machen. Der Speisesaal war leer, doch Isak ging von der Musik geleitet geradewegs auf Simon und seine Sodomiten und Gomorrhaner zu, die unter den schwarzen Deckenbalken der unterirdischen Partyräume tanzten. Er war von dem, was er sah, nicht einmal verwirrt, und er brauchte nicht zu denken. Ein großer und gerechter Zorn sang derart laut in seinem Inneren, daß er, wie Isak fand, die Musik, das Stimmengewirr und das Schlurfen der Füße auf dem Tanzboden eigentlich hätte übertönen müssen. Es schien ihn jedoch überhaupt niemand bemerkt zu haben, als er mit dem Zettel in der Hand die Treppe heruntergekommen war, und er ergriff ein schweres Whiskyglas, das auf der Bar stand, und ließ es auf den Ziegelfußboden fallen. Da wurde es um ihn herum absolut still. Er hielt den Zettel in die Höhe.

»Hier haben Sie schwarz auf weiß, was Sie heute abend versoffen haben, sofern Sie noch in der Lage sind, Geschriebenes zu lesen«, sagte er.

Der Anflug eines Kicherns kräuselte die Stille auf dem Tanzboden. Isak ließ die Hand mit dem Blatt nicht sinken, sondern hielt sie so hoch, wie er nur konnte, und hob schließlich die Stimme:

»Als Sie heute abend angefangen haben, hat es in diesem Haus für achtundzwanzigtausendzweihundert Kronen alkoholische Getränke gegeben!«

Er hatte seine Brille auf dem Küchentisch abgelegt und erfaßte darum nur eine Impression flimmernder Farb- und Lichtflecke, als er seinen Blick über den Raum schweifen ließ. Doch sein Sehvermögen fand offenbar allmählich einen Halt – er sah Simon Norén dort am Flügel lehnen, schwarz und weiß wie ein Pinguin, und schwarz leuchtete sein Scheitel mit den weißen Geheimratsecken, während sein Gesicht in Isaks Augen zu einem rosafarbenen Brei zerfloß. Isaks Gehör schien dagegen doppelt so gut geworden zu sein. Er vernahm das schwache Säuseln, das dem Gelächter voranging, und fernes Geklapper von Türen und Geschirr. Nun wußte er auch, daß es nicht mehr lange so still bleiben würde, und er mußte etwas sagen, so daß sie es ein für allemal begriffen. Er sah die Ungerechtigkeit, wohin er auch blickte. Es war, als schaute man über einen Kahlschlag hin, wo der Eigennutz hervorgetreten war; es war unerhört. Er zögerte angesichts des Niederschmetternden dieser Unerhörtheit noch eine Sekunde, doch dann schleuderte er ihnen die nächstliegende Schamlosigkeit entgegen, die er kannte.

»Achtundzwanzigtausendzweihundert haben Sie versoffen, und in Hadden sitzen sie im Dunkeln!«

Er erhielt mehrere Antworten vom Tanzboden her, wo alle ihm ihre erhitzten Gesichter zuwandten.

»Was ist Hadden?« rief eine Stimme, die einer Frau.

»Es ist das letzte Dorf vor dem Wald!«

Jetzt sah Isak Simon größer werden und sich ihm nähern, und er mußte in aller Eile einen Abschluß finden für das, was er zu sagen hatte, deswegen rief er:

»Denken Sie mal daran!«

Sein Arm mit dem Blatt Papier fiel herab, und Simon nahm es ihm aus der Hand. Seine Miene war unerbittlich und nüchtern. Isak war furchtbar übel, und er wollte schon die Treppe hinaufrennen, beherrschte sich aber. Simon las den Zettel, legte ihn dann auf die Bar und lächelte Isak an. Es war wieder genauso still wie in dem Moment, als das Whiskyglas fiel.

»Ich wußte gar nicht, daß wir heute abend so fürchterlich gesoffen haben«, sagte Simon mit seiner dünnen, jungenhaften Stimme. »Aber wenn ich es mir leisten kann, für fast dreißigtausend zu saufen, dann kann ich es mir wohl auch leisten, den Omas und Opas in Hadden Licht in den Lampen zu verschaffen.«

Er ergriff Isaks Hand, doch die war schlapp und erwiderte den Händedruck nicht.

»Hier hast du meine Hand darauf, Isak Persson«, sagte er und schwenkte Isaks Arm ein paarmal rauf und runter. »Jetzt wollen wir auf das neue Kraftwerk in Hadden anstoßen!«

Er rief seiner Frau zu, sie solle ihnen etwas einschenken, legte Isak den Arm um die Schultern und führte ihn vorsichtig kreuzend zu den Flaschen in der Bar. Als Isak die kirschroten und goldfarbenen Liköre sah, die mahagonibraunen Whiskysorten und etwas, das so grün war wie pures Gift, da begann alles vor ihm zu wogen. Astrid Norén fragte nicht, was er haben wolle, und ihr Gesicht war streng, als sie eine Flüssigkeit von derselben Farbe wie die ihrer Augen einschenkte. Als Isak das Glas zum Mund führte, duftete es nach Pfirsich. Simon faltete das Blatt, steckte es ihm in die Westentasche, konnte ihm noch auf den Rücken klopfen und ihm zuprosten, doch dann war für Isak Persson alles erloschen und weg.

Tags darauf vertrug er weder Essen noch Trinken, und er war so betäubt, daß er die Kälte kaum spürte, als er mit nach Pfirsich riechendem Erbrochenem zwischen den Füßen auf der Vortreppe saß. Später am Abend kehrte seine Erinnerung zurück und quälte ihn heftig. Mit hämmerndem Kopf las er erneut seinen Zettel mit den Berechnungen. Zweitausendzweihundertachtzig hatte er geschrieben. Es war schlimm genug, so viel zu versaufen. Aber achtundzwanzigtausendzweihundert hatte er vorgelesen.

Er zeigte den Zettel Adana; die schnaubte und nahm mit raschem Blick die Zahlenreihe rauf und runter die Addition nochmals vor. Sie kam auf zweitausenddreihundertvierzig, und es gab keinen Grund daran zu zweifeln, daß dies die richtige Zahl war, denn Adana war im Rechnen schon immer geschickt gewesen.

Im Frühjahr zuvor war das Kraftwerk in Hadden vom Hochwasser mitgerissen worden. Die Kommune kam für kein neues auf; für sie war dort oben Schluß. Simon Norén hatte einen Hof nach dem anderen aufgekauft, und es hieß, er habe große Pläne für ein Freizeitdorf mit Angelgewässern und womöglich sogar einem Hotel auf dem Gelände. Diejenigen, die noch in ihren Hütten in Hadden wohnten, waren jetzt Noréns Mieter.

Noch ehe Isaks schwerer Rausch gänzlich verflogen war, hatte sich die Kunde von einem bevorstehenden Kraftwerkbau in Hadden verbreitet. Isak litt wie ein Hund und wollte gar nicht außer Haus gehen.

»Kraftwerk«, sagte er zu Adana. »Das hört sich wirklich gut an. Die Leute glauben, daß es da oben wie Harsprånget wird. Aber in Wahrheit ist es so, daß ein so kleines Kraftwerk nicht größer ist als ein Scheißhaus, und es zu bauen kostet kaum mehr als ein modernes Scheißhaus mit Badewanne im Haus!«

Für Edvard Evansson kam der Bau in Hadden indes wie ein Geschenk des Himmels, denn er bekam dort vorübergehend Arbeit, und es waren er und Helfeten, die das braune Häuschen, in dem dann die Turbinen installiert werden sollten, errichteten.

DAS IST GESCHEHEN:

Auf ihrem Hof in der naturschönen und abgeschiedenen Waldgemeinde sitzt HELGA WEDIN, eine reife, formidable Witwe, seit elf Wochen allein. Seit dem Tod ihres Mannes bedeutet ihr EDVARD EVANSSON immer mehr; jetzt haben ihn die Umstände gezwungen, eine Zeitlang im SÜDEN zu verbringen. Helgas Onkel, der wohlhabende Eigenbrötler HARALD JONSSON, ist nunmehr der einzige, an den Helga sich in ihrer seelischen Krise wenden kann, die von ihrer Einsamkeit und der Ungewißheit darüber, wie die Zukunft sich gestalten werde, herrührt. Harald Jonsson stirbt jedoch im selben Augenblick, in dem Helga im Begriff steht, ihm ihr Herz auszuschütten.

Zur Beerdigung des Onkels trifft Egon Wedins Tochter aus erster Ehe, ÅSA, eine junge, aufsässige, aber desillusionierte und alleinstehende Mutter ein. Dort versammeln sich außerdem der originelle Ehrenmann ISAK PERSSON und seine verträumte Haushälterin ADANA, der verläßliche HELFETEN und die Großbauern der Gegend.

Åsa ist enttäuscht über das stillstehende Leben in der Heimat, bleibt aber dennoch mit ihrem Sohn ROLF auf dem Hof. Für Helga beginnt ein neues Leben. Die Zukunft ist jedoch unverändert ungewiß. Edvard grübelt, und oben am Waldrand liegt brütend die SCHWEINEFABRIK mit ihren dunklen Geheimnissen …

Sie kamen überein, daß Åsa einstweilen in Onkelchens Wohnung über dem Laden einziehen sollte. Helga und sie würden sich im Laden abwechseln. Es klang zumindest so, als ob Fricks und Strömgrens und einige andere ihn noch haben wollten.

»Wir sind ratlos, wenn ihr zumacht«, sagten die Frauen, kauften jedoch nur das, was sie in der ICA-Halle im Ort vergessen hatten.

Hinterlassen hatte Onkelchen Fliegenfänger und staubige Konservendosen mit aparten Früchten. In einer Lattenkiste waren ein paar Lauchstangen welk geworden. Ein Salzströmlingsfäßchen, Dosen mit gegorenem Strömling, Eis, Salz, Sirup, Wäscheklammern, Zucker, rosa Briefpapier, ein halber Meter Fleischwurst, die sich schon krümmte, aber noch nicht schlecht roch. Eine große Kiste Hefe. Lieferantenrechnungen hagelten auf den Nachlaß nieder, und die drei Tausender auf Onkelchens Sparbuch schmolzen rasch dahin.

»Wir müssen Lockartikel und Sonderangebote haben«, sagte Åsa und klemmte hellblaue Wäscheklammern auf die Tüllen der Milchpackungen. Die Leute lachten, kauften aber nicht mehr ein. Das Geschäft stand still, es gab weder ein Plus noch ein Minus, doch sie hatten alle drei das Gefühl, noch keine Entscheidung treffen zu müssen. Es war lediglich eine Zeit des Wartens – Edvard sann über Arbeit nach, bezog aber nichts aus der Arbeitslosenkasse. Er hatte das Werk allzu schnell und freiwillig verlassen. Åsa dachte manchmal an Stockholm, und in der starren Erde ruhte Onkelchens gefrorene Leiche und wartete auf den Frühling und die Umbildungsprozesse. Zu Hause aßen sie merkwürdige Konserven aus dem Laden: gelbe Wachsbohnen, Kastanienpüree, geräucherte Austern in Öl.

Åsa packte Rolf in einen schaffellgefütterten Fußsack und fuhr mit ihm Tretschlitten. Es gab Tage, da war die Kälte so beißend und bitter, daß sie ihn nicht mit hinausnehmen konnte. Dann saß er an Helgas Küchenfenster und zeigte auf die Birkenzeisige mit ihren purpurroten Käppchen, die in den Apfelbäumen turnten. Es kamen Wind und Tauwetter, und danach fror es wieder, so daß die wundersame Geführigkeit des Schnees bis weit auf die Forststraßen nach Hadden und Veja reichte.

Sie fuhr mit dem Tretschlitten umher und sah verfallene Hütten und ausgestorbene Dörfer. Das war nicht aufmunternd. An manchen Tagen hätte sie stracks den Zug zurück genommen, wenn sie nur Reisegeld gehabt hätte.

Sie hob Rolf vom Schlitten und trug ihn zu der eingefallenen Tür der alten Mühle. Sie guckten zu dem Gerümpel und den Balken hinein, und Rolfs Augen wurden von der Dunkelheit schwarz. Åsa erinnerte sich an das eine und andere: Stockfinsternis und kantige Jungenkörper. Unter der Brücke sollte das Flußmännchen lauern. Sie blieb auf der Holzbrücke stehen und lauschte der Wasseramsel. Diese hielt sich gewöhnlich den ganzen Winter über beim Mühlenhaus auf, tauchte in die dunklen Strudel und lief am Rand des Eises entlang, das von unten her vom schwarzblau strömenden Wasser zerfressen wurde. Eines Tages war da nur das Geräusch des Wasserfalls. Es hörte sich an, als wasche man unter Wasser Löffel ab.

Hatte der Vogel die Lust verloren und war davongeflogen? Konnte ein Tier das eintönige Strömen, die Stille rings um das Geplätscher und den Schnee, der alle zwei Wochen um eine dezimeterdicke Schicht tiefer wurde, satt bekommen? Noch in keinem Jahr war der Schnee so schmutzig gewesen wie in diesem. Man konnte ihn nicht mehr als Kaffeewasser verwenden, wenn das Dorf vom Stromnetz abgeschnitten war, denn der Dreck legte sich in Flocken auf die Oberfläche des Schmelzwassers, und hinterher war der Kochtopf innen von einem fettigen Schmutzfilm überzogen. Von weitem jedoch war der Schnee weiß, und bei zwanzig Grad minus besaß diese Landschaft eine Schönheit, die beinahe erschreckend friedvoll war. Sie ruhte in sich selbst, in ihren langen, erhabenen Linien und ihren kaum angedeuteten Farben. Es war eine strenge und unnahbare Landschaft, ein Idealbild ihrer selbst. Sie würde denjenigen, der sich in sie hinausbegäbe, nicht aufnehmen und sich um ihn schließen. Man stand da und dachte an Lerchen. Schnüffelnde Dachse, brummende Mistkäfer. Fette Fliegen und gehetzte Füchse. Um diese Jahreszeit waren nur die Krähen zu sehen, die Begräbnisgäste. Selbst Katzen gab es nur wenige. Von Menschen ganz zu schweigen.

Helga nannte sie eine Dorffegerin, doch ihr machte es Spaß, herumzufahren und sich ein bißchen zu unterhalten, wenn sie Leute sah. Sie war mit kaum jemandem zusammengekommen, nachdem sie in die Wohnung in Älta gezogen war, außer in der ersten Zeit, als sie noch im Fotogeschäft gearbeitet hatte. Vom Jugendamt hatte man ihr natürlich jemanden ins Haus geschickt, aber nicht vom Sozialamt. Ein Elektriker war dagewesen, und ein Kerl, der Jalousetten verkaufte.

Sie hatte weder die Miete bezahlt, noch hatte sie eine Nachricht hinterlassen. Bald wäre es unmöglich, zurückzukehren. Sie wollte die Sachen gar nicht haben. Das war eine ganz neue Entdeckung. Wenn sie die Augen schloß, konnte sie sich jederzeit in das Wohnzimmer mit dem weißen Ryateppich und dem Cordsamtsofa zurückversetzen. Auf einem niedrigen Tisch stand eine Schale Orangen. Ein Stapel Zeitungen, das Strickzeug. Das schwarze Meer der gardinenlosen Fenster und ein glattes Parkett, das im Licht der Dielenlampe glänzte. Einer der Räume war immer dunkel, denn sie mußte die Lampe von einem zum anderen schaffen.

In ein paar Monaten würden sie wohl gewaltsam in die Wohnung eindringen und das Strickzeug und die Orangen finden. Die Firma würde ihre Möbel zurückbekommen.

Sie hatten schon einige warme Tage gehabt, doch jetzt sah es so aus, als ginge es wieder auf mehr Dunkelheit, Kälte und Wind zu. Helga hing am Fenster und sehnte sich. Sie sehnte sich nach Wärme Gras Wasser weichem Boden Schafgarben und Himbeeren Hummeln in Sonnenblumen, nach den vom Sommerregen gelösten Gerüchen der Moorböden – sie sehnte sich so sehr, daß es Eisblöcke zum Schmelzen hätte bringen können. Sie war schon nachmittags dösig und vom Dämmer müde. Trotzdem war sie nicht unzufrieden.

Åsa zog zu ihnen zurück. In Onkelchens Wohnung wurde es gar zu einsam, und die Kälte und der abgestandene Geruch waren nicht aus dem Haus herauszukriegen. Den Laden aber hatten sie vormittags nach wie vor für ein paar Stunden geöffnet, obwohl Helga meinte, sie habe anderes zu tun, als auf Kunden zu warten. Das durfte Åsa machen, und sie setzte sich mit einem Buch in den Lagerraum. Rolf durfte bei Helga bleiben, wenn sie ihren alltäglichen Verrichtungen nachging. Die elf Wochen Unterbrechung hatten diesen Trott fast so spielerisch werden lassen wie im Kinderlied vom Wacholderbusch: So machte sie es, wenn sie Wäsche wusch, so machte sie es, wenn sie Brot buk.

Eines späten Abends kam Helgas Schwester Adèle in hellgrauem Pelz. Sie hatte einen Mann an ihrer Seite, und es tuckerte ein weißer Saab auf den Vorplatz.

»Da bin ich jetzt aber baff!« sagte Helga.

»Hauptsache, du hast noch nicht geschlafen! Man weiß ja nie, wenn man so spät kommt.«

Sie war größer und zierlicher als Helga, bewegte sich schnell und lachte oft. Helga Jeanette und Hedvig Adèle, sie waren nur zwei Jahre auseinander. Einst waren die schwarzhaarigen Töchter der Dünkel des Prahmschiffers gewesen, und er hatte ihnen ihre französischen Namen gegeben. Helga und Hedvig hatte die Mutter durchgesetzt. Sie war nicht wie die Töchter schwarzhaarig gewesen.

Adèle war nicht gekommen, um unbedingt ihren Teil an Onkels Hinterlassenschaft in Besitz zu nehmen, wollte aber hören, wie die Dinge lagen. Sie hatte sich nicht vorgestellt, daß sie den Laden behalten würden. Das Haus sollte so schnell wie möglich verkauft werden.

»Das ist Sture«, sagte sie. »Ingenieur Nolby, wenn man genau sein will.«

Nolby knöpfte seinen Mantel auf und legte ein Paar Schweinslederhandschuhe auf den Tisch, doch als er Gej streicheln wollte, mußte Helga ihn warnen.

»Aber mich kennt er schon noch«, sagte Adèle. »Wie grau er um die Schnauze geworden ist!«

»Der liegt jetzt meistens nur rum«, sagte Helga. »Es juckt ihn nicht mal, wenn die Hündin bei den Fricks läufig ist.«

Adèle wie auch ihr Nolby lachten.

»Jetzt kriegst du Kaffee, Helga!«

Adèle öffnete ihre Papiertüte und präsentierte drei Dosen.

»Wir haben heute fünfzehn Dosen gewonnen, als wir durch die Stadt gefahren sind. Wir haben die Bank gesprengt!«

»Ah ja?«

»Ich meine nur, daß sie hinterher keinen Kaffee mehr hatten. Wir haben fast alle Lose genommen, die noch da waren. Nur so gewinnt man.«

»Ja, das ist klar«, sagte Helga geistesabwesend, denn sie fürchtete, Gej würde nach Adèles Gesicht schnappen, wenn sie sich hinabbeugte und ihn kraulte. Er wollte schon seit Jahren nicht mehr getätschelt werden, vor allem nicht spät abends.

»Der stinkt ja höllisch aus dem Maul!«

»Er ist alt.«

»Er muß wohl bald fünfzehn Jahre alt sein. Gehört er nicht schon längst erschossen?«

»Ist schwierig, sie so mir nichts, dir nichts beiseite zu schaffen«, sagte Helga. »Die gehören halt irgendwie dazu.«

»Ja, du bist schon immer ein bißchen spinnerig gewesen«, sagte Adèle, und Helga fand es schön, in ihrem spitz artikulierten Redefluß ein Wort von daheim zu hören.

Adèle wohnte seit vielen Jahren in Stockholm. Sie reiste viel. Die fünf-, sechshundert Kilometer, vor denen es Helga einen ganzen Winter lang grausen konnte, zumindest bevor die Fahrkartenpreise so wurden, daß ohnehin nicht mehr daran zu denken war, die reiste sie oft und ohne lange Vorzeichen. In Schweden fuhr sie mit dem Auto, und in den Süden flog sie mit Gesellschaftsreisen. Wenn sie von Zeit zu Zeit in Helgas Heimatgegend kam, hatte sie nicht das Gefühl, daheim zu sein, nicht einmal an der Mündung des großen Flusses, wo auf einer Sumpfwiese in der zerfurchten Deltalandschaft das Häuschen des Prahmschiffers gestanden hatte. Sie fand sich zurecht, lachte aber über alles. Sowohl sie als auch Nolby waren mobile Menschen.

Ihre Augen waren blau wie die von Helga, ein väterliches Erbe. Sie lachte, während sie redete, und ihre Augen spähten durch die Küche. Nicht nach Wollmäusen in den Ecken, wie Helga annahm, so war sie nicht. Nein, sie besah sich die Hoffnungslosigkeit an sich.

Ja, so können die Geschicke wechseln. Man dreht das Schokoladenrad des Glücks einmal herum! Vor zwanzig Jahren, als Helga in einen großen Hof mit vielen Pferden einheiratete, arbeitete Adèle nach wie vor im staatlichen Alkoholvertrieb am Kungsholmstorg. Das Mädchen war drei Jahre alt. Im selben Jahr schrieb der Deutsche eine Ansichtskarte aus Hamburg, daß er schon vorher verheiratet gewesen sei.

»Schau her«, sagte Adèle und hielt ihr das Handgelenk hin, es klirrte. Sie hatte vier Goldketten um das Uhrarmband.

»Ich weiß nicht, ob du dich daran erinnerst«, sagte sie,

»aber ich hatte früher nur drei. Diese Bismarckkette habe ich in der Stadt beim Bingo gewonnen.«

»In Stockholm?«

»Nein, hier oben. Wir nutzen jede Gelegenheit. Ich begleite Sture immer auf seinen Geschäftsreisen. Und dann spielen wir. Vorige Woche haben wir in Söderhamn Bettzeug gewonnen.«

Helga hatte ab und zu Bingo gespielt und früher zusammen mit Onkelchen und Vera Strömgren ein Lotterielos besessen. Ein einziges Mal hatten sie fünfzig Kronen gewonnen, und einmal gewann sie beim Abräumbingo eine Kaffeedose. Doch sie wußte, daß Adèle gewann. Sie hatte schon immer gewonnen, und ihr Glück schien sich vermehrt oder ein System gefunden zu haben, seit sie Nolby kannte.

Sie spielten überall dort Bingo, wohin das Auto sie bringen konnte, und sie fühlten sich in den verrauchten Tempeln, wo immer diese sein mochten, zu Hause. Wenn sie in neue Lokale kamen, wo Scharen gurrender Rentnerinnen und Rentner ängstlich zwischen den Zahlenkarten wählten, schlugen sie mit energischen und raschen Gebärden und geheimnisvollen Beweggründen für ihre Wahl zu. Die alten Amateure hielten nach Siebenern und privaten Erfolgszahlen Ausschau, nach Zahlen, die an eigene Glücksfälle oder die Geburtstage der Enkel erinnerten. Nolby und Adèle suchten die Stapel systematisch durch und kontrollierten mit zusammengezogenen Augenbrauen, ob die gewünschten Kombinationen auch dabei waren. Doch welche das waren, erfuhr niemand. Sie besaßen eine größere Geschicklichkeit als die meisten, die vielen Karten auf dem Tisch im Auge zu behalten. Sie gewannen oft einen Jackpot oder eine große Fleischplatte. Einmal hatten sie in einer Gegend, in der sie nicht zu Hause waren, nach siebenundfünfzig Ziehungen einen Farbfernseher gewonnen. Gegen den Haß, der sie zum Auto hinaus verfolgte, waren sie unempfindlich.

Sie folgten niemals den Hauptverkehrswegen, die um die Städte herumführten, sondern fuhren auf den alten Reichsstraßen direkt durchs Zentrum und hielten oft bei Domus oder einem Wochenmarkt an und fielen über eine Losbude her. Sie kauften zunächst für zehn oder zwanzig Kronen Lose. Führte das zu nichts, kauften sie welche für einen Fünfziger. Aber meistens war das gar nicht nötig.

Wer hat, dem wird gegeben. Helga akzeptierte diese Ordnung nicht ganz ohne Bitterkeit. Nein, es half nichts, nur ein bißchen zu kleckern. Hier auf Erden mußte man Geld in der Hand haben und darauf achten, es im richtigen Augenblick auf den Tisch zu knallen. Natürlich konnte das teuer sein, und nicht alle Gelegenheiten sind golden. Am teuersten aber ist es doch, arm zu sein.

Helga hatte angenommen, Adèle sei gekommen, um den Verkauf von Onkelchens Haus voranzutreiben, doch jetzt gab es plötzlich andere Signale.

»Behalte den Laden einstweilen, dann sehen wir weiter«, sagte sie.

»Es dürfte niemand geben, der das Haus kaufen mag«, vermutete Helga. »Hier oben. So ganz und gar unmodern.«

»Das weiß man nicht.«

Adèle erweckte den Eindruck, als habe sie in dem Saab draußen auf dem Vorplatz einen Käufer versteckt.

»Hier mag niemand wohnen«, prophezeite Helga düster. »Der Bus fährt heutzutage nur noch samstags und montags.«

Da solle sie mal gar nicht so sicher sein, meinte Adèle, und Sture Nolby schlug seine Handschuhe auf das Wachstuch, daß es knallte, und sagte, das Dorf habe Zukunftsaussichten. Die Schweinefabrik könne mehr Arbeitsplätze mit sich bringen.

Als Helga dies Edvard berichtete, sagte er nur: »Leck mich am Arsch.« Sie wußte nicht, was sie glauben sollte.

Die Natur bot viel Abwechslung, was die Eintönigkeit betraf. Sie hatten jetzt schon ein halbes Jahr lang Schnee. Bror Frick feilte mit dem Schieber an seinem Schneewall herum; es sah aus, als hätte er einen riesigen Nachtisch zubereitet, Meringe und Eis möglicherweise. Hunde pinkelten jedoch dagegen, und Bror kratzte fluchend.

Viel Abwechslung. Der feuchte Schnee gefror zu einer harten Kruste, und neuer Schnee rieselte herab und legte sich knisternd fragil und in tausend Sternen darauf. Dann floß ein paar Märztage lang alles, und der Schnee unter dem Tretschlitten war blitzend geführig. Eines Nachts war die Hölle los, in den Zugklappen heulte es, und das Balkongeländer wurde gerüttelt, als versuchten Riesenhände es loszureißen. Am Morgen war die Welt zermartert und mit steinhartem, wüstem Harsch verödet. Ein Kiefernast hatte sich krachend gelöst und lag auf dem Holzschuppendach, das, morsch wie es war, nachgegeben hatte und eingesunken war.

Der März ging dem Ende zu, und wenn sie erwachten, war die Luft schon von der Sonne gerötet. An Mariä Verkündigung schneite es dicht und ausdauernd. Bis hinüber zum Wald stand eine graue Wand, Berge oder Höhenrücken waren nicht zu sehen. Jetzt wird die Welt komprimiert, jetzt wird sie zusammengedrückt. Jetzt werden die Geräusche weggenommen. Jetzt ist es aus – jetzt wirst du erstickt.

Am allerletzten Tag des März erschienen auf der Vortreppe zwei Stare.

»Jetzt ist Licht nach Hadden gekommen«, las Åsa, und Helga, die am Küchentisch gerade Kaffee einschenkte, mußte sich über ihre Schulter beugen und die Bilder in der Lokalzeitung angucken, auf denen die alte Alfa Pettersson lächelnd neben Simon Norén zu sehen war. Astrid Norén war nach seinem Fünfzigsten auf die Kanarischen Inseln gereist und nicht mit abgebildet.

»Dann ist sie wohl noch dort«, sagte Helga. »Das kann man schon verstehen, wo sie doch vorhergesagt haben, daß dieser kalte Winter lange dauern und es in diesem Jahr einen späten Frühling geben wird.«

»Lies«, sagte Edvard.

»Jetzt ist Licht nach Hadden gekommen, und als am Freitag abend die Reporter des *ÖK* auf der sich dahinwindenden Forststraße eintrafen, leuchtete es festlich aus allen Fenstern. Der Direktor der Norfood AG, Simon Norén, legte höchstpersönlich die Regler um, die schließlich und endlich den elektrischen Strom zu den erwartungsvollen Bewohnern des Walddorfes fließen ließen. Das neue Kraftwerk, von der Norfood AG bezahlt und nach Direktor Noréns eigenen Entwürfen errichtet, ist während der vergangenen Woche fertiggestellt und nun von frohen Dorfbewohnern in Gebrauch genommen worden. Die qualmenden Petroleumlampen, die vor einem Jahr, als das Frühjahrshochwasser das alte Kraftwerk mitgerissen hatte, wieder zu Ehren gekommen waren, hat man beiseite geräumt.

Ein einziger Wohnungseigentümer in Hadden hat darauf verzichtet, den Vorteil des Kraftwerks zu nutzen.

›Wir drängen uns niemandem auf‹, sagt Direktor Norén, der auch betont, es sei die reine Freude, dies für die alten Leutchen tun zu können, und er fügt hinzu: ›Wenn die Kommune versagt, muß privater Unternehmergeist einspringen. Die Hauptsache ist doch, daß es hell wird!‹

Dem stimmten die Dorfbewohner zu, und gemeinsam luden sie Direktor Norén und seine Gesellschaft in die Stube der alten Alfa Pettersson zum Einweihungskaffee ein. Eigentlich hätte ja das elektrische Waffeleisen zu Ehren kommen müssen, meinte Alfa Pettersson. Und wer möchte zweifeln, daß heute abend in Hadden ferngesehen wird!«

Åsa blätterte zu dem Bild auf der ersten Seite zurück und sagte, sie gebe Isak recht. Das Kraftwerkgebäude gleiche vor allen Dingen einem kleinen Scheißhaus. Edvard schwieg und weigerte sich, das Bild anzusehen.

Seit er und Helfeten mit dem kleinen Bau in Hadden fertig geworden waren, hatte er nichts mehr gehabt. Er blieb im Haus und wurde von der Wärme in Helgas Bett dösig wie ein Dachs. Sein Blut surrte vor Schlaf, und in den wenigen Stunden, in denen es Tageslicht gab, war er mit knapper Not halb wach, und alles war so gottverdammt schön und unter dem Schnee verborgen.

Helga brachte oft Kaffee ans Bett. Sie kam, das Tablett vor sich hertragend, in ihrem hellblauen Nylonmorgenrock angeraschelt. Er genierte sich, gewöhnte sich aber allmählich daran. Wenn er ausgetrunken hatte, mußte er die Tasse umgekehrt abstellen, dreimal im Uhrzeigersinn drehen und den Satz trocknen lassen. Dann nahm Helga die Tasse auf und sah nach, ob der Satz vor Geld oder sonstigen Zukunftszeichen und Hoffnungen grusig war. Da erstanden große Fabriken aus dem Kaffeesatz, Totoreihen fielen mit Gewinn aus, und die Landwirtschaft erhielt einen Schub, so daß es mit ihr wieder aufwärtsging. Seit der Bronzezeit war das Dorf nicht mehr so aufgeblüht und gediehen wie auf dem Grund von Edvards Morgentasse.

Immer öfter sah sie Tiere und Getreide in der Tasse, und eines Morgens waren auf dem Grund Karos. Ganz unten – sah er sie nicht? Und an den Seiten ging es wie Höhenrücken und Berge rauf und runter. Man konnte sich an den kühnen Umrissen der Berge ringsum am Horizont klar orientieren. Es waren das Dorf und das langgestreckte Tal, in dem sie lebten, und es konnte nur all der Fichtenwald sein, der die Linie dicht und flauschig machte. Edvard mußte sich vorbeugen und in die Tasse gucken – »Ja, verdammich, wenn ich da nicht den Älgåsen und den Tavelberg sehe!«

»Und die Karos?«

Ja, er sah, daß das Tal auf ganz andere Art denn je gekästelt war. Es waren keine Gerstenfeldstreifen, Lehden, Erdäpfeläcker. Er sah quer von Ost nach West und längs von Nord nach Süd viereckige Schafgehege durch das Tal verlaufen. Er sah Hunderte, ja Tausende von Schafen sich langsam und bedächtig in diesen großen Vierecken bewegen, sah sie sparsam und effizient weiden, sah sie dieses gesunde, braunrosa Fleisch mit dichten, weißen Fettstreifen ansetzen, sah sie sich paaren, lammen. In seinem Kopf sang es wie ein Lied, wenn er die Augen halb schloß, ein Lied zu dem Kastagnettengeklapper von Millionen trockener Kotklumpen, die in rauher, schwarzgrauer Wolle hingen. Schwarze Köpfe regten sich ohne Zaudern und Eile, feine Beinchen spazierten über welligen Boden, Kiefer mahlten, Därme entleerten sich.

Die roten Hütten wichen. Sie waren vor Alter ohnehin schon rattenbraun, sie neigten sich schwer aufeinander zu und suchten Halt; es war nicht schwierig, sie sich wegzudenken.

Am nächsten Morgen war es in der Tasse körnig und fett vor Geld.

Die Träume im kalten Winter sind vage und behaglich, die Wirklichkeit ist noch weit entfernt, mindestens vier Monate. Edvard sah aus dem Kammerfenster auf diese Decke, diese unverrückbare Decke mit ihren Spuren von Hermelinen und Eichhörnchen und nur durchbrochen von den Samenträgern des Rainfarns und der Schafgarbe.

Schließlich kränkelte der Schnee und fiel zusammen. Die Sonne leckte Wunden in die Südhänge. Im April taute es, so daß auf den Wedinschen Grund das Wasser strömte, und jetzt kamen Edvard Evanssons Großtaten an den Tag.

Sie lagen ringsum auf dem Grundstück verstreut. Da war das Nerzhaus mit eingeknicktem Rücken. Verteufelt erfinderische Tiere, wenn es darum ging, auf unterschiedliche und komplizierte Weise zu sterben. Wenn die Mütter ihre Nachkommen totbissen, fingen sie immer beim Nabel an. Nun hatte der Schnee sich über die ganze Herrlichkeit gebreitet und sie ordentlich niedergedrückt. Wenigstens stank es nicht mehr.

Der Kuhstall war irgendwann zum Ziegenstall geworden. Nun war genau dort, wo die Ziegen gestanden hatten, eine Wand eingestürzt, und man konnte einen Eimer sehen, der noch immer auf dem Fleck stand, wo Helga ihn einst abgestellt hatte, und vor sich hin rostete.

Schwer zu melkende, hartnäckige Tiere. Und ihr Geruch war ebenso hartnäckig. Helga war einmal von einem Bingoabend im Ort nach Hause gekommen und hatte geweint, weil irgend jemand etwas Boshaftes gesagt hatte. Es war jedoch schon vorher zu Ende gewesen. Edvard hatte beim Tierzuchtberater, der sich gern lächelnd mit Schafen wie auch mit Ziegen in der Lokalzeitung abbilden ließ, Rat eingeholt. Der Nerzfarm hatte wohl etwas von Lotterie und leicht verdientem Geld angehaftet – doch Ziegen! Man erhielt von der Landwirtschaftskammer keine Medaille dafür, daß man weiche Pelze für Damen mit bereits viel zu weicher Haut züchtete. Jedoch Ziegenkäse ... Nun, es ging nicht. Sie arbeiteten Tag und Nacht und waren drauf und dran, mit dem Berater in die Zeitung zu kommen. Als sie jedoch fragten, was sie dagegen machen sollten, daß die Herstellungskosten für den Molkenkäse dieselben waren, wie wenn sie versucht hätten, ihn Körnchen für Körnchen aus den Bächen zu waschen, erfuhren sie: Die Leute haben kein Bewußtsein für Ziegenprodukte.

Dann kam das Jahr der Masthähnchen, und die Luft war weiß vor Federn. Hähnchenfleisch mit Hilfe von Hormonen und Antibiotika aufzublähen, erforderte keine Übergescheitheit. Das Genick brach Helga und Edvard vielmehr das Rupfen. Ungerupfte Ware erbrachte keinen Verdienst. Doch wie sie es auch anstellten, benötigte jedes Tier seine Zeit. Sie rupften mit einem tickenden Wecker neben sich auf dem Hackklotz, um sich auf das Niveau zu drücken, auf dem der Verdienst lag und wartete.

Und Federn verbrennen. Federn, die den Weg auf den Hof fanden und zu jeder Jahreszeit blühten und schneiten und wirbelten und flogen. Daunen in der Nase und Reizhusten. Wenn Helga je einen Vogel im

Kaffeesatz sah, so schwieg sie jetzt darüber. Sie war zur Gegnerin von Nahrung geworden, die von Krallenvieh stammte.

Immer noch tauten federbestreute Stellen auf dem Vorplatz hervor. Ja, es war nicht nur das Nerzhaus, das eingestürzt und geknickt dastand. Wie eine Trophäensammlung in einem Bücherschrank bot sich im Frühling auf dem Grundstück Edvards Sammlung von Mißerfolgen den Blicken dar. Hier brach Edvard Evansson die Nerzsterblichkeit das Genick. Und dort waren es die Federn.

Doch jetzt mußte für eine Weile Schluß sein. Er gedachte nichts anderes mehr zu verkaufen als seinen Körper und seine Kraft, die in der derzeitigen Gesellschaft zwölf Kronen die Stunde wert waren. Man konnte ihn für sieben Kronen bekommen, und das steuerfrei, und man konnte ihn sogar glauben machen, es sei zu seinem eigenen Vorteil. Er arbeitete, seit er mit dreizehn die Schule beendet hatte, nachdem er lesen und rechnen konnte und ungefähr wußte, wo Afrika lag. Er hatte es nie aus Liebe getan, im Gegenteil, ihm waren die Maschine, die er in Gang geruckelt hatte, oder die Portion Holzstoff, die nach ein paar Stunden Schicht hervorgequollen war, meistens gleichgültig gewesen. Man hatte ihm versichert, wenn er ohne Unterbrechung und ohne zu quatschen oder zu fragen brav weitermache, dann werde für alle Zukunft für ihn gesorgt. Er werde immer Arbeit haben.

Er war jedoch mehrmals abgesprungen, hatte sich an kleinen Unternehmungen versucht, die Verliebtheiten glichen, wie die Masthähnchen oder der Johannisbeeranbau in großem Stil, die leicht geerntetes und wohlriechendes Geld einbringen sollten. Ihm hatte vorgeschwebt, aus Liebe und Eigennutz zu arbeiten und sich selbst mit etwas anderem als dem braunen Kuvert Genüge zu tun. Die Unterbrechungen hatten schließlich dazu geführt, daß er abseits gelandet war, daß er der guten Konditoreiwärme in Schweden nicht teilhaftig wurde.

Vor fünf Jahren war Simon Norén ein Kredit bewilligt worden, der es ihm ermöglichte, die Norfood AG zu gründen; das war im Klartext die Fleischfabrik, die man vom Dorf aus als Blechdach und gelbes Schild mit der Aufschrift »Unbefugten ist der Zutritt verboten. Das Gelände wird von Hunden bewacht« sah. Sie lag am Waldrand, vom ersten lichten Wäldchen verdeckt.

Das Dorf hatte sich vom ersten Augenblick an mit Simon Norén überworfen. Die Dorfbewohner behaupteten, seine Fabrik stinke und ihr Grundbesitz werde infolge dieser Nachbarschaft im Wert sinken. Sie behaupteten, die Schweinepisse verseuche das Grundwasser, einen Waldbach und ein Krebsgewässer, aus den Ferkeln werde das Fleisch herausgepreßt und nachts könne man deutlich deren Gequieke hören. Die Angestellten hätten Lars-Erik Frick, sechzehn Jahre alt, zwei Vorderzähne ausgeschlagen, und ihre Straßen würden von den Misttransporten kaputtgefahren, die Fabrik verbreite Ratten in der Nachbarschaft, Norfoods Rattengift habe ihre Hunde getötet, die Futtertransporte würden unachtsam gefahren und verursachten Verkehrsunfälle.

Die Angestellten der Schweinefabrik kamen aus dem Ort an der Bahnstation. Aus dem Dorf kam lediglich der sechzehnjährige Lars-Erik Frick, zurückgeblieben, Sonderschulfall. Man nannte ihn nun den »Arbeitsplatz«.

Im April ging Edvard Evansson die Straße entlang und trat beizeiten vor Simon Noréns Auto zur Seite. Norén fuhr die gleiche Marke wie der Regierungspräsident, und im Heckfenster konnten Jalousetten heruntergelassen werden. Er hielt an, kurbelte das Fenster herunter und fragte, ob Evansson für ein paar Wochen in die Fabrik kommen könne, einer seiner Angestellten sei krank geschrieben. Edvard gab vor lauter Verblüffung keine Antwort.

»Sie können später von sich hören lassen, Evansson«, sagte Norén und fuhr weiter.

Edvard hatte sich so manche Gedanken über die Schweinefabrik und Simon Norén gemacht. Er war ein schweigsamer Mensch und hatte nicht viel gesagt; von daher konnte er, ohne etwas abzuschwören, da oben anfangen, und das Unglück seiner Arbeitslosigkeit war so beschaffen, daß jeder Dorfbewohner ihn verstehen und ihm verzeihen würde. Er meinte aber, auch für seine Gedanken geradestehen zu müssen, und war deshalb verwirrt. Er ging nach Hause, setzte sich an den Küchentisch, bekam Kaffee und sagte:

»Der ist ratlos da oben.«

Helga tat so, als hätte sie nicht gesehen, wie das Auto angehalten und Norén das Fenster heruntergekurbelt hatte.

Sagte:

»Wer denn?«

»Norén.«

»Ach ja?«

»Ja, ihm ist einer krank geschrieben worden, und er findet keinen andern.«

»Nein?«

Edvard trank, und nach einer Weile sagte Helga ungebührlich kichernd:

»Mir war es doch so, als hätte ich heute früh ein Ferkel in der Tasse gesehen.«

Am nächsten Morgen um halb sieben war Edvard auf dem Weg dorthin.

Soweit sie sehen konnte, war er unverletzt. Es war auch noch nicht Mittag. Außerdem war es seinem Gang anzusehen.

Als er näherkam, zog sie sich hinter die Gardine zurück und verzog keine Miene. Ihr preßte es jedoch das Herz in der Enttäuschungsquetsche, daß es spritzte. Mensch, Mädel, heul bloß nicht! Er kommt jetzt.

Draußen war es warm, und der Schnee war porös, aber stellenweise noch ziemlich tief. In jedem Busch quinkelierten Vögel, obwohl es am Morgen winterlichen Rauhreif gegeben hatte. Drinnen spielte das Radio »Wo die Heimatföhre rauschet ihr schönes, helles Lied«. Edvard sprach, ganz ungewöhnlich, im selben Moment, in dem er zur Tür hereinkam.

»Da geh ich nicht mehr hin!«

Helga drehte ihre Runde – Spüle Herd Speisekammer –, wie das blinde Pferd Hausfrau eben seine Runde dreht. Sie war wirklich dankbar, in diesem Augenblick ihre Runde zu haben.

»Ist es dir leid?« fragte sie.

»Verdammich, aber das ist Tierquälerei!«

Sie schepperte mit Töpfen herum, und er schrie ihren Rücken an:

»Willst du's hören?«

»Nein, nein.«

Um nichts in der Welt wollte sie es hören. Allein das Wort bereitete ihr angstvolle Übelkeit.

»Da geh ich nicht hin!«

»Aber irgend jemand muß doch«, murmelte sie.

»Mir doch scheißegal!«

Weg war er. Ein Windhauch bloß aus dem kalten Flur.

Edvard zog den mit einem Korb und einer Eisbrechstange beladenen Tretschlitten. Er zog ihn geradewegs durch das Dorf, die Wut verlieh ihm einen federnden Gang. Glotzt nur!

Er schaute geradeaus auf die Höhenrücken. Dort hinten lag Hadden, und dann war da nichts mehr, nur noch Wald. Er konnte Schweden regelrecht vor sich sehen. Quadratkilometer um Quadratkilometer stiller Wald, rote Häuser und Konsumläden. Man braucht bloß ein paar Flohstiche von einer Handvoll Leute, die was gelernt haben, von ein paar Berufsflöhen zu ertragen, dachte er, und schon kann man mit diesen stillen Flächen anstellen, was man will, ihnen abpressen, was sich nur abpressen läßt. Und das geht noch immer, dachte er, obwohl er eigentlich keinen aufrührerischen Geist besaß. Manchmal konnte ihm jedoch der Gedanke kommen, daß das meiste verkehrt sei. Daß ...

Jetzt ging er an Simon Noréns Villa vorbei, an der so viele Wünsche klebten: daß sie brennen möge, daß sie zwangsversteigert würde. Es hieß, daß sie, die Frau dort drinnen, ihre Leute drille. Es waren teure Minuten, diejenigen, die den Rasen mähten, Kaffee trinken zu lassen. In diesem Winter hatte Isak in der Sauna Schreinerarbeiten ausgeführt, und Helfeten war ihm zur Hand gegangen. Sie wies sie jedoch an, sich mit ihren Proviantboxen in die Garage zu setzen, zu den Ratten! Sie stand oft hinter der Gardine und verfolgte die Bewegungen dessen, der den Rasen mähte, der schreinerte, der die Kanten beschnitt. Einmal, erzählte Helfeten, habe Einzelkind, ein freches Bürschchen aus der Stadt, zum Fenster hin einen großen Kreis gezeichnet, und in den Kreis einen Strich und auf den Strich einen Punkt, ein altes Zeichen für Möse. Da habe sie sich verzogen.

O Gott, möge es doch mitsamt dem Heimtrainer und dem Mosaikfußboden, den kupfernen Regenrinnen und dem ganzen Scheiß abbrennen! Dann schoß ihm ganz nüchtern durch den Kopf, wie merkwürdig es war, daß so viel Haß nichts auszurichten vermochte. Niemals wird irgend jemand einen Stein gegen dieses Kippfenster werfen.

Der Tretschlitten brach ein. Er mußte ihn anheben, um ihn loszubekommen. Man schämt sich oft vor sich selbst, wenn man mit einem Tretschlitten unterwegs ist, der einbrechen will, genauso wie man sich in gewissen Lokalitäten vor sich selbst schämt. Edvard schämte sich in der Schwedischen Handelsbank und im Provinzialmuseum. Wenn man aber anfängt, sich in den Anlagen der Norfood AG vor sich selbst zu schämen, wenn man seine Hände ansieht und nicht wissen möchte, womit sie sich beschäftigen –

Er wußte, was hinterher gesagt würde: Mit einem, der heimgehe, stimme doch was nicht. Er sei ein netter Kerl, hieß es immer. Und vielleicht war es genau das, was nicht stimmte. Hätte Edvard Mark in den Knochen, würde er nicht so leicht aufgeben, wenn er Arbeit kriegte. Wie der bei Norén die festgezurrten Säue angestiert hat, und dann geflennt hat …

Wollte er die Verantwortung dafür übernehmen, was

seine Hände mit den Säuen anstellten? Nein. Er war nicht in der Lage, die Situation in ihrem gesamten Ausmaß zu beurteilen. Sein Blickfeld war begrenzt. Er war naiv und irrational empfindsam.

Der Fehler mit dem Edvard ist, daß er vom großen Ganzen nichts kapiert.

Jetzt war er draußen auf der Lehde und mühte sich mit dem Tretschlitten auf der weißen Scholle sinkenden Schnees ab, wie eine Bazille auf einer Glasscheibe. Unten am Ufer mußte er ihn über den aufgetriebenen Eiswall heben. Das Wasser stand ihm bis zu den Knöcheln, doch in seinem Kern war das Frühjahrseis noch dick. Im Dunkel darunter stand träg und halb schlafend der Hecht. Edvard hatte ein Netz unter dem Eis, und das holte er jetzt endgültig ein. Eine Quappe war darin, die sich heftig verstrickt hatte und sich noch immer wand, um freizukommen.

Er stieß ein altes Pirkangelloch auf und versuchte ein Weilchen etwas zu erwischen, bevor er zurückging. Über dem Wald lag ein Dunst, der sich unablässig verdichtete. Nach einer Weile begann Edvard zu frieren, und er fühlte den Nebel von hinten anrollen. Drüben, wo das Inselchen gelegen hatte, schwebten losgelöst ein paar Kiefernkronen im Luftmeer. Dann wurden sie ausgelöscht, und sein Gesicht wurde feucht.

Rasch sammelte er seine Utensilien zusammen und begann den Tretschlitten vor sich her zum Ufer zu schieben. Er fürchtete sich vor dem offenen Strombett, und er versuchte geradeaus zu gehen, denn er hatte jetzt überhaupt keine Sicht mehr. Er ging durch dichten, grauweißen Nebel und tastete sich, mit der ganzen Stiefelsohle schlurfend, vorsichtig voran. Er hörte und roch jetzt das offene Seewasser. Es plätscherte und strömte, doch er konnte die Richtung nicht ausmachen. Er nahm seine Tabakdose, warf sie vor sich hin und hörte sie mit einem leisen, leicht zu deutenden Geräusch Wasser ziehen. Es war viel zu nahe. Er setzte sich auf den Tretschlitten.

Plötzlich und unerklärlich war der Himmel über ihm, den er nicht sehen konnte, voller Stimmen. Die Luft schwirrte, als kräftige Flügel bremsten. Flüchtig sah er direkt neben sich schwere Körper und hörte heftige Aufschläge. Es spritzte hoch und sprühte.

Er saß inmitten der Rufe und schmetternden Flügelschläge. Einer berührte ihn an der Wange und vollführte eine Gebärde, die er nicht zu deuten wußte. Sie war jedoch voller Würde und Erwartung. Er saß wie ein Stein oder ein hoher Baumstumpf zwischen ihnen, während sie einander riefen. Eis und Uferwiese waren voll der Schwärme. Er fühlte sich leicht und furchtlos.

In der Nacht wachte er auf und hörte erneut ihre Stimmen. Sie hatten auf Simon Noréns Uferwiese, die nahezu unbedeckt am Südhang lag, geweidet. Jetzt erhoben sie sich im frühesten Licht über die Nebel des Sees, und die ersten kreisten über der Bucht, während der große Schwarm sich ein Muster suchte. Da nahmen die Anführenden Fahrt gen Norden auf, und hinter ihnen kamen, rufend fragend, in immer größeren Abständen die Paare. Ohne Simons Wissen hatten sie am Himmel ein Zeichen gebildet, in dem sie zu ziehen gedachten.

»In der kleinen Hütte im Herzen des naturschönen Ådalen sitzt Mutter Gerda in ihrem Rollstuhl und lächelt genügsam. Gerda und ihr Mann sind immer arm gewesen. Elf Kinder wurden in ihrem Heim geboren und unter ständigem Kampf gegen die Not großgezogen. Vor ein paar Wochen hat sich ihre Situation völlig verändert. Einige richtig plazierte Einsen, Nullen und Zweien erbrachten den größten Gewinn, den die Totogesellschaft *Tipstjänst* je ausbezahlt hat«, las Helga in *Saxons Veckotidning*.

Eine Sieben, eine Acht und zwei Einsen konnte sie deutlich aus der gelben Haut der Sahne herauslesen, als sie das Kännchen aus dem Schrank nahm. Sie wollte Åsa diese Zahlen auf einem Zettel mitgeben, damit sie im Hinblick auf den unerwarteten Fingerzeig Losnummern auswählte. Doch Åsa schnaubte nur.

Helga glaubte an den Zufall und überhaupt an Zeichen in Flüssigkeiten, zum Beispiel im Schaum, der sich beim Melken von Hand bildet. Oder wenn man sich in den Finger schneidet und das Blut am Handgelenk herunterläuft. Das konnte ein Wink sein. Sie verbrannte Nägel und beim Kämmen ausgefallene Haarbüschel, und von derlei Unfug, über den sie nicht weiter nachdachte, hatte sie noch ein ganze Menge auf Lager. Doch etwas, was erklärte und half, hatte sie nicht.

Edvard war in dieser Richtung absolut nicht vom Glück begünstigt. Hätte Entsagung geholfen, dann wäre er bald dem Tao nahe gewesen. Er hätte, die Hände vor dem Bauch verschränkt, auf der Küchenbank sitzen und geradewegs in das blaßblaue Kopfwehnirvana des Halbhungers segeln können. Nun tat er das aber nicht.

Im Spätwinter hatte er für Bror Frick ein Jagen ausgeräumt und gratis Feuerholz bekommen. Er hatte für Evert Pettersson, der lahmte, Schnee geschaufelt. Er hatte mit dem Bus Hechte und Quappen zum Fischladen in der Stadt geschickt. Er schielte nach Arbeit wie eine Krähe nach Aas.

Die alte Alfa Pettersson, Everts Mutter, die in Hadden oben wohnte, bekam Probleme mit ihrem Windkessel. Edvard war rasch zur Stelle und verstreute vertrauenerweckend Werkzeug um sich. Die alte Alfa bot ihm jedesmal Kaffee an. Es sei ganz schrecklich freundlich von Edvard, sagte sie, er sei aber auch ein tüchtiger und gutmütiger Kerl, das könne sie bestätigen. Doch es war so, als bekäme man seinen Lohn im Himmel. Der Windkessel wurde natürlich nicht ganz fachmännisch ausgebessert. Er hörte sich an, als hätte sich der Handwerker versehentlich in den Behälter eingeschlossen und rüttelte ohnmächtig am Blech, wann immer Alfa ein paar Tropfen Wasser für Kaffee entnahm.

Wer ein Rohr in den gewünschten Winkel biegen oder eine Feder in die Nut einfügen kann, für den findet sich immer ein Ausweg. Hatte man geglaubt. Gott und die Regierung hatten diesen entlegenen Winkel zwar aufgegeben, ließen aber kleine Leute sich dennoch in Gnaden steuerfrei weiter für ihr Auskommen abmühen. Es floß ein kleiner rentabler Strom aus dem Treibstofftank des Traktors in den des Autos, und in der Dämmerung kam ein Metzger, aber kein Veterinär. Es kostete keinen Zehner, einen Mann zu finden, der bei einem Schwarzbau das Fundament gießen konnte.

Das Dorf, in dem Edvard Evansson sein nicht legalisiertes Vergnügen daran hatte, in Helgas Bett zu wohnen, war jedoch übersättigt von dieser Sorte anstelliger und billiger Arbeitskräfte. Da gab es Isak Persson, der sich nicht nur Schreinerarbeiten annehmen, sondern auch die Verzweigungen eines Entwässerungssystems beurteilen und in einem baufälligen Waschhaus eine Schicht Balken auswechseln konnte. Er konnte zur Not einen Schornstein mauern und ein Fundament gießen.

Für die gröberen Arbeiten gab es Helfeten, der mit der Schlaghacke umgehen konnte und ächzend Felsblöcke wegrückte, bevor man mit dem Traktor dorthin kam. Für einen fünfunddreißigjährigen Kerl wie Edvard hatte man eigentlich keine große Verwendung.

Langsam und mit großen Augen drangen sie tiefer in Onkelchens Geschäfte ein und begriffen nach und nach, daß er dafür bezahlt hatte, seinen Laden offenhalten zu können. Er hatte keine größeren Schulden, doch das Haus war mit einer Hypothek belastet. Man hatte ihn zu seinen Lebzeiten für knickerig und schrullig gehalten, doch jetzt im Tod entpuppte er sich als einer, der unablässig immer größere Summen aufgebracht hatte, um die Türglocke bimmeln zu hören.

Sie aßen, was im Lager war. Es gab genug Grundnahrungsmittel, und Helga konnte backen, solange das Mehl reichte. Irgendwo, wo sich der noch nicht begonnene Sommer neigen und im September verschwinden würde, zeichneten sich die Hypothekenzinsen und der Konkurs ab. Sie beeilten sich mit dem Essen und Backen.

Wenn man sich wie ein Haufen Ratten durch das Lager eines Ladens ißt, kommt es vor, daß man mehrere Wochen lang kein Fleisch zu sehen bekommt, dagegen in einem Überfluß an Puddingpulver und rosa Briefpapier lebt. Im März schlachtete Bror Frick ein Stierkalb, das einhundertsiebzig Kilo wog. Sie vereinbarten einen Tausch. Bror sollte Waren für siebenhundert Kronen aus dem Laden nehmen, und Wedins würden das halbe Rind bekommen.

Drei Wochen lang aßen sie Eis: Walderdbeeren, Vanille, Birnen, Schokolade, marmoriertes Eis und Cassata, um Onkelchens Gefriertruhe mit dem durchsichtigen Plastikdeckel zu leeren. Dann verfrachteten sie die Truhe auf einem offenen Anhänger mit Bror Fricks Traktor zu Wedins und stellten sie in der Küche auf, somit bereit, das Rind aufzunehmen. Helfeten kam, um mit Isak zusammen zu schlachten. Sie trafen einer nach dem andern um halb sieben am Morgen ein und inspizierten die Vorkehrungen: den Flaschenzug auf der Tenne, den frisch gescheuerten Tisch, die Plastikwannen. Anna Frick hatte gebacken, Bror Schnaps gekauft.

Als Åsa am Vormittag dort war, um Blut zu holen, hing das Rind bereits abgezogen da, und Helfeten hatte die Hoden herausfordend gleich auf die Tennenauffahrt hinausgeworfen, damit sie oder Anna darüber stolperten. Bevor sie mit den Eimern nach Hause ging, wurde sie in Fricks Küche zu Kaffee und Teeblättern eingeladen. Bror bot den Schnaps an, den er im Alkoholladen besorgt hatte. Es war, wie Isak sagte, ein Destillat, das den Namen Branntwein nicht verdiente. Es war der rohe Sprit.

Die Hälfte sparte Bror für den Abend auf, an dem das Rind zerlegt wurde. Dazu kam ein sachkundiger Mann aus der Stadt, der diese Arbeit für sie erledigte. Er hatte einen eigenen Betrieb besessen, eine kleine Metzgerei, doch jetzt verdingte er sich als Hausmeister bei der Provinzialregierung. »Es ist unglaublich, wie gut man es haben kann«, meinte er. »Keine Sorgen, keine Abendarbeit, keine Rackerei am Samstag und Sonntag. Und man ist versichert und verrentet und weiß der Kuckuck was alles, ohne daß man was anderes tut, als eine möglichst ruhige Kugel schieben.« Seine Apotheosen wollte er ironisch verstanden wissen. In der Sache waren sie richtig, doch ihre Bedeutung war politisch. Er war noch immer der Metzger, der ein Schmählied sang. Er hatte schwarzes, lockiges Haar mit erst wenigen grauen Einsprengseln. Er arbeitete in Fricks kaltem Waschhaus und hatte das Hemd am Hals geöffnet. Als das Hinterteil für Wedins zerlegt werden sollte, wurde Åsa hingeschickt, damit sie mit ihrer größeren Weltgewandtheit in puncto Bratenfleisch vereinbarte, wie die Zerlegung vorgenommen werden sollte. Sie gönnte sich etwas, was seit Rolfs Geburt selten geworden war, und schlief mit dem Metzgermeister hinten in der Ecke beim Backofen. Sie kam durchgefroren und nachdenklich nach Hause.

Als Edvard später am Abend hinging, um mit einer Schubkarre das Fleisch zu holen, sang der Metzgermeister aus voller Kehle, während er dastand und sägte. Die Luft im Waschhaus war von süßem Fleischgeruch gesättigt. Der Metzger a. D. fuhr mitsamt der Leber, der Zunge und einem großen Stück Oberschale in seinem Volkswagen nach Hause. Er sang und juchzte und fuhr auf der alten Straße, um der Polizei auszuweichen.

Nach dem Geschäft mit dem Rind waren die Lagerregale so leer, daß sie den Laden ganz schlossen und nur aufmachten, wenn jemand bei Wedins anklopfte und angab, ratlos zu sein, weil mitten im Backen das Mehl ausgegangen sei. Die Gefriertruhe war der erste große Transport von Onkelchens Laden zu Wedins. Im April erfolgte ein zweiter, doch da wagten sie Brors Hilfe nicht in Anspruch zu nehmen, sondern fuhren nach Einbruch der Dunkelheit mehrmals nacheinander mit Helgas Tretschlitten, obwohl er einbrach, so daß sie die Fracht fast die ganze Zeit über tragen mußten. Das machten Edvard und Åsa.

Sie hatten in Onkelchens Lagerhaltung etwas Merkwürdiges entdeckt. Er hatte unnatürlich viel Zucker. Dieser war in Pakete von je zwölf Kilo abgepackt. Überall im Lager, wo es irgend möglich war, hatte er diese Zuckerpakete verstaut. Das war eigenartig, war er doch weder in der Einmach- noch in der Beerenzeit gestorben. Sie wußten nicht, ob das Zuckerlager mit der Trockenhefe, die er in einem Karton unter der Theke verwahrt hatte, korrespondierte. Die Hefe war in Tütchen zu vierzig Öre das Stück verpackt. Onkelchen hatte jeweils zehn Tütchen zusammengefaßt und ein Gummiband darumgeschlagen. Für eine solche Großpackung hatte er fünf Kronen genommen. Dies war eine Rechenart, die er zu seinen Lebzeiten nicht selten angewandt hatte. Weder Åsa noch Edvard konnten sagen, ob er ungewöhnlich viel Hefe auf Lager gehabt hatte, da sie nicht wußten, wieviel erforderlich war, damit ein Teig mit einem Liter Flüssigkeit aufging. Mit Helga sprachen sie nicht darüber.

Sie packten die Zuckerpakete und die Hefe in einen Pappkarton, auf dem *Felix Gurken* stand, und zogen mehrmals zwischen Onkelchens Laden und Wedins hin und her. Es war ein düsterer Abend mit Regentropfen auf schmutzigen Schneewehen, knirschendem Kies unter den Schlittenkufen und unfreundlichen Worten.

An den Bergen werden der Branntweinfluten stolze Wogen sich brechen. Denn noch schwebt der Geist des Herrn über dem Nordlande!

»Hast du einen Kessel?« fragte Edvard. »Einen ordentlichen Kessel.«

»Ich glaube schon. Wie groß soll er denn sein?«

»Zwanzig, fünfundzwanzig Liter.«

»Tut es ein Eimer nicht auch?«

»Nein, es soll schon so was wie eine Kasserolle oder ein Kochtopf sein.«

»Was willst du denn machen?«

»Schnaps.«

Helga wandte ihnen den Rücken zu und begann hinten am Herd Kartoffeln in Scheiben zu schneiden. Åsa wartete mit einer Patiencekarte in der Hand, sah, wie auch Edvard, Helgas Rücken an.

»Nun, ich weiß nicht«, sagte Helga endlich.

»Zu Wedins Zeit«, sagte Edvard, »hast du denn da nie eingekocht?«

»Das haben doch alle gemacht.«

»Nun, dann mußt du doch noch einen ordentlich großen Kessel haben.«

»Kann schon sein.«

Dann begann sie Zwiebeln zu schälen und sagte gleichzeitig, den Kopf leicht abgewandt, um den Zwiebelsaft nicht in die Augen zu bekommen, daß sie ja auf dem Schuppenboden nachsehen könnten. Kaum war dies über Helgas Lippen gekommen, stand Åsa auch schon auf, lief am Tisch entlang und verschwand aus der Küche. Nach einer Weile konnten sie sie oben auf dem zugigen Dachboden hören. Helga hatte nicht einmal so viel Widerstand geleistet, wie weiblicher Anstand es erfordert hätte.

Sie hatten Onkelchens Lager, doch außer der Witwenrente und dem Unterhaltsvorschuß für Rolf gab es kein Bargeld im Haus. Es war undenkbar, mit jemandem in die Stadt zu fahren und Schnaps zu kaufen. Helga wußte nur eines: Irgendwann mußte Edvard sich Arbeit suchen, in einer Baracke oder zur Untermiete wohnen, fort sein. Er bekam, was er verlangte. Bislang war es nur ein Kessel.

Er unternahm eine Reise in die Stadt und suchte das Eisenwarengeschäft auf. Es war ein Familienbetrieb am Marktplatz, in dem nur Männer hinter der Theke standen. Dort herrschte eine schläfrige und tranige Atmosphäre. Er erklärte, er wolle einen Warmwasserbereiter bauen und brauche dazu drei Meter weichgeglühtes Kupferrohr. Er traute sich auch, Lötzinn zu kaufen, doch dann ging er zu Domus, um nach Schraubmuffen zu suchen. Es gab keine passenden.

Es war vertrackt. Die Stadt war nicht groß. Åsa mochte nicht einsehen, daß es undienlich wäre, die Schraubmuffen im gleichen Laden wie das Kupferrohr zu kaufen. Sie hatte zu lange in der Großstadt gelebt und glaubte nicht, daß die Leute sich schon nach einem flüchtigen Besuch wiedererkannten. Schließlich schickte Edvard sie doch nach den Schraubmuffen in das Eisenwarengeschäft, während er um die Ecke in der Aprilsonne wartete. Von der Dachrinne herab tropfte es ihm in den

Nacken. Er war äußerst angespannt, und er kam gar nicht auf die Idee, zur Seite zu rücken.

Als Åsa mit dem Tütchen herauskam, untersuchte er es und hieß die Maße gut. Er freute sich über die noch unbenutzten Gewinde, die reinen, feinen Teilchen, die so schwer in der Hand lagen. Sie waren auch nicht teuer. Es gefiel ihm, einmal mit ungebrauchtem Material arbeiten zu dürfen.

Sie konnten mit drei Metern Kupferrohr zwischen sich nicht mit dem Bus nach Hause fahren. Früher oder später würde jemand aus dem Dorf zusteigen. Die Heimfahrt hatte Edvard nicht geplant, er hatte gedacht: Es findet sich immer ein Weg. Es sah jedoch nicht danach aus. Sie schlenderten die Storgatan auf und ab, während das Kupferrohr, in der Mitte abgebogen und mit Wellpappe und einer Schnur umwickelt, auf dem Hof des Eisenwarengeschäfts an einem Müllcontainer lehnte.

»Ich mach das nicht«, sagte Edvard.

»Aber wie hast du dir's denn gedacht?«

Der Schnee auf dem Gehsteig war breiig, ein braungrauer, mit Kies vermischter Matsch. Åsa rauchte.

Das reizte Edvard, befanden sie sich doch mitten in der Stadt.

»Wie hast du dir's denn gedacht?« beharrte Åsa.

Er hatte seit frühester Kindheit eine Eigenart. Hart genug unter Druck gesetzt, senkte er den Kopf und schwieg. Er konnte stundenlang schweigen.

»Wir können ja aussteigen und das letzte Stück zu Fuß gehen«, sagte Åsa. »Dann können wir es irgendwo verstecken und, wenn es dunkel genug ist, holen.«

»Es ist immer jemand aus dem Dorf im Bus.«

»Wir hätten Rolfs Wagen mitnehmen sollen. Dann hätten wir es darin verstauen können.«

»Haben wir aber nicht«, versetzte Edvard.

Sie saßen schwitzend in der Kaffeewärme und dem Zigarettenrauch der Tempobar. Åsa trug den hellblauen Wintermantel und Edvard eine Lederjacke. Ihr hing das Haar nach vorn und teilte sich auf dem Mantel, ihr Gesicht war gerötet. Edvard parierte den Rauch ihrer Zigarette, indem er ständig den Kopf abwandte, wenn sie ausblies. Sie schlug vor, das Rohr in kleine Stücke zu zerlegen und es hinterher wieder zusammenzufügen. Das war natürlich nur so dahergeredet, und Edvard schnaubte nicht einmal. Kichernd fragte sie, ob sie das Rohr nicht schon zu der Spirale biegen könnten, wie sie es ohnehin vorhätten, und ihr um die Taille wickeln, so daß sie derart korsettbewehrt mit dem Bus nach Hause fahren könnte.

»Versuch doch mal, die Klappe zu halten«, sagte Edvard.

»Wie hast du dir's denn gedacht? Du mußt dir doch etwas dabei gedacht haben, als du losgefahren bist, um das Rohr zu kaufen.«

Er schwieg. Seine Augen blickten ins Leere. Åsa schimpfte mit ihm. Der Kaffee war ausgetrunken, die Zigarettenschachtel leer und zerknüllt. Sie merkte, daß sie müde war vom Reden, und sammelte deshalb ihre Handtasche und ihre Päckchen zusammen.

»Ich gehe jetzt, sonst erwische ich den Bus nicht.«

Ein Weilchen später begab auch er sich in Richtung Bushaltestelle. Er stellte sich vorsichtig an die Ecke des Lagerhauses, so daß er gerade eben vorlugen konnte. Er erspähte Åsa in einem Busfenster und sah, daß sie sich mit dem Fahrer unterhielt, es war Ejnar Strömgrens Neffe Ronny.

Er schlich durch die Gassen hinter dem Bahnhof, stille, ihn abweisende Sträßchen. Dort gab es fast nur schlecht erhaltene Holzhäuser. In den Fenstern stießen die Zacken der Spitzengardinen aufeinander, und in dem Dreieck, wo sie sich trennten, standen Porzellanschäferhunde und heilige Paulas. Feuchtigkeit rann über die Scheiben. Manchmal sah er sein Spiegelbild, das Rohr mit dem Einwickelpapier und, starrend, sein Gesicht. Er sah keinen anderen Menschen. Die Geschäfte waren endgültig geschlossen – die Bäckerei mit der Goldbrezel, die chemische Reinigung, Elvys Kurzwaren. Er zog quer durch den Stadtteil in ein anders bebautes Viertel, das, einmal verlassen, noch erschreckender sein würde.

Er wanderte umher, bis der Halbvieruhrbus da war. Dieser fuhr nur bis zum Ort an der Bahnstation, aber das war immerhin schon ein gutes Stück des Weges. Er stellte sich wieder hinter das Lagerhaus und lugte vor, doch diesmal handelte es sich um einen Schulbus. Er kannte mehrere Gymnasiasten vom Sehen, sie waren rings um die Bahnstation und in den Nachbardörfern zu Hause.

In der Abenddämmerung saß Edvard müde und abgeschlagen in der Gaststube eines Motels am Stadtrand und studierte die Fernfahrer. Schließlich wagte er sich an einen heran, der einen so südlichen Dialekt sprach, daß er sich kaum als ein Verwandter von irgend jemandem im Dorf herausstellen konnte. Er sprach ihn an und durfte mitfahren. Als sie hinauskamen, holte Edvard das Rohr, das er in einer Schneewehe abgelegt hatte. Der Fahrer nickte bloß.

»So ist's recht«, sagte er. »So ist's recht. So beschissen, wie alles ist.«

Ungefähr einen Kilometer nach der Abzweigung ließ er Edvard aussteigen. Er stapfte durch die strotzende graue Schneewehe am Grabenrand und krauchte zum Waldrand hinüber. Dort versteckte er das Rohr unter einer Fichte, denn noch war es nicht richtig dunkel.

Daheim angekommen, bekam er Rinderbrust, die Helga gepökelt hatte und mit Steckrübenpüree servierte, aber nicht einmal das konnte seine Müdigkeit und Abgeschlagenheit vertreiben. Sie aßen schweigend, Åsa beobachtete ihn hin und wieder, sagte aber kein Wort von dem Rohr. Helga wußte von nichts.

In der Dunkelheit kehrte er zu dem Straßenrand und dem Wald zurück und stapfte zu der Fichte, die er sich genau gemerkt hatte. Das Rohr lag nach wie vor an seinem Platz. Er nahm es wie einen Säugling in den Arm und machte sich auf den Heimweg.

Als Helga das Kupferrohr zu Gesicht bekam, sah sie Edvard von der Seite an. Sie kochte sich gerade einen letzten Schluck Kaffee für den Abend. Ihr Blick war rasch und finster.

»Aha, du willst also auf jeden Fall einen Apparat bauen.«

Sie saß in Nachthemd und Morgenrock am Küchentisch und schlürfte den Kaffee durch ein Zuckerstückchen, ganz für sich allein, so als wäre dieser Kaffee etwas, was weder Åsa noch Edvard anging, eine völlig private Angelegenheit.

»Das wird riechen«, sagte sie.

»Das braucht nicht zu riechen, wenn man es dicht kriegt.«

»Riechen«, sagte Åsa. »In diesem Dorf hat es doch zu jeder Zeit gerochen. Was für eine Rolle spielt da ein bißchen Maische?«

Früher hatte es im Dorf nach der Nerzfarm gestunken und bei Ostwind nach Sulfit. Heute stank es nach der

Schweinefabrik, wenn der Wind von Norden kam oder die Luft still und feucht war.

»Alles, was sich lohnt, riecht ein bißchen nach Scheiße.«

Das war Åsas Überzeugung.

Edvards Konstruktion baute auf der Erinnerung an die Zeit auf, da er als junger Bursch in Isak Perssons Häuschen oben Karten gespielt hatte, sowie auf eigenen Überlegungen. Er breitete nun eine leere Tortenschachtel auf dem Küchentisch aus und begann zu zeichnen.

Der Deckel des Einmachkessels müßte festgelötet werden. Das markierte er mit kleinen Wellenlinien rings um den Rand. Zuerst aber würde er zwei neue Löcher in den Deckel machen, er zeichnete zwei Kreise und schrieb die Abmessungen dazu. Die eine Öffnung sollte für das Kupferrohr passen, die andere würde größer werden und zuzuschrauben sein. Darüber würde der Apparat gefüllt und geleert werden. In der Öffnung für das Thermometer, die bereits im Deckel war, würde er das Einmachthermometer festlöten. Er zeichnete die runde Skala des Thermometers und schrieb jede Ziffer mit großer Sorgfalt und Begeisterung darauf.

Er würde in das Kupferrohr eine Stoßverbindung einfügen, um es leichter irgendwo verstecken zu können. Aber nicht mehr als eine, denn es war eine Kunst, sie dicht zu bekommen. Er zeichnete das gekrümmte Rohr in einem Bogen, der bis zur anderen Hälfte der Tortenschachtel reichte, und dort skizzierte er eine Büchse für die Kühlung. Er mußte eine unnatürliche Perspektive wählen, damit sichtbar wurde, was in der Büchse mit dem Rohr dann geschähe. Helga und Åsa standen daneben und guckten. Åsa hielt Rolf, der nach dem Stift schrie.

Jetzt zeichnete er die Spirale, die er zurechtbiegen und in der Büchse versenken würde. Hier käme das Rohr heraus – zum Spaß zeichnete er eine Flasche an die Tülle. Helga und Åsa lächelten.

Hier zeigte er die Abflußöffnung für das Wasser. Dort würde er ein Stück Plastikschlauch einsetzen und diesen direkt in die Spüle leiten. Ein zweiter Schlauch, vom Kaltwasserhahn her, mußte lediglich gerade von oben her in die Büchse gezeichnet werden. Er hätte das Ganze gern koloriert, wenn er Kreiden besessen hätte.

In der Nacht konnte er kaum schlafen. Er argwöhnte, daß Helga ihm nur etwas vorgaukelte. Sie glaubte nicht, daß etwas daraus würde, jedenfalls nichts, was von Erfolg gekrönt wäre. Die Tortenschachtel mit der Zeichnung lag unter dem Wachstuch auf dem Küchentisch.

Er hatte vor, eines Abends, wenn niemand mehr an die Tür käme, an seinem Apparat zu löten. Das war eine geruhsame und zu der Frühlingsdämmerung und dem Gesäusel des Kaffeekessels passende Beschäftigung. Als er damit angefangen hatte, kam jedoch Rolf auf dem Fußboden angekrabbelt, ohne daß er ihn sah, und zog am Kabel, so daß der Lötkolben auf ihn fiel und ihm ein Zeichen auf die Wange brannte.

»Tapps!« schrie Helga.

Allerdings an Edvard gerichtet, der ein ganzes Stück entfernt war. Es erfolgte ein langes, schluckendes Einatmen, und dann kam der Schrei. Er schrie derart, daß die Frauen sich zunächst kein Gehör verschaffen konnten. Edvard sah in den roten Nebeln dieses Schreis ihre Gesichter, ihre Münder bewegten sich auf ihn zu und verurteilten seine Handlungsweise, sein Geschlecht, seinen Lötkolben, seine Schwarzbrennerpläne, seine Armut, seine Unwissenheit, seine Ungeschicktheit, seine Nachlässigkeit.

Sie bargen Rolfs Gesicht an der Brust und dämpften den Laut seines Jammers. Er spürte zum ersten Mal einen Schmerz, der nicht sofort vorüberging. Er schrie wie einer, der genau weiß, daß er einer Unbill ausgesetzt ist. Edvard verstand nur Bruchstücke ihrer Anklagen.

»Ihr den Jungen kaputtmachen – o Jesus, das gibt eine Narbe – o Gott, daß die Kerle doch nie –«

Sie gerieten in Streit darüber, ob sie heißes oder kaltes Wasser anwenden sollten, und Rolf schrie nur noch ärger. Sie heulten beide und vergaßen ihre qualmenden Zigaretten auf der Spüle. Schließlich – Edvard hatte das Gefühl, es handle sich um Stunden – saß Rolf schlukkend da, hatte ein Bonbon im Mund und rang nach Luft, und Helga und Åsa hatten sich neue Zigaretten geschnappt und angesteckt. Auf Rolfs Wange zeichnete sich ein flammendroter L-förmiger Abdruck ab.

Edvard sagte nichts. Er hatte sich in eine Stummheit zurückgezogen, die zwei Tage andauern sollte. Einsilbige Antworten bekamen sie aus ihm heraus, mehr nicht. Er hätte sagen können:

»Es war nicht meine Schuld. Er hat das Kabel runtergezogen. Ihr hättet auf ihn aufpassen sollen.« Doch er sagte nichts.

Er war bereit, nie wieder einen Lötkolben in die Hand zu nehmen. Und sei es nur, um es ihnen zu zeigen. Doch die Psyche der Frauenzimmer war anders beschaffen. Nach zwei, drei Tagen folgten kleine, gehässige Anspielungen, während sie gleichzeitig mit Rolf plapperten. Aus den Anspielungen wurden Sticheleien und schließlich ätzende Späße. Dann war es vorbei. Er konnte dieser doppelten Sanftheit und dem Geschlinger keinen Widerstand mehr entgegensetzen. Das L auf Rolfs Wange wurde immer dunkler. Es sah schlimmer aus als am ersten Tag.

»Wir setzen die Maische an, während du diesen Deckel anlötest«, sagte Åsa eines Abends. Mehr nicht. Gegen halb zehn zogen sie die Vorhänge zu und brachten die schmutzigen Demijohns an, die sie vom kalten Boden heruntergeschleppt hatten. Rolf schlief. Edvard stellte sich mit dem Lötkolben an eine Ecke der Spüle.

Es war Samstag abend. Draußen war der Himmel immer noch hell. Helga hatte gebacken und wollte Kaffee aufsetzen, sobald sie fertig wären. Der Apparat werde zwanzig Liter samt einer kleinen Kochzugabe fassen, glaubte Edvard. Er schlug für den Anfang sechs Kilo Zucker vor, und Åsa machte sich daran, diesen in einem Einmachtopf voll Wasser aufzulösen. Es ergab einen Mansch, der ziemlich grau aussah, bevor sie ihn warm bekommen hatte.

»Fragt sich, wie daraus mal Schnaps werden soll«, sagte Helga, die dabei war, die Demijohns sauberzumachen. Auf dem Grund einer der Korbflaschen war ein Mäusekadaver angetrocknet, und Helga mühte sich vergeblich, ihn loszurütteln. Sie versuchte es mit starkem Waschpulver und dann mit Kaffeesatz, einem alten Trick bei schmutzigen Flaschen. Da löste sich die Maus, doch die Mischung sah jetzt langsam unappetitlich aus.

»Das Zeug kriegt man satt, noch bevor man angefangen hat«, sagte sie.

»Schütt die Hefe jetzt rein.«

»Nein, noch nicht. Der Zucker kocht ja.«

»Dann mache ich es selber.«

Und so streute Åsa Trockenhefe in die siedende Zuckerlösung, und Helga konnte über dieses Elend nur noch lachen.

»Jetzt stirbt die Hefe.«

»Gar nicht.«

»Doch. Sie stirbt, wenn es mehr als handwarm ist.«

»Sie kommt bloß noch nicht zum Gären. Wart nur, bis es abgekühlt ist.«

Nie mochte Helga Åsa weniger als in Augenblicken wie diesem. Sie legte ihre qualmende Zigarette auf dem Rand der Spüle ab, sie stiefelte mit männlichem Schritt über das Linoleum, und ihre Jeans spannten hinten schier bis zum Platzen. Sie schien alles ausprobiert zu haben, als sie in Stockholm gelebt hatte, und sie fragte niemanden um Rat. Es gab Momente, in denen Helga geneigt war, Bror Frick recht zu geben, der zu Stockholm nur eines zu sagen hatte: Das beste an dieser Stadt ist der Zug von dort weg. Fürwahrlich.

Aber tote Hefe wird sie nicht wieder zum Leben bringen können, dachte Helga leise triumphierend und wartete am Küchentisch sitzend, bis es für sie Zeit wäre, aufzustehen, sich die Schürze umzubinden und zu zeigen, wer hier in seinem Leben schon ein paar Teige angesetzt hatte.

Edvard bat die beiden, nicht herumzumotzen, sondern den Küchenfußboden aufzuwischen. Nachdem Åsa die Zuckerlösung in den Demijohn gefüllt hatte, klebten ihre Turnschuhe und Helgas Pantoffeln am Linoleum fest. Sie wischten und hatten dabei einander den Rücken zugewandt.

»Ich geh jetzt ins Bett«, sagte Helga, nachdem sie die neue Hefe aufgelöst und fertiggemacht hatte. Sie wusch sich den Zuckerpapp von den Unterarmen und sagte kein Wort mehr von Kaffee.

Edvard lötete noch immer an fast derselben Stelle. Wenn er mit dem Kolben beharrlich hin und her fuhr, konnte es sein, daß das Zinn haftenblieb. Das meiste aber floß davon.

»Wie geht's voran?« fragte Åsa, die sich mit einem Patiencespiel hingesetzt hatte, um zu warten, bis er fertig war.

»Es geht nicht vor und nicht zurück. Weiß der Kuckuck, was mit dem Zinn los ist! Es will einfach nicht haften.«

»Es ist vielleicht die verkehrte Sorte.«

Er sagte nichts darauf. Eine halbe Stunde lang versuchte er noch, mit dem Zinn den Deckel am Rand des Einmachkessels festzulöten, doch seine Bewegungen waren nunmehr weder behutsam noch listig. Er war sich ziemlich sicher, daß sein Schnapsapparat, der auf der Tortenschachtel so vielversprechend ausgesehen hatte, irgendwo draußen auf dem Hof landen würde, wo alle seine Projekte nach einer Weile zusammengebrochen herumlagen.

»Jetzt stümpre ich nicht mehr länger damit herum«, beschloß er zu guter Letzt. Es war nach ein Uhr nachts, und ihm brannten die Augen. Helga machte eine letzte Runde in die Küche, um ein Glas Wasser zu holen, doch als sie auf der Schwelle stand, stieg ihr der Gärungsgeruch in die Nase, und sie machte kehrt. Sie zog die Tür hinter sich zu, doch Edvard konnte noch sehen, daß sie weinen würde.

Am Morgen schwamm der Küchenfußboden bis hin zum Heizkörper vor gelbgrauem Schaum und Pfützen trüber Zuckerlösung. Auf der Außenseite des Demijohns hatten sich Krusten aus Hefe und Zucker gebildet. Das war der Teil der Gärung, den man gemeinhin wilde Gärung nannte. Nachdem sie aufgewischt und die Gärspunde gereinigt hatten, sahen sie, daß die Maische sich beruhigt hatte und sittsam und maßvoll weitergären würde. Helga schien jedoch das ganze Treiben nun überbekommen zu haben, und sie bat Edvard, die Demijohns so weit weg wie möglich auf den kalten Dachboden zu verfrachten. Auf Åsas Rat hin brachte er sie in die Wärme des Heizkellers. Es wäre ihm aber schon lieber gewesen, sie nicht mehr sehen zu müssen. Helga hatte gerötete Augen.

Auf einer flauschigen Matte vor der Toilettenschüssel kniend, besann sich Åsa an diesem Tag zum ersten Mal und fragte sich im stillen: Spinne ich? Vergangene Weihnachten hatte die Toilettenschüssel bei Wedins einen Sprung bekommen, und hellgelbe Flüssigkeiten waren ausgesickert. Beim Eisenwarengeschäft in der Stadt wurde eine neue bestellt, und um dafür Platz zu schaffen, sagte Edvard über die alte:

»Die hau ich raus!«

Sie war jedoch schwerer, als er gedacht hatte, und er kam damit gerade mal bis zu Helgas gefrorener Rosenrabatte unterhalb der Veranda. »Bis auf weiteres«, sagte Edvard. Als er zur Arbeit zurückkehren mußte, war Schnee gefallen, getaut und wieder gefroren. Die Schüssel saß in der Erde fest und ließ sich nicht bewegen. Da stand sie nun immer noch.

Freilich ließen sich über Wedins ausrangierte Toilette keine dummen Witze reißen, denn Edvard hatte sie so hingestellt, daß sie sich nach vorn neigte. Von weitem sah es aus, als beugte sie das Knie vor der Veranda, eine Bittstellerin mit hängendem Abdomen, die wieder in die warme Stube wollte.

Doch nun kniete Åsa vor der Toilettenschüssel in Simon Noréns Badezimmer, und erst jetzt rauschte es ihr vom Gehirn durch den ganzen gekrümmten Körper, daß dies unanständig sei. Jetzt spinne ich wieder. Ihr wogte das Blut, nicht nur vor Anstrengung, wie sie da vornübergebeugt kniete und putzte.

Sie konnte den Tag als stramme Revolutionärin beginnen, die auf die Semmelschnitte zum Kaffee verzichtete und mit der Zigarette fuchtelnd Helga das Evangelium des Morgens predigte: Es ändere sich erst etwas, wenn die großen Schnauzen des Monopolkapitals gezwungen worden wären, die eigene Kotze zu fressen, und auf dem Stundenplan der Schulen ein Solidaritätstraining stünde. Es ändere sich erst etwas, wenn diese Pestherde von Städten geräumt und die Menschen in kleinen Kollektiven dazu zurückgekehrt wären, der Erde im uralten Wechselspiel zu geben und von ihr zu nehmen. Es ändere sich erst etwas, wenn Helga aufhörte, *Året Runt* zu lesen. Wenn sich fünfhundert festgezurrte Muttersäue losgerissen und Simon Norén niedergetrampelt hätten und in den frühlingshaften Eichelwald gestürmt wären.

Helga bekam dabei immer das gleiche glatte Gesicht wie dann, wenn sie auf dem Marktplatz in der Stadt die Heilsarmeesoldaten Zeugnis ablegen hörte, und Åsa merkte selbst, daß ihre Verkündigung Schlagseite hatte: Würde einzig und allein Helga sich ändern, dann änderte sich auch das ganze System.

»Fragt sich, wie es laufen würde, wenn alle so redeten wie du«, brummelte Helga.

Åsa bat sie, sich vor Augen zu führen, wie es gelaufen wäre, wenn alle so geredet hätten wie Helga. Sie beschrieb ihr eigenes Reich des Glücks, wo zu leben so gesund sei wie in einem jungen Wald. Wo freie Menschen in einfachen Baumwollkleidern Seit an Seit wandelten.

»Fragt sich, ob die nicht friert?«

Nein, für Åsas jungen Wald hatte sie nichts übrig. In ihrem Reich des Glücks sollte es wärmer sein, und wenn sie sich ein Paradies ausmalte, so befand sich dies in einem Haus, und Åsa argwöhnte manchmal, daß die Zentralheizungswärme das letzte wäre, worauf Helga verzichten würde. Und auf Edvard.

Eine sachliche, bewußte und militante junge Frau hatte an dem Morgen, als entschieden wurde, wer zu Simon Norén gehen sollte, bereitgestanden. Ursprünglich hatte Helga das Angebot erhalten. In Simons Strohwitwerdasein wurde jemand zum Putzen gebraucht. Wenn Helga wolle ... Edvard sagte:

»Sie geht nicht hin.«

Es war das erste Mal, daß er mit der Selbstherrlichkeit eines verheirateten Mannes auftrat, und Helga gehorchte glücklich. Åsa übernahm die Putzerei. Sie würde den Dialog mit dem Monopolkapital eröffnen.

Am Gründonnerstagmorgen marschierte sie los, und das Schmelzwasser spritzte ihr um die Stiefel. Vera Strömgren war gerade dabei, rings um die Vortreppe zu kehren. Tannenzweige und Vogelfutter, Schnurreste und Hundeknochen kamen im unbarmherzigen Sonnenschein des Aprils zutage.

»Hast du Zeit, kurz reinzukommen, ich habe noch Strümpfe für Helga«, sagte sie.

Helga machte aus den Strümpfen, die Vera für sie sammelte, Flicken für Teppiche.

»Ich habe den Kessel aufgesetzt.«

Åsa wußte sehr wohl, daß Vera sie zum Kaffee einlud, um ihr zu entlocken, wohin sie so früh am Tag ohne Rolf im Wagen und mit einer Flasche flüssigem Scheuermittel unterm Arm des Wegs sei. In der warmen Küche, die vor Gepflegtheit glänzte, hörte Åsa sich über Geld, den kommunalen Unterhaltsvorschuß und die Arbeitsplätze lamentieren, so als hätte sie sich unbedingt entschuldigen müssen. Die Tür zur Kammer stand offen, und die Sonne strömte herein. Die Blutstropfen blühten, und auf einem Polsterstuhl lag eine gelbe Katze und schlief in der Sonne.

»Und wie sieht es bei Edvard mit Arbeit aus?« fragte Vera. Im nächsten Moment sprach sie von ihrem Sohn, der mit seiner Braut im Halbprofil über den Blutstropfen hing. Er habe als Zurichter im Papiersaal angefangen, wie Åsa sich vielleicht erinnere. Dann sei er Arbeitsschutzobmann geworden und kandidiere nun in der Papierarbeitergewerkschaft als Schriftführer. Sie zeigte Farbfotos von ihren Enkelkindern. Vera hatte Osterputz gemacht, und es war unfaßbar sauber bei ihr. Eine Monstera ragte aus einem Kupfertopf und breitete sich aus, im Spinnrad rankte Efeu. Der milde Glanz des Kupfers war von Hand hervorgerufen. Vor einer halben Stunde hätte Åsa bei Norén sein sollen, doch nun war sie in der Kaffeewärme bei Vera dahingeschmolzen und sann stumm über deren finnische Stäbchen und Kognakkringel nach. Sie hatte für Ostern gebacken.

Über der Küchenbank hing ein Wandbehang. Morgenstund hat Gold im Mund. Wie wahr. Goldener Sonnenschein, goldene Arbeitsplätze. Es gab so vieles, was man sticken konnte. Flamme stolz! Oder den olympischen Eid mit Kettenstichen. Brenn, mein Stern, brenn! Unsrer Sehnsucht Gefild! Das Gelände wird von Hunden bewacht. Eine Sonne stieg aus einem zackigen Tannenwald auf. Vor einem roten Häuschen flatterte eine blau-gelbe Fahne in exakt derselben Richtung wie der Rauch aus dem Schornstein. Åsa tauchte in das Bild ein. Sie knabberte an einem Kognakkringel. Der Wald rauschte sanft.

Vera mußte sie an die Zeit erinnern, und sie machte sich in fliegender Hast zwischen den Wasserpfützen davon. Norén war bereits aus dem Haus und hatte den Schlüssel im Briefkasten hinterlegt. Åsa schloß auf, blieb eine Weile stehen und schnupperte die bloße Luft in dem Haus. Jaja, Simon Norén, jetzt bin ich in deinen glänzenden vier Wänden, über die man sich schon so viele Gedanken gemacht hat. Dorfbewohner waren hier nicht zugelassen, wenn die Frau zu Hause war. Aber die war jetzt noch auf den Kanarischen Inseln.

Nein, hier zog man sowohl die dicken Socken als auch die Strumpfhose aus, um auf dem Teppichboden barfuß gehen zu können. Flügel und Bücherregal. Hier herrschte Verständnis für Kunst wie auch für schöne Literatur. Und Wollmäuse unter dem Eßtisch – derentwegen war sie eigentlich hier. Zuerst mußte sie aber herumgehen und sich die ganze Herrlichkeit angucken. Den Couchtisch aus einer Art hellrosa, beinahe transparentem Stein. Marmor? Große Katzen saßen da und glotzten. Italienische, wenn man sie umdrehte. Die Gardinen waren aus duftigem Leinen, zum Dorf hin aber hing in großen Bahnen dicht geraffte Nylonmarquisette. Es roch neu und fein und ein bißchen staubig. Außer in der Küche, dort roch es nach Anschovis und Rauchen. Das Geschirr war auf Junggesellenart gestapelt, die saubere Unterseite des einen Tellers in den Eierresten des anderen. Und Schnapsgläser. Den Schnaps aber hatte er, wie es schien, weggeschlossen.

Als sie auf dem weichen Moos des Fußbodens in Grün, Rost und Dunkelbraun umherging, war zuerst nichts anderes als der Puls des Kühlschranks und das

Schnurren der Gefriertruhe zu hören. Sie riß im Wohnzimmer ein paar große Fenster auf, und die Luft kühlte ab. Nach einer Weile sprang der Heizkessel an, und sein Geräusch vermischte sich mit den anderen. Åsa bildete sich ein, der Maschinerie zu lauschen, die das ganze System in Gang hielt. Verläßliche Geräusche, wenn man so wie hier wohnte. Nahezu unmerklich, lediglich ein Ticken von Kontinuität. War es jedoch wirklich nötig, dann schlug es zu, und irgendwo gab es vielleicht ein höllisch gellendes Geschepper. Nicht hier. Doch es tickte öde und unerbittlich, wenn man allein umhertappte.

Und dann kam Åsa Wedin in ihrem achtundzwanzigsten Lebensjahr ins Badezimmer. O mein Gott! All das andere war schon fein und kostbar – aber dieses Badezimmer! Hier hatte sich eine Vision materialisiert, hier konnte man nur stammelnd Zeugnis ablegen. Spiegelwand. Jakaranda. Im Fußboden versenkt ein kleines Bassin aus grüngeädertem Marmor. Cremefarbene Teppiche, ein molliger Flaum unter den Fußsohlen. Schwere Kristallflaschen ohne Etiketten, einzig ein bernsteinfarbener Wohlgeruch. Eine Tür führte in eine mit Kiefer verschalte Sauna, und dort lagen eine leere Bierdose auf einer Pritsche, ein *Expressen* und ein samtartiges, kaffeefarbenes Frotteehandtuch, das Simon Norén auf den Boden hatte fallenlassen. Hinter einer kleinen Wand standen eine Chaiselongue zum Ruhen und ein Telefon. Ein Telefon!

Zögernd zog Åsa sich aus, während das Wasser aus dem Hahn rauschte und das Bassin füllte. Am Hahn gab es eine Vorrichtung, die das Wasser mit Luftblasen anreicherte. Es sprudelte wie Vichywasser. Sie fand ein grünes Badeöl hinter den Schiebetüren aus Jakaranda und färbte das Wasser schimmernd türkis. Dann stieg sie in die Wanne und tauchte ein. Der Marmor war sanft rauh, wie Haut auf Haut. Sie rieb den Po daran und befühlte ihn, wusch sich, erhitzte sich mit noch mehr Wasser aus dem Warmwasserhahn, hielt die Dusche an die Muschi, genoß. Durch die Dämpfe hindurch konnte sie sich in der Spiegelwand sehen. Mag sein, daß sie einen großen Busen und ein ausladendes Gesäß hatte, doch ohne Kleider sah sie eigentlich gar nicht so ohne aus!

Dann war Schluß. Dem von Seife und Hautresten flockigen Wasser entstiegen, stand sie da und zog sich an. Kleider, die nicht ganz sauber waren, fühlten sich vielleicht nicht so gut an, wenn man gebadet hatte, doch jetzt wollte sie vor allem putzen, wozu sie schließlich hergekommen war. Eine geraume Weile zog sie eine harsche Befriedigung daraus, gegen den Strom in sich selbst anzuschwimmen. Putzte. Scheuerte mit einem Mittel, das sich als weißer Tornado ausgab, mußte die Sturmstärke jedoch brav selbst aufbringen. Bis sie schließlich vor der Toilettenschüssel landete, auf den Knien.

In ganz schwachem Uringeruch scheuerte sie deren geschwungenen Fuß. Selbst in diesem Badehimmel gab es eine irdische Toilette, und zu deren Abgeschiedenheit führte eine kleine Tür. Eine flauschige Matte, um darauf auf die Knie zu fallen, dunkelgrünes Sanitätsporzellan. Der Deckel und die Klobrille waren aus dunkel gemasertem Holz. Das Papier war hellgelb, der Aschenbecher voll. Hier wohnte jemand mit Verstopfung.

Und hier war sie nun, die geharnischte Revolutionärin des Morgens, die anderer Leute Worte wie glatte Steine im Mund gerollt hatte. Lüge ich? Spinne ich?

Sie machte den Osterputz für Simon Norén und gab sich alle Mühe, es weder gründlich zu machen noch auf alles zu pfeifen. Um sieben Uhr kam er nach Hause.

Während Åsa den Küchenfußboden wischte, trug er sich sein Abendbrot auf: die Anschovisdose, ein frisch gekauftes Stück Leberpastete, Käse. Es sah nicht allzu schwelgerisch aus. Er holte die Morgenzeitung aus dem Wohnzimmer, und als er zurückkam, war er irritiert darüber, daß er Åsas Strumpfhose auf dem Sofa gefunden hatte. Sie bekam achtundvierzig fünfzig für sechseinhalb Stunden, was Simon auf fünfzig Kronen aufrundete. Bevor sie ging, holte sie die Osterglocken aus dem Wohnzimmer und stellte sie neben seiner Wange auf den Küchentisch.

Planeten kreisten, Galaxien schlugen mit knisternden Schweifen, Welten wurden geboren und starben, während Edvard Evansson in einem schummrigen und halb vergessenen Winkel der Schöpfung seinen Schnapsapparat vollendete. Es bereitete ihm keine so großen Schwierigkeiten mehr, nachdem er Lötzinn gekauft hatte, das auf Aluminium haftete. Als er in dem Apparat zur Probe Wasser kochte, zischte es unheilverkündend in der Fuge zwischen Deckel und Topf. Er mußte sich Bror Fricks Bohrmaschine ausleihen und den Deckel im Abstand von jeweils fünf Zentimetern mit Schrauben und unter dem Rand fest angezogenen Muttern befestigen. Verzwickt war es gewesen, und langsam war es gegangen, schließlich aber glaubte er mit dem Bau seines Apparats fertig zu sein. Osterschnaps gab es indessen nicht. Die Maische war noch nicht ausgegoren.

Er hatte kein großes Vertrauen, und deshalb machte er an dem Abend, an dem er es versuchen wollte, wenig Aufhebens von seinen Anstalten. Den einen Teil des Kupferrohrs hatte er im voraus an den Topf und den anderen an den Kühler geschraubt, den er aus einer Kaffeedose gefertigt hatte. Es war nur noch ein Stoß übrig, als er loslegen wollte. Durch einen Trichter füllte er die Maische ein und holte saubere Flaschen.

Helga kam in die Küche und bat ihn, um Himmels willen daran zu denken, daß es nicht so arg dunkel werden würde.

»Wir müssen das Rollo runterlassen.«

Es dauerte lange, an die zwanzig Liter zu erwärmen. Der Apparat mußte erst vorgewärmt werden, bevor Edvard ihn zuschraubte. Um Viertel vor zehn war die Temperatur auf fast siebzig Grad gestiegen, und er holte den Schraubenschlüssel hervor. Nach nur wenigen Minuten begann es am Rand erneut zu zischen und zu blubbern, und ein klebriger süßer Geruch lockte Åsa herbei, die in der Kammer gesessen und ferngesehen hatte.

»Hast ihn nicht dicht gekriegt?«

Nein, er hatte ihn nicht dicht gekriegt. Die Hitze stieg das Kupferrohr hoch, und Edvard stiegen die Haßtränen gegen diesen Bottich der Enttäuschung, den er um seine Erwartung und seine Zuversicht verlötet hatte, in die Augen. Nichts ermüdet so sehr wie Ungeschick. Nichts ist so ermattend, wie mit all seiner Eifrigkeit und Unkenntnis gegen Gesetz und Ordnung und Fortschritt anzukämpfen. Kauf dir deinen Schnaps!

»Pfui Teufel, das riecht vielleicht!« sagte Åsa in stockholmerischem Ton. »Süß und sauer auf einmal. Läßt sich das nicht dicht kriegen?«

»Nein.«

Die Hitze in dem Kupferrohr war auf zwei Drittel der gekrümmten Länge gestiegen, als auf dem Hof ein Auto zu hören war. Åsa und Edvard erstarrten vor der Spüle, und Helga kam aus der Kammer gestürzt, wo der Fernseher dröhnte, um nachzusehen, ob sie richtig gehört habe. Eine Hupe tutete mehrmals, ausgelassen, aufreizend.

»Ach du lieber Gott«, schluchzte Helga und flitzte

nach einem Paar Pantoffeln umher. »Schafft dieses Elend raus! Hört ihr nicht, was ich sage! Großer Gott im Himmel!«

»Wir müssen erst aufschrauben. Geh raus und red was! Laß niemand rein, bevor wir kommen!«

»Du hast gut reden! Wie soll ich denn verhindern ... wer kommt bloß noch um diese Zeit? Wenn nun was passiert ist? Herrjemine, das riecht vielleicht!«

Sie hatte eine auf links gedrehte Strickjacke zu fassen bekommen und mühte sich mit den Ärmeln ab.

»Das habe ich doch immer gesagt über diesen Schnaps ...«

»Halt die Klappe!«

»O Gott«, stieß Helga aus. »Nie, sage ich, nie wieder!«

Draußen auf dem Vorplatz stand ein weißer Saab und knallte mit düsteren Nachzündungen. Als der Schlag geöffnet wurde, hörte Helga, die die Verandatür einen Spalt aufgemacht hatte, eine Männerstimme die nächstgelegene Tankstelle verfluchen, wo es nur Normalbenzin gab. Zur gleichen Zeit stieg in türkisfarbenem Frühjahrsmantel, weißer Jerseyhose und mit glänzender, aufgetürmter Frisur Adèle aus dem Auto.

»Ach herrjemine«, wimmerte Helga und lehnte die Stirn an das eiskalte Glas der Verandatür.

»Was ist, schlaft ihr? So, wie wir gehupt haben!«

»Nein, wir haben noch nicht geschlafen!«

»Was rennt ihr denn herum da drinnen?«

Helga mußte auf den Vorplatz treten und sich die phantastischen Schatten auf dem hellen Rollo ansehen, die vom Schein der Lampe an der Spüle hinter den beiden noch vergrößert wurden. Helga versuchte die Ankömmlinge mit um die Hausecke zu ziehen, damit sie sich umschauen könnten, doch sie trugen nicht die richtigen Schuhe für Spaziergänge. Adèle fror.

»Ja, es ist ein bißchen fröstelig. Aber helle Abende haben wir jetzt.«

Da öffnete Nolby selbst die Verandatür und ließ sie ein, und Helga, die lange ihre Pantoffeln auf der Fußmatte abtrat, hinderte ihn daran, die Tür zu schließen. Adèle war nun schon auf dem Weg zur Küchentür, und Helga eilte ihr nach und wies sie durch den Flur zur Stubentür, die sie nie benutzten. Hier standen Rolfs Wagen, ein Jahrgang gebündelter *Året Runt*, ein leerer Bierkasten und drei Paar Skistiefel im Weg.

»Jesses, wie kriegen wir das bloß beiseite?« fragte Helga. »Wir benutzen die Stubentür ganz selten.«

»Menschenskind, wir können doch durch die Küche gehen«, sagte Adèle. »Was ist denn los mit dir? Du mußt nicht meinen, daß Sture was Besonderes ist.«

Nolby bekräftigte es. Da kam Åsa aus der Küche, deren Tür sie kaum öffnete und sofort hinter sich schloß, und grüßte umständlich. Adèles Parfum erfüllte den kalten Flur. Sie fror. Doch vor der Tür stand Åsa in einem ausgewaschenen Baumwollpullover und Jeans, das Haar vom Mittelscheitel in zwei gleich lange strohfarbene Vorhänge geteilt, die ihr bis über den Busen hingen.

»Ich glaube, du hast zugenommen, seit ich dich zuletzt gesehen habe«, meinte Adèle.

Jetzt machte Edvard vorsichtig die Küchentür auf, so daß Åsa zur Seite treten mußte, streckte den Kopf heraus und sagte:

»Mir war es doch so, als hätte ich was gehört!«

Bluffen war so gar nicht seine Art, und Helga wünschte, er hätte das nicht gesagt. Seine Stimme klang viel zu hell und munter.

»Kommt rein«, sagte Helga. »Ich habe weder gebacken noch geputzt, ihr müßt es also hinnehmen, wie es ist.«

Es war eiskalt in der Küche, und zwei Fenster standen sperrangelweit offen.

»Jetzt machen wir aber wieder zu«, sagte Helga. »Jetzt ist genug gelüftet.«

Ihr Blick sprang schnell wie eine Bachstelze über den Herd und die Spüle. Bis auf den Kaffeekessel und einen Schraubenschlüssel war jedoch alles weg. Adèle wollte ihr helfen, das Kaffeetablett zu decken, doch Helga, Todesängste ausstehend, was hinter den Schranktüren stehen könnte, war bereit, sie mit Gewalt daran zu hindern.

»Geh jetzt in die Kammer«, sagte sie entschieden.

Sie hatten ein Anliegen, und Adèle wollte gern mit Helga allein sprechen, und so hatte sie sie auf jeden Fall bei sich in der Küche.

Danach gingen sie zu den anderen in die Kammer, und Helga hatte noch immer rote Flecken am Hals und auf den Wangen, doch das Herzklopfen hatte sich gelegt.

»Sie wollen hierher ziehen«, sagte sie. »Der Ingenieur ... Sture hat bei Norén Arbeit gekriegt.«

Edvards Gesicht wurde ausdruckslos. Sich Nolby als Schweinehüter vorzustellen – ihm war klar, daß er sich verhört haben mußte.

»Ja, als Geschäftsführer der Fabrik«, sagte Helga.

»Norén möchte jemanden haben, der ihm den Laden schmeißt, weil er selber nicht mehr so oft hier sein wird«, berichtete Adèle. »Er hat ja noch eine Menge anderer Interessen.«

»Sehr große Interessen an der Norrlandküste«, sagte Nolby mit plötzlich ernstem, beinahe finsterem Gesicht.

»Aber als Ingenieur«, sagte Edvard. »Ich meine – ein Ingenieur.«

»Er meint, ob es zum Schweinescheiß ausmisten einen Ingenieur braucht«, sagte Åsa.

»Sture soll den Betrieb leiten.«

»Ich bin jetzt bald drei Jahre bei BeWes Broiler«, sagte Nolby. »Fleischtierzucht ist eine Industrie, die Industriekapitäne erfordert.«

»Da hörst du es«, sagte Åsa. »Du hast doch vor ein paar Jahren selber mit einer Masthähnchenzucht herumgestümpert, Edvard. Du hättest zuerst deinen Ingenieur bauen sollen.«

»Naja, das Schwierige dabei war das Rupfen«, beeilte sich Helga zu sagen. »Es wollte nie ein Verdienst dabei rausspringen.«

»Das glaube ich«, bekräftigte Nolby. »Das muß auch maschinell gemacht werden.«

»Aber wie machen die das denn? Maschinen haben doch keine Finger.«

»Es geschieht durch Klopfen«, erklärte Nolby. »In Klopfmaschinen.«

»Hua«, sagte Helga blaß und hielt sich die Hand vor den Mund.

»Alberne Gans. Die werden vorher getötet, auf dem Band.«

»Das hört sich auch scheußlich an«, sagte Helga.

Adèle und Nolby wollten nun heiraten, und sie gedachten, in Onkelchens Laden zu wohnen. Sie würden das Haus renovieren lassen.

»Ihr, wo ihr jetzt in Stockholm wohnt!«

»Vierzig Kilometer außerhalb«, klärte Nolby sie auf. »Nur Adèle, sie ist eine richtige Stockholmerin.«

»Naja, man hat die Abgase und dies und das satt«, sagte Adèle.

Aber Onkelchens Laden. Helga genierte sich. So voller Mäusekot und Unrat, wie es dort war. Nun, sie wüßten, daß das Haus schwer verkäuflich sei, und sie wollten Helga nun folgenden Vorschlag machen: Sie würden die Kredite auf dieses unmögliche alte Haus übernehmen. Vermutlich müßten sie doppelt so viel hineinstecken, um es aus einem Laden in ein Wohnhaus zu verwandeln und es überhaupt bewohnbar zu machen. Was meinte sie? Sie wußte nicht recht, doch plötzlich kam Leben in Edvard. Das sei doch gleichbedeutend damit, daß Helga für ihren Anteil am Haus leer ausgehe, meinte er. Nolby mußte lächelnd erklären: Es sei mit Hypotheken belastet. Fünfundvierzigtausend seien aus dem Haus bereits herausgenommen worden. Was Adèle und Helga geerbt hätten, seien in Wirklichkeit eine Menge Hypothekenzinsen. Es sei die pure Mathematik.

Edvard bestand jedoch darauf, daß Helga von Onkelchen etwas erben müsse, und Nolby schlug vor, sie sollten sich beim Nachlaßverwalter erkundigen. Dann gaben sie sich die Hand, und Nolbys Handschlag war fest und warm. Endlich machte Helga Anstalten zu fragen, ob sie noch eine Tasse Kaffee haben wollten, doch sie mußten jetzt fahren. Nachdem Nolby über die Tankstelle, die nur Normalbenzin verkaufte, noch einmal seine Meinung geäußert hatte, tuckerte der Saab davon.

»Nun denn«, sagte Helga, »weg sind sie. Aber es hat Spitz auf Knopf gestanden, daß sie den Apparat gesehen hätten. Wo habt ihr ihn denn hin?«

»Teils hierhin, teils dorthin«, erwiderte Edvard.

In dieser Nacht sammelte er die Teile wieder zusammen, schraubte sie aneinander und begann den Apparat zu erwärmen. Erst am Morgen um sechs Uhr konnte er sich ordentlich ins Bett legen. Da hatte er drei Flaschen, doch ihr Inhalt war nicht ganz durchsichtig.

Es war ein schnuckeliges kleines Kraftwerk, das Simon Norén in Hadden hatte bauen lassen, und er fuhr oft dorthin und sah es sich an. Hadden gehörte jetzt ihm, bis auf das Häuschen, in dem Glada Lasse wohnte. Sie hatten nie miteinander gesprochen. Ein grauer Köter bewachte die Vortreppe. Wie eine Wolke umgab der Unflat den Alten und seine Hütte, und das Wasser, das ein Menschenalter lang vor der Vortreppe abgeschlagen worden war, hatte bis auf Nesseln alle Pflanzen weggeätzt. Er hatte ausrichten lassen: Ich verkaufe nicht. Er zog auch keinen Nutzen aus dem Kraftwerk. An den finstersten Winternachmittagen zündete er in seiner Hütte eine Petroleumlampe an, und ansonsten ging er zu Bett, sobald es dunkel wurde.

Wenn Simon nach Hadden kam, ging er als erstes zu dem kleinen Kraftwerksgebäude aus braunem imprägniertem Holz und schloß die grüne Tür auf. Eine Weile stand er da und horchte, ob alles so war, wie es sein sollte. Dann stieg er den Hang zum Haus der alten Alfa Pettersson hinauf. Er hatte sein Auto auf der anderen Seite des Flusses abgestellt und war über den Steg gegangen. Es war ein Abenteuer, sich zur Frühjahrszeit nach Hadden zu begeben.

Bei der alten Alfa war es gepflegt, und sie hatte oft

frisch gebacken. Er ging nie zu anderen, immer nur zu ihr, denn war Glada Lasses Unreinlichkeit auch einzigartig, so konnte die Armut der Leute doch streng sein, für die Nase wie für das Auge. Die alte Alfa hatte ihren Sohn Evert im Dorf, der ihr Geld und Brennholz gab, deshalb war es bei ihr warm. Wärme macht flink und fröhlich. Sie winkte Simon hinter der rotkarierten Gardine zu, und sie fand gar keine Worte dafür, wie wohlig nach dem Bau des Kraftwerks alles geworden sei. Sie meinte, daß der Strom von dort besser sei als vom vorigen, vom kommunalen.

Wenn man all die höllischen Sorgen hat, die ein Mensch, der Geschäfte macht, nur haben kann, dann ist es angenehm, etwas so Schnuckeliges wie Hadden zu haben, worüber man sich freuen kann. Astrid war noch nicht von den Kanarischen Inseln zurückgekehrt, in der Villa war es abends leer. Er wollte sie eigentlich verkaufen, doch vorläufig mußte er sich damit begnügen, sie zu vermieten. Im Augenblick war es nicht angebracht, sie zu verkaufen, denn die öffentliche Meinung richtete sich vehement gegen Schweinegülle. Die Villa war gebaut worden, um zu demonstrieren: Hier wohne ich selbst. Hier gibt es nichts von Übel. Doch er war jetzt die Einsamkeit und den sauren Pißgeruch leid, den er zwar nie abgestritten, aber als lebendiges flaches Land bezeichnet hatte. Er konnte nicht verlangen, daß Astrid den Winter über zu Hause blieb. Im Dorf traf sie nur auf stiere Einfalt und schwachen aufgekochten Kaffee. Sie floh.

Simon, der durchaus Schläge einstecken konnte, war nach seinem fünfzigsten Geburtstag plötzlich sehr, sehr müde geworden, was womöglich an Eisenmangel oder an der Einsamkeit lag oder an dem langen, zehrenden

Spätwinter mit seinen Ewigkeitsdämmerungen, den sie hinter sich hatten. In Hadden war nun das Frühjahrshochwasser gekommen, und es war genau so, wie die alte Alfa sagte:

»Da ist jetzt Kraft drin in dem Wasser.«

Die Turbinen kamen derart in Schwung, daß sie im Kalender das Kleingedruckte lesen konnten, und es war eine Freude und ein Trost für Simon, dort hinaufzufahren und in allen Fenstern, außer in Glada Lasses, die Lampen leuchten zu sehen.

Im Dorf war jetzt die hohe Zeit der Frühjahrsarbeit, und man machte spät Feierabend. Edvard half Bror Frick beim Säen, und wenn er nach Hause kam und gegessen hatte, war er oft so müde, daß er vor dem Fernseher einschlief. Helga machte Frühjahrsputz und setzte einen großen Hefeteig an. Sie hatte versprochen, auch für Isak Persson zu backen, weil Adana nicht sie selbst war. Mit Abscheu hatte Isak festgestellt, daß die Rosinen in ihren Weißbrotlaiben gar keine Rosinen waren. Åsa erbot sich, das Brot dorthin zu bringen. Der Weg durch den Wald war mit dem Fahrrad noch nicht benutzbar. Von den Höhenrücken strömte das Schmelzwasser herab, und streckenweise war der Weg ein munteres Flüßchen.

Sie traf Isak mit einer jungen Katze auf der Hand vor dem Brennholzschuppen an. Das Kätzchen fauchte verwegen und spreizte die Krallen auf Isaks Hand, die er jedoch so hoch hielt, daß es nicht zu springen wagte.

»Die werden wild«, sagte er. »Die Mieze hat ein gutes Versteck gefunden diesmal. Jetzt muß ich die alte Mieze beiseite schaffen, auch wenn es mich schwer ankommt. Sie hat zwei von drei Malen eine Fehlgeburt.«

Sie gingen ins Haus, und er ließ das Kätzchen herunter, das sich blitzschnell unter die Küchenbank verkroch.

»Wie geht's bei euch Wedins denn so?« fragte Isak. Er meinte seine Frage ernst, und das machte es so schwer, sie zu beantworten. Außerdem war die Luft in der Küche so still. Isak hatte Zeitungen auf den Küchentisch und die Bank gelegt. Er wirtschaftete darauf, konnte sie schnell mit Kaffeesatz, Eierschalen und allem darauf wegpacken. Das war praktisch, solange Adana sich in der Kammer einschloß und nicht zu ihrer Arbeit in die Küche kommen wollte. Draußen war klingende Frühlingsluft.

»Wie geht's bei euch selber?« fragte Åsa leise.

Isak antwortete nicht, sah aber auch nicht weg.

»Schönen Gruß von Helga«, sagte Åsa. »Es ist ungefähr so wie immer daheim. Ach nein, Edvard hat einen Schnapsapparat gebastelt und ein bißchen gebrannt.«

Jetzt kam Leben in Isaks Augen über der runden Brille, die ihm auf die Nase gerutscht war. Er zwinkerte eifrig. »Ach ja, was du nicht sagst. Was du nicht sagst. Und wie ist er so geworden?«

»Er schmeckt beschissen.«

»Das tut mir aber leid für den Edvard«, sagte Isak. »Mit was hat er die Maische denn angesetzt?«

»Die haben Helga und ich gemacht. Mit Zucker.«

»Hat er ihn dicht gekriegt?«

»Nicht so ganz.«

»Das ist nicht gut«, sagte Isak. »Das werden wir aber hinkriegen. Du gehst jetzt heim zu Edvard, und dann setzt ihr mit Zucker eine Maische an. Das ist erst mal am einfachsten und besten, bevor man weiß, wie dicht man ihn kriegt. Nehmt so an die sieben, acht Kilo für einen Durchgang. Und das Wasser nehmt ihr von hier, das

Quellwasser. Das wird zwar eine Schlepperei, aber das ist es wert. Es gibt auch da bei den Wedins eine gute Quelle, aber aus der ist schon viele Jahre nichts mehr geschöpft worden. Drum nehmen wir die hiesige.«

Er schenkte Åsa Kaffee ein und goß sich selbst welchen in die Untertasse, die er auf drei Fingern hielt, als er blies. Er wirkte vergnügt.

»Ja, es ist viele Jahre her«, sagte er, »aber bestimmt werden wir ein bißchen anständigen Schnaps zustande kriegen. Richte Edvard das aus. Es ist die schiere Gemütlichkeit, wenn so ein Apparat dasteht und säuselt. Das wird auf Pfingsten gerade richtig hinkommen.«

Es war am Samstag vor Pfingsten. Am Abend kam Isak Persson vom Wald herunter und hatte nichts in den Händen. Drei Schritte hinter ihm folgte Adana, und auch sie trug nichts bei sich. Im Dorf stieg der Rauch der Frühjahrsfeuer auf. Bei Tabor blieben die beiden stehen und sogen die Luft ein, und man konnte sehen, wie Isak zu Adana, die neben ihn getreten war, etwas sagte. Dann gingen sie weiter, er voraus und sie hinterher.

Bror Frick, Ejnar Strömgren, Evert Pettersson und Edvard Evansson bei den Wedins verbrannten all den Unrat, den man nach der Schneeschmelze zusammengerecht hatte. Zaunlatten, Hundekötel, Schuhe und Zweige. Edvard verbrannte das Linoleum aus der Kammer und der Stube; sie hatten darunter Zeitungen von 1941 gefunden. Am vornehmsten duftete Ejnar Strömgrens Feuer. Er verbrannte einen alten Johannisbeerstrauch.

Das halbe Jahr leben wir ohne zu leben, in Mangel und Rauheit. Jetzt breitete das erste Laub einen grünen Wirbel auf dem Abhang des Tavelberges aus. Der Wald atmete.

Als Isak und Adana Wedins feuchten und frisch gerechten Kies betraten, stand Helga, die Arme vor der Brust verschränkt, auf der Vortreppe. Sie begrüßten einander wie nicht alle Tage, und dann fragte Isak:

»Ist alles klar?« und Helga nickte. Edvard kam mit einem rußigen Rechen in der Hand. Er hatte jedoch nur die letzten Reste des Feuers zusammengestochert, er war bereits umgezogen und roch frisch nach Rasierwasser und dem Schnaps, den er sich als Vorschuß gegönnt hatte.

Helga hatte eine Kleinigkeit zu essen auf den Küchentisch gestellt, doch kaum hatten sie sich gesetzt, da sahen sie auf der Straße Helfeten kommen. Er bog fraglos auf den Hof ein, und sie saßen schweigend da und sahen ihm entgegen, bis er auf der Vortreppe verschwand. Sein wild starrendes Glasauge, sein wabbeliger Körper, seine großen, fuchtelnden Hände und sein schwerfällig lahmer Gang erfüllten sie mit Mutlosigkeit. Der Apparat stand hinter den Schranktüren bereit, brauchte nur noch zusammengeschraubt zu werden, und Edvard hatte, ohne den Bodensatz aufzuwühlen, schon die Maische eingefüllt. Jetzt würden sie warten müssen, bis Helfeten nach Hause gegangen wäre.

»Oder wir lassen ihn dableiben«, sagte Isak. »Er ist keiner, der im Dorf tratscht. Und wir werden ihn nicht los, solange in der Flasche da noch was drin ist.«

Es wurde eng auf der Bank. Åsa warf ihm einen wütenden Blick zu, aber Helfeten merkte nichts. Er war verlegen und froh.

Sie probierten Edvards Schnaps und bestätigten, daß er relativ ungenießbar sei. Rückstände und Flocken hatte Edvard immerhin abgeseiht. Isak verstand nicht, woher die kamen, vielleicht aus dem neuen Rohr. Der Schnaps schmeckte ölig-säuerlich und süß. Außerdem hatte er einen herben Beigeschmack, der nicht zu definieren war. Er floß zäh und war nicht ganz farblos. Helfeten sagte, den könne er bloß trinken, wenn er ihm direkt eine Anschovis hinterherschicke.

Es war ein stiller Abend, kühl nach einem warmen Tag. Helga hatte die Stube gescheuert und Narzissen hereingeholt. Wegen der Putzfeuchtigkeit stand noch immer ein Fenster offen. Sie bibberten, zögerten jedoch noch, das Fenster zu schließen. Der Duft der Narzissen und der Geruch des feuchten Holzbodens wogen den Rauch der Frühjahrsfeuer und den Erdgeruch von draußen auf. Edvard ging in die Stube und lehnte sich aus dem Fenster, das er nun schließen wollte. Die Dämmerung war hereingebrochen und ließ alles größer erscheinen: Die Höhenrücken kamen näher, das Auge des Himmels weitete sich. Einen Augenblick lang dachte er, die Unendlichkeit rühre an seinen Verstand und verschleiere ihn. Hinter ihm erhob sich Isak langsam und sagte:

»Ich denke, wir sollten jetzt drangehen und ihn zusammenschrauben, und dann sollten wir allmählich anfangen, ihn zu erwärmen. Das dauert sein Weilchen.«

Er lobte die sauberen Stöße des Rohrs.

»Der ist schon recht schnuckelig übrigens, dieser kleine Apparat«, sagte er.

»Wenn er nur dicht wäre!« erwiderte Edvard. »Helga ist letztens rasend geworden.«

»Warten wir's ab. Nur hübsch gemach«, ermahnte Isak, als Edvard den Schraubenschlüssel anlegen wollte. In der Hosentasche hatte er etwas feines Flachswerg und eine Tube mit klebrigem Dichtungsmittel zum Verschmieren. Er nahm einen Gummischlauch und sog ein bißchen Maische in ein Glas. Die hätte klarer werden können, meinte er, aber es sei schon gut so.

»Habt ihr den Zucker gekocht und abgeschäumt?«

Ja, es war alles so gemacht worden, wie er es hatte ausrichten lassen.

Es dauerte mehr als eine Stunde, bis der ganze Apparat so heiß war, daß man die Hand nicht drauflegen konnte. Da säuselte und sang es in dem Topf, und Isak legte den Kopf schräg, um genauer zu horchen.

»Jetzt bald«, sagte er.

Das Kupferrohr war noch nicht heiß.

»Stell eine Tasse drunter«, hielt er Edvard an.

»Wir haben Flaschen parat.«

»Nein, das erste ist bloß Ausschuß. Das nehmen wir nicht. Die Flasche stellen wir drunter, wenn wir reine, feine Ware kriegen.«

Helga hatte frisch ausgespülte Flaschen umgekehrt auf ein Handtuch gestellt. Sie hatte jetzt Kaffee gekocht und bat sie wieder an den Küchentisch. Sie fürchtete, daß sie nicht rechtzeitig fertig würden. Zu ihrer Verwunderung drehte Isak jedoch die Temperatur der Platte schon herunter, bevor das Rohr warm geworden war. Das Säuseln im Apparat wurde dumpfer, und er sagte, sie hätten genug Zeit zum Kaffeetrinken.

Sie tranken und tunkten ein, sagten nicht viel. Isak horchte ständig auf das Säuseln, Helfeten starrte mit seinem brauchbaren Auge auf die Tülle des Rohrs. Er war der einzige, der den Kaffee mit einem Schuß von Edvards Schnaps hinunterbringen konnte.

»Ruhe«, sagte Isak. »Jetzt kommt es bald.«

Der Apparat sang in hohem Ton. Sie erhoben sich und drängten sich vor ihm zusammen. Edvard hatte einen Stuhl unter die Tülle des Rohrs vor die Spüle gestellt, und auf dem Stuhl stand eine Tasse auf einem umgedrehten Einmachglas, so daß sie genau an die Öffnung heranreichte.

»Da kann nichts kommen«, sagte er. »Es sind ja nur fünfundsiebzig Grad.«

»Das Thermometer zeigt falsch an.«

Isak hatte jetzt sein Ohr an dem heißen Metall und horchte. Åsa versuchte die Finger an das Kupferrohr zu legen, doch das war bis ans Ende glühend heiß.

»Jetzt kommt es ganz bald«, flüsterte Isak.

»Hast du gesehen?« flüsterte Edvard zurück. »Ich glaube, er ist dicht! Aber wie kann ...«

»Jetzt!«

Das erste glich am ehesten einem leichten Nachgetröpfel. Es rann ganz munter, ein paar Tropfen spritzten auf die rote Rose auf dem Grund der Tasse, sie vereinten sich zu einem kleinen Strom, der rasch versiegte. Dann war Schluß.

»Wechsel die Tasse aus!«

Åsa war mit flinken Fingern da. Isak nahm die Tasse entgegen. Er steckte die Nase tief hinein und schnupperte, während die anderen schweigend um ihn herumstanden.

»Bloß Ausschuß. Aber so soll es sein. Jetzt werden wir uns noch eine Weile gedulden müssen.«

Das Getröpfel füllte munter, aber nicht sonderlich regelmäßig die Tasse. Niemand setzte sich. Isak stand mit einem Löffel und Streichhölzern bereit und beugte sich oft vor, um zu schnuppern.

»Es ist jedenfalls nicht wie letztens«, sagte Helga, wohingegen Edvard stumm blieb und nur den Kopf schütteln konnte. Der Apparat war dicht. Ihnen stieg ein schwacher und keineswegs unangenehmer Geruch aus der Tülle des Rohrs und der Tasse in die Nase, sonst nichts. Isak verstand Edvards Verwunderung und sagte leise:

»Die werden dicht, wenn man sie mal benutzt hat. Sie dehnen sich aus und kleben gewissermaßen in den Fugen zusammen. Das ist schon gut so.«

Die Tasse machte die Runde, und sie rochen an den Tropfen, die Isak für unbrauchbar erklärt hatte. Helfeten bekam die Tasse zuletzt und steckte die Zunge hinein. Er sagte, es schmecke wäßrig.

»Aber jetzt!« sagte Isak und hielt den Löffel in die Kaffeetasse. Er bat Åsa, ihn zu halten. Die Flüssigkeit war fett und ölig und lief in den Löffel, ohne abzureißen. Isaks Hand zitterte mächtig, als er ihn übergab, doch er verschüttete nichts. Er zündete ein Streichholz an und führte es an den Löffel. Nachdem er es prüfend ein wenig hin und her bewegt hatte, entzündete sich ein blaue Flamme, die gleichmäßig brannte.

»Jetzt ist es Schnaps«, sagte Isak. »Es brennt. Die Flasche hin!«

Im gleichen Augenblick schaltete er die Platte von drei auf zwei und erklärte, er finde, es beginne zu schnell zu tropfen, fast zu fließen. Da würde bald ein steter Strom kommen, und das sei nicht gut. Der größte Fehler an Edvards Schnaps sei wohl, daß er ihn zu heftig und zu schnell habe ausfließen lassen. Er habe sich auf ein Thermometer verlassen, das zehn Grad zu wenig anzeigte. Er, Isak, könne das am Säuseln hören. So nahe wie möglich an fünfundachtzig Grad müsse man sich halten, ohne es ins Stocken geraten zu lassen, und je langsamer es gehe, desto feiner der Schnaps. Es komme auch auf die Maische an und auf das Wasser. Diese Regel aber sollten sie sich merken: Der feine Schnaps tröpfelt nur langsam. Sie müßten den Strahl im Auge behalten und darauf achten, daß er nie richtig zusammenhänge. Und sowie sie merkten, daß es zu schnell gehe, müßten sie die Temperatur runterdrehen.

»Legt ein Tafelmesser zwischen den Boden und die

Platte, wenn sich die Hitze nicht gleich senken läßt, oder schiebt den Apparat einen Moment beiseite.«

»Unsereins hat schließlich schon eingekocht«, sagte Helga. »Du hättest nicht alleinig damit rumstümpern sollen, Edvard.«

Sie war vergnügt und hatte klare Augen. Helfeten saß, die Hände im Schoß, am Tisch und sah die Flasche an, in der langsam der erste Schnaps stieg.

Es dauerte zwischen anderthalb und zwei Stunden, in Isaks Takt eine Flasche zu füllen. Das Dorf schlief bereits, und Edvard ging herum und löschte alle Lampen im Haus, damit sich niemand fragte, was sie da bei den Wedins wohl trieben. Zeitung konnte man im Dämmer der Frühlingsnacht nicht lesen, doch am Küchentisch Karten spielen.

Åsa ging auf die Vortreppe hinaus und sog den Erdgeruch und das kalte Lüftchen vom See her ein, auf dem vor ein paar Wochen das Eis aufgebrochen war. Sie waren jetzt lange Zeit vom Pißgeruch der Schweine verschont geblieben. Der Wind hatte beharrlich in richtiger Richtung geweht und trug nur den Geruch nach Wasser und die Laute der Wild- und Schellenten heran. Es war eine Nacht ohne Frost, nur einige kühle Atemzüge, während die Sonne hinter den Höhenrücken war. Sobald sie wiederkehrte, würde das Laub weiter ausschlagen. Åsa bemerkte keinen üblen Geruch, als sie in die Küche zurückkam, lediglich einen schwachen Duft wie von in Zuckerlösung gekochten Äpfeln, obwohl der Maische gar keine Äpfel beigemischt waren.

Nun brannte Isak wieder. Er hatte in seinem Leben schon viele Nächte durchwacht, um einen guten Schnaps zu erhalten, und er hatte nichts vergessen. Er wechselte auf Helgas altem Herd zwischen der ersten und zweiten

Stufe und tappte, aufmerksam dem Geräusch der siedenden Maische lauschend, auf und ab. Es durfte nicht zu laut werden; in diesem Fall schaltete er die Temperatur herunter, blieb stehen und horchte, den Kopf zur Seite geneigt. In dem Kessel durfte es auch nicht einschlafen.

Die anderen schliefen mehr oder minder. Adana saß am einen Ende der Küchenbank, Helfeten am anderen, und beide lehnten sich auf ihre jeweilige Seite. Unter dem Tisch lag Gej und atmete lautlos. Er war nun schon sehr still geworden.

Edvard schlief mit ausgebreiteten Armen auf dem Sofa in der Stube. Er hielt den Kopf schräg, um nicht an die Kiefernzapfen zu stoßen, die die Kante der Rückenlehne zierten. Auf seinem rechten Arm lag Helga. Åsa saß in der anderen Sofaecke, und Edvards Finger berührten leicht ihren Nacken unter dem Haar.

Gegen fünf Uhr am Morgen hatte Isak drei ganze Flaschen gefüllt, und die vierte zur Hälfte, als er sie plötzlich ganz schnell austauschte. In der letzten halben Stunde hatte er immer wieder am Flaschenhals gerochen.

»Jetzt kommt das Dicke«, sagte er. »Wir machen weiter, solange es brennt.«

Adana war aufgewacht und half ihm, den Teelöffel zu halten. Die Flamme war unbeständig und flackerte. Jetzt begannen sich die anderen in der Stube zu regen, und Helfeten erwachte auf der Küchenbank. Åsa kam fröstelnd in die Küche und suchte Zigaretten.

»Ist auf dem Herd noch so viel Platz, daß man den Kaffeekessel aufsetzen kann?« fragte Helga. Sie zog sich einen Pullover über und kämmte sich vor dem Spiegel hinter der Kammertür.

»Jetzt können wir den Rest ein bißchen schneller laufenlassen«, sagte Isak. »Was jetzt kommt, muß sowieso noch ein-, zweimal durchlaufen. Zum Schluß kommen bloß noch Plempe und Brühe.« Die letzte Flasche füllte sich unter stetem Strahl, während der Kaffee kochte. Schließlich brannte es nicht mehr, und Åsa probierte die Flüssigkeit mit der Zunge. Sie schmeckte wäßrig und fad. Sie zogen den Kessel von der Platte, damit er abkühlte und sie ihn anfassen und das Rohr abschrauben konnten. Edvard drehte den Wasserhahn zu, über den sie den Kühlschlauch gezogen hatten, und als die Küche von dem eintönigen Getröpfel des im Ausguß abfließenden Kühlwassers befreit war, fingen sie mit Stimmen zu sprechen an, die plötzlich von Gelächter oder Gähnen erstickt wurden. Helfeten entschuldigte sich, daß er nicht schon längst nach Hause gegangen war, und schob es auf die Spannung.

»Jetzt gehst du aber auch nicht!« sagte Helga. »Herrjemine, wenn dich jemand um diese Zeit hier aus dem Haus kommen sieht!«

Sie lachten alle bei dem Gedanken an einen auf Freiersfüßen wandelnden Helfeten, und er selbst war darüber nicht verdrossen. Er war gekommen, ohne eingeladen zu sein, und sie hatten ihn nicht zur Hölle gewünscht.

Helga stellte Kaffee und Käsebrote auf den Tisch, und sie saßen da und sahen aus dem Fenster, das zum Dorf und zum Morgen hin offenstand. Gej lag, den Kopf zwischen den Pfoten, auf der Vortreppe, nachdem er auf die ersten Triebe der Tränenden Herzen in der Rabatte gepinkelt hatte. Er hob den Kopf.

»Schaut nur«, sagte Helga. »Er glupscht einem Vogel nach! So vergnügt war er schon lange nicht mehr.«

Es war aber auch ein lieblicher Morgen. Der melonenfarbene Sonnenschein auf der Vortreppe wurde immer wärmer. Die Blätter der Stachelbeersträucher entfalteten sich, unten auf dem Kartoffelacker sahen sie einen großen, schwarzen Vogel mit gelbem Schnabel in der Erde stochern. Das sei eine Amsel, erklärte Isak.

»Hast du Erdäpfel gesetzt?« fragte Helfeten Edvard.

»Schon längst.«

»Man müßte an Mittsommer neue Erdäpfel haben«, träumte Åsa.

»Dazu mußt du Mittsommer schon gehörig aufschieben.«

Isak, der überhaupt nicht geschlafen hatte, war müde, und er kaute blinzelnd an seinem Käsebrot und trank den Kaffee so heiß wie möglich aus der Untertasse. Sie hatten drei große Flaschen prima Schnaps erhalten, und eine fast volle, die etwas zweifelhafter war. Er wirke stark und vielversprechend, sagte Isak und ließ sie mit der Zunge ein paar Tropfen in ihren Kaffeelöffeln probieren. Jetzt müsse er noch einmal durchlaufen, dann über Kohle gefiltert und schließlich mit destilliertem Wasser verdünnt werden. Für die allererste Flasche aber, die sie bekommen hätten, nachdem der Ausschuß abgeflossen sei, für die könne er schon jetzt garantieren. Das sei schon im ersten Durchlauf ein ausgezeichneter Schnaps geworden, und er sei nicht der Meinung, daß sie den noch einmal mit durch den Kessel schicken sollten. Sie schnupperten. Helfeten steckte die Zungenspitze in den Löffel und zog sie ganz schnell wieder zurück.

»Das ist ein höllischer Schnaps«, sagte er. »Mir hätte es schier die Haut abgezogen.«

»Ja, das ist schon ein starkes, feines Zeugs«, sagte Isak. »Jetzt kommt es drauf an, was wir mit dieser ersten

Flasche machen. Wir können sie nicht mit Johannisbeeren zusammentun, dazu ist jetzt nicht die Zeit. Ansonsten sind Johannisbeeren gut, weil man ihn dann nicht zu verdünnen braucht und es einen guten Geschmack ergibt. Mit Johanniskraut müssen wir auch noch warten.«

Sie entschieden sich schließlich dafür, in der kommenden Woche Wacholderbeeren in dem frischen Schnaps ziehen zu lassen.

Zwei Seen lagen unterhalb der Diamantkate, die durch einen schmalen Darm stiller Gewässer vereint waren, in denen der Bitterklee alles andere erstickte. Tausende auseinandergerissener Wässerchen lagen in den Wäldern nördlich des Dorfs verstreut, mit Namen von Finnen, die im Wald gelebt, Jagden, die in die Irre geführt hatten, Bärenbegegnungen, Fischbeständen. Es gab zehn Barschseen auf ein paar Quadratkilometern. Das dunkle Wasser. Einen Heiligabendsee. Das Wiedergängermoor. Aber bei der Diamantkate hatte es über Kuckucksrufe und Brachvogeltriller hinaus nie viel hinzuzufügen gegeben. Das Gewässer hieß schlicht Lillsjön, kleiner See.

Der Kätner Diamant hatte am Hang Ackerstreifen für Gerste und Kartoffeln urbar gemacht und vierzehnhundert Pferdefuhren Steine zum See gefahren. Das war abends geschehen, nachdem er vom Bohlenschleppen aus dem Sägewerk heimgekommen war, und nach vierzehnhundert hatte er aufgehört zu zählen. Da war die Verengung in der Mitte so gut wie aufgefüllt, und aus dem Gewässer wurden zwei, ein großes und ein kleines: Stora und Lilla Lillsjön. Ein Name, der nie für Karten vorgesehen war.

Auf dem Holzsteg zwischen dem großen und dem kleinen See lag Åsa. Es war eine trockene und saubere

Stelle, und sie konnte ohne weiteres die Patiencekarten vor sich auslegen. Hin und wieder kam Isak und setzte sich zu ihr. Nach Norden hin standen meilenweit die Hitze und das Gesurr der Insekten über den Kahlschlägen.

»Hier solltest du aber nicht liegen«, meinte Isak.

Dazuliegen und die Laiche zu verfolgen, die sich zwischen den Steinen und den Stengeln des Bitterklees einen Weg suchten. Wogendes gelbes Gras unter Wasser. Segelnde Bussarde.

»Warum nicht?« fragte Åsa. »Hier ist es ruhig und gut. Ich muß mich ausruhen. Im Herbst soll ich bei Tempo den Gemüseschneider Manolito vorführen.

»Nein«, sagte Isak.

Im Dorf begann die Arbeit damit, daß Onkelchens Haus renoviert wurde, nachdem die Angelegenheit zwischen den Schwestern geregelt war. Fünftausend bekam Helga ausbezahlt, und es fiel kein Wort über das, worüber sie in der letzten Zeit wach gelegen und gegrübelt hatte, nämlich, daß sie das ganze Frühjahr hindurch das Lager geplündert und die Gefriertruhe nach Hause geschleppt hatten. Edvard und Helfeten waren mit von der Partie, den alten Windkessel auszutauschen, so daß aus den Hähnen endlich Wasser ohne Kies und Rost kam. Sie gruben die Johannisbeersträucher aus, bepflanzten die Flußböschung mit Rhododendren und legten, bevor der Maler kommen würde, die Fahnenstange um. Als jedoch der Teppichboden verlegt und der Kühlschrank installiert werden sollte, waren sie überflüssig, denn nun ging es nicht mehr um Schwerarbeit, und Nolby rechnete mit ihnen sieben Kronen fünfzig die Stunde ab.

Außer Nolby gab es niemanden, der das Haus anders als Laden nannte, obwohl abgesehen von den ungewöhnlich großen Fenstern im Wohnzimmer bald nichts mehr an Onkelchens Zeit erinnerte. Es hieß, Nolby und die Adèle, die Schwester von der Helga, würden auf Mittsommer in den Laden ziehen. Es soll aber Simon Norén gewesen sein, der das Haus gekauft hat. Leute reden, sagte Helga.

Simon war verreist, und die Villa war an ein junges Paar vermietet. Die beiden hatten keine Kinder, trotzdem wurde es im Vorsommer um das Haus herum lebhaft. Sie nahmen begeistert am Landleben teil. Er war Architekt und sie Sprachlehrerin, doch was das Wohnen anbelangte, hatten sie der Stadt jetzt den Rücken gekehrt, und die Milch wollten sie bei Bror Frick direkt aus dem Stall kaufen. Das ging aber nicht, und er mußte der Frau das System mit dem Kühltank erklären, während sie in der Viehstalluft stand und ihre dunklen Locken schüttelte, so daß Anna Frick nervös wurde bei dem Gedanken, wie das riechen würde, wenn sie nach Hause käme. Das mache nichts, versicherte die Frau. »Obwohl, weiß der Kuckuck, wenn man das in die Haare kriegt«, sagte Anna hinterher zu Vera Strömgren.

Jedenfalls stand Noréns Villa jetzt allen offen, die sich unter einem Vorwand dorthin begeben und endlich sehen wollten, wie es darin aussah. Die Architektenfrau freute sich doch nur, wenn jemand kam, und bot Kaffee oder Saft an, und mochte man ein noch so belangloses Anliegen haben. Man schätzte, daß es dort manchmal ein bißchen einsam war.

»Bald kriegt sie aber Gesellschaft von den Fliegen«, sagte man, und schon vor Mittsommer konnte man sie verzweifelt mit Zeitungen um sich schlagen sehen. Dann fuhr sie in die Stadt und besorgte sich eine ganze Garnitur Fliegenklatschen, denn mit DDT wolle sie tunlichst nicht um sich sprühen, meinte sie. Helfeten, der dort oben auf der Uferböschung das Gras mähte, sagte, daß es hier freilich nicht angehe, solche Prinzipien zu haben.

»Das sind keine Stallfliegen«, erklärte er. »Das sind Fleischfliegen und Aasfliegen, und die kommen aus der Schweinefabrik. Da liegen die Schweinekadaver am Hinterausgang und stinken, und fragt man, was sie mit denen machen, die von selber krepieren, dann sagen sie: Die besorgen bald die Ratten! Aber eins sage ich: An dem Tag, wo die Ratten da oben an keine Schweinekadaver mehr rankommen, da will ich hier nicht wohnen. Da wird's eng.«

Derlei und mehr bekam die Architektenfrau zu hören, und womöglich lag es an der üblen Nachrede, daß sie dazu überging, ihre Küchentür abzuschließen, so daß man zumindest klingeln mußte, wenn man etwas wollte. Allein war sie jedoch nicht. Am Nachmittag, wenn die Sonne die Wand der Terrasse erreichte, saß dort ein brummender Fliegenklumpen und wärmte sich auf dem Holz. Er war dicht wie ein Pelz und bewegte sich gemächlich, sofern man ihn nicht aufscheuchte. Tat man es doch, wurde man leicht selbst von Panik ergriffen.

Adèle und Nolby fuhren nach Stockholm und kehrten zur gleichen Zeit wie der Möbelwagen zurück, verheiratet. Das Gras war dunkler geworden, und die Traubenkirschblüten schneiten herab. Der Frühling purzelte in den Vorsommer, und Helga bewunderte die Vögel, die sich nun mit schwirrenden Flügeln gepaart und ihre

Nester gebaut hatten. Schon zwitscherten unter den Dachpfannen die Schwalbenjungen. Der Instinkt sagte den Vögeln nicht nur, wann sie sich paaren, sondern auch, wann sie ein Nest bauen sollten. Nicht so bei Edvard. Wohl kam er, um es schön zu haben, doch niemals mit einem Zweig im Mund. Keine Jahreszeit war derart beschaffen, daß sie bei Edvard den Instinkt weckte, zum Pfarramt zu gehen, um sich eine Ehefähigkeitsbescheinigung zu holen.

Åsa sagte, Helga und sie seien moderne Frauen. Sie gehörten einer neuen Generation an. Wenn sie nur Arbeit hätten, dann brauchten sie sich nicht in Haus und Kinderbetreuung verankert zu fühlen. Helga wollte gern arbeiten. Außerdem wollte sie gern Edvard Evansson heiraten. Sie dachte: Ich liebe ihn und will ihn heiraten. So ist das. Ich wünschte, er würde mit der gleichen Gewißheit ebenso empfinden. Aber das tut er nicht.

Åsa ihrerseits erhielt den Bescheid, daß sie während der Ferien bei ICA an der Kasse sitzen könne.

»Vielen Dank auch, an Mittsommer mit der Arbeit anzufangen«, sagte sie. »Den ganzen Winter hocken wir da und halten Maulaffen feil, aber wenn die Leute Urlaub machen wollen, dann paßt man ins Gesellschaftsbild. Rutscht mir den Buckel runter!«

Außerdem paßten die Busfahrzeiten nicht, aber sie würde sich mit einem Postbeamten aus dem Nachbardorf, der ebenfalls täglich in den Ort fuhr, die Benzinkosten teilen können.

»Ich bezahle doch nicht dafür, mit diesem Postschaltereunuchen fahren zu dürfen. Ich fange im Juli an, wenn überhaupt.«

»Aber Mädel!« sagte Helga. »Wenn die nun jemand anders nehmen!«

Åsa nahm die Spielkarten, ließ sich bei den Stiefmütterchen nieder, wo sie am dichtesten standen, und legte auf dem Brunnendeckel eine Harfe.

Ejnar Strömgren verkaufte Nolby acht Kubikmeter Mutterboden, weil vor dem Haus, wo bisher ein Kiesplatz gewesen war, ein neuer Rasen angelegt werden sollte. Bezahlt wurde er von der Norfood AG. Strömgren kannte den Inhaber des Installationsbetriebs, der den Windkessel ausgetauscht hatte, und erfuhr, daß es bei ihm genauso war. Norfood bezahlte. Da mußte Vera unter irgendeinem Vorwand zu Helga hinübergehen und fragen: Hatte sie das gewußt? Nicht, daß Vera neugierig sein wollte, aber man fragte sich doch, wie die Angelegenheit geregelt worden sei. Helga sagte nicht, wieviel sie für ihren Anteil am Haus bekommen hatte. Sie schämte sich. Edvard aber mußte sie wohl oder übel erzählen, daß Nolby bei dem Kauf nur Noréns Strohmann gewesen sei, er würde es ohnehin bald erfahren. Nur mit ihm und Helfeten habe Nolby direkt abgerechnet, ansonsten sei alles, was mit der Renovierung zusammenhänge, über Norfood abgewickelt worden. Edvard schwieg, sah jedoch böse drein.

»Nun, jetzt sind sie jedenfalls eingezogen«, sagte Helga, »das läßt sich nicht ändern. Aber Schnaps gebrannt wird nicht mehr, wo Adèle doch alle nasenlang hier rumrennt. Außerdem ist es gesetzlich verboten.«

Den ganzen Nachmittag über horchte sie auf die Hiebe, als Edvard Birkenholz spaltete. Sie klangen unvorsichtig. Er hieb die Axt in das abgesägte Stück Holz und schlug es dann so heftig auf den Hackstock, als wünschte er, es möge über den Fluß und auch die Bahnlinie fliegen und in Noréns Kippfenster landen. Am Abend kam er jedoch mit normaler Miene herein.

»An Mittsommer fahren wir zur Almhütte rauf«, sagte er. »Wir sind schon lange nicht mehr dort gewesen.«

»Da fliegen aber doch die Vögel aus und ein!«

»Da können wir schon logieren. Es soll warm werden an den Feiertagen, haben sie vorhergesagt. Wir können angeln und ein bißchen Karten spielen. Und was da dann auf dem Herd steht und köchelt, geht kein Schwein was an.«

Am Donnerstagabend schon hatten sie gepackt und waren mit ihren Fahrrädern abfahrbereit. Isak und Adana waren vorausgegangen, und sobald es einigermaßen dämmrig wäre, wollte Edvard extra noch einmal hinunterfahren und den Apparat holen. Bis zuletzt schickte Helga Åsa in die Küche, um etwas zu holen, was sie vergessen zu haben glaubte.

»Jetzt fahren wir«, sagte Åsa. »Bevor wir uns von Bror noch den Pritschenwagen leihen müssen.«

Als sie aus dem Wedinschen Hof schuckelten, bremste Norfoods Lieferwagen neben ihnen, und Nolby streckte den Kopf heraus.

»Geht's auf zum Mittsommerfeiern?«

Da sonst niemand antwortete, tat es Helga:

»Wir fahren zu den Almhütten rauf, weil die Männer an den Feiertagen angeln wollen.«

»Das wird aber mühsam mit dem Fahrrad.«

»Es wird schon gehen«, sagte Helga.

Er bot ihnen an, sie bis ans Ende der Straße zu bringen, und zu Helgas Verwunderung nahm Edvard dankend an.

»Aber da ist noch was«, sagte er und ging ins Haus zurück. Er blieb lange weg, und als er wiederkam, schleppte er die alte Salzheringstonne mit dem Deckel an.

»Wir kriegen allemal dermaßen verdammich viel Fisch, daß wir ihn einsalzen müssen«, sagte er.

»Aber«, wollte Helga protestieren, fing jedoch einen Blick von Edvard auf. Sie wünschte, sie hätte zumindest vorgebracht, daß die Männer Angelkarten besitzen und sich im Gepäck kein Netz befinde. Sie war verlegen, doch Nolby sagte beinahe zerstreut:

»Aha, zieht ihr immer so viele Edelfische heraus. Nicht schlecht.«

Edvard saß hinten und hatte die Heringstonne im Arm. Auf dem Dach klapperten die Angelruten, und dazwischen glänzte, schludrig mit einem Streifen Wellpappe umwickelt, das Kupferrohr in der Sonne. Helga wußte nichts davon, doch als sie in dem kühlen Wald am Fuß des Tavelbergs ausstiegen, fiel ihr Blick darauf, und ihr war, als bliebe ihr schier das Herz stehen. Edvard war schneller aus dem Lieferwagen, als Nolby den Motor ausstellen konnte, und reichte die Angelruten vom Dach herunter. Das Rohr verschwand im Rauschbeerengestrüpp. Dann holte er die Tonne heraus, die beachtlich schwer war, und wälzte sie an den Straßenrand. Er setzte sich auf den Deckel und steckte sich die Pfeife an.

»Jetzt kannst du anpacken und den Rest ausladen«, sagte er zu Helga und rührte sich nicht von der Stelle, wo er wie ein König auf seinem Thron saß. Es blieb Helga überlassen, Nolby anstandshalber für den Transport zu danken, als dieser wieder losfuhr.

Sie setzte sich mit Rolf, der die Füße in das eiskalte Wasser hängen und Steine werfen wollte, an den Bach. Edvard hatte den Apparat aus der Heringstonne gehoben und in einem Weidengebüsch versteckt.

»Es ist ein verdammich angenehmes Gefühl, diesen

Scheißkerl den Apparat für mich herauftransportieren zu lassen«, sagte er.

»Fragt sich, was sein wird, wenn er raufkommt und guckt, wieviel Fisch wir an den Feiertagen fangen!«

»Ach was!«

»Doch, so wie du den mit der Tonne gefoppt hast.«

»Der kommt nicht. Den Teufel traut der sich!«

»Ja, jetzt bist du mutig«, sagte Helga. »Aber warte nur.«

Helfeten brachte die Maische. In Wedins Backstube hatte er ein altes Joch ohne Stricke und Haken gefunden und repariert. Jetzt hingen ihm die Demijohns in ihren Körben von den Schultern. Für die steil ansteigende Wanderung vom Wendeplatz herauf hatte er eine Stunde und zwanzig Minuten gebraucht. Sie halfen ihm, die Flaschen abzuhängen, und ließen ihn erzählen:

»Erst bin ich mit der einen raufgeradelt. Dann hab ich sie am Bach abgestellt. Dann bin ich zurückgefahren und hab die andere geholt. Dann hab ich sie eingehakt und raufgetragen. Es hat Spitz auf Knopf gestanden, daß ich das letzte Stück geschafft hab.«

Sein Atem ging kurz und hart, und im Nacken perlte ihm der Schweiß.

»Aber jetzt haben wir sie da, die Maische.«

Er legte sich in der mückenlosen Abendluft am Fuß der Vortreppe ins Gras.

Sie hatten zwei Hütten, eine davon mit einigermaßen dichtem Dach. Gleich um die Hausecke gab es eine Quelle, und im Brennholzschuppen hatte Isak trockenes, gespaltetes Holz aufgeschichtet. Der Keller war von Himbeeren überwachsen, aber nicht völlig eingestürzt. Helga hatte ein paar Regale von Erde und Wühlmausmumien befreit und gesäubert, sie mit Zeitungspapier ausgelegt und die frischen Lebensmittel darauf aufgereiht. Zwei geräucherte Renwürste hingen an Schnüren von der Decke. Sie hatten Schnaps, und es würde noch mehr werden. Kartoffeln waren da, Spielkarten, Decken, Milchbreipulver, Mückenspray, Butter und Salz. Adana hatte Brote aus feingesiebtem Roggenmehl mit Fenchel gebacken. Helga hatte beim Konsumbus Bier, Radieschen und Gurken gekauft. Sie hatten zwei volle Dosen Kaffee dabei. Im Schatten unter der Vortreppe stand ein Marmeladenglas mit Löchern im Deckel, und darin wanden sich fette Regenwürmer aus dem Dorf. Hier oben im Waldboden gab es so etwas nicht. Sie hatten Fliegenruten und gut geknüpfte Fliegen.

Adana war die einzige von ihnen, die ein Herdfeuer so ruhig und gleichmäßig schüren konnte, wie es nötig war, um die Maische im richtigen Ton am Sieden zu halten. Sie saß mit ihrem Strickzeug, einer dunkelblauen Jacke mit weißen Sternen für Rolf, auf der Vortreppe. Gej lag unter der Bank, auf der sie saß. Seine Pfoten ragten darunter hervor, und alle mußten vorsichtig darübersteigen, wenn sie an ihm vorbeigingen.

Sie wollten im Bitartjärn angeln, sobald es ausreichend dunkel wäre. Rolf spielte mit den Wasserkugeln, die Åsa gerade an die Angelschnüre knüpfte, doch müde von der Luft schlief er plötzlich tief und fest. Sie trug ihn hinein und kam gleichzeitig mit Edvard heraus, der den Transistor brachte und auf das Geländer der Vortreppe stellte, damit sie etwas hörten. Es war zehn Uhr. Das Hochdruckgebiet mit Zentrum über Nordskandinavien bewegte sich nicht nennenswert, und man erwartete für die nächsten Tage keine Wetteränderung. Edvard lächelte, als hätte er das Wetter selbst gemacht, Isak erinnerte ihn daran, daß die Fische träge würden und nicht aufstiegen und an die Oberfläche kämen. Sie lachten über ihn, und er mußte zugeben: Er war genauso froh.

Auf der Vortreppe lehnte sich Helga an Edvards Schulter, nippte ein bißchen an dem Glas, das er ihr gegeben hatte, und beklagte die Stärke. Helga ist albern, dachte Åsa, aber das braucht sie wohl.

Sie ging mit ihrer Angelrute schon mal voraus. Es war oft so, daß einer von ihnen übrigblieb, wenn Rolf im Bett war. Edvard rief ihr nach, sie solle nicht zu früh zu dem Waldsee runtergehen und am Uferrand herumplantschen.

»Ich gehe in den Fluß«, sagte sie so finster, daß sie alle zusammen lachten.

Sie ging flott. Der Abend war bereits ein wenig kühl. Wenn sie den Pfad entlang weitertrabte, konnte sie dort, wo der Fluß schmal wurde, umkehren, flußabwärts zurückgehen und ihre Angel auswerfen. Solange sie die anderen hörte, meinte sie außerdem, sich selbst von hinten zu sehen.

Alle Stimmen des Flusses kluckerten, kicherten, konterten. Sie waren wie Stimmen im Traum, eine Sprache, die man nahezu versteht, wenn man plötzlich schweißgebadet aufwacht. Hier war eine ruhige Biegung, das Wasser weitete sich, und an den Ufern wuchs dicht der Bitterklee. In dem fahlen Licht sah er kostbar aus, und seine weißen und rötlichen Kronblätter trug er steif und schmuck.

Sie steckte einen Wurm auf und warf die Angel aus, die Wasserkugel lag still draußen, wo es am dunkelsten war, und wurde lediglich von der Strömung sacht hereingetrieben. Sie war schon kaum mehr zu erkennen. Weiter draußen strömte das Wasser stark und schäumte, dort wäre sie überhaupt nicht zu sehen gewesen.

Nach wie vor war sie bei den anderen auf der Vortreppe, war in den Stimmen und Blicken in ihrem Rücken zu Hause, fühlte sich auf eine beinahe einengende Art geborgen. Åsa, keck und breitbeinig. Jetzt gehe ich in den Fluß. Gelächter. Jetzt geht sie mit ihrer Angelrute. Ja, verdammt, man kann schließlich auch mal unberechenbar sein!

Sie mußte sich aufmachen, weitergehen. Zuerst aber mußte sie den Haken von einem kleinen Barsch befreien, an den sie lieber keinen Wurm verschwenden wollte. Sie mußte ordentlich marschieren, um dorthin zu kommen, wohin sie wollte, flott und lange, mit festem Schritt und ruhig atmend.

Sie kannte mehr Åsas als die anderen, sie gab ihnen sogar Namen, je nachdem, wie sie den Kopf aus ihren Möglichkeiten reckten und sich befreiten. Jetzt begriff sie, daß sie keine von ihnen war. Als sie noch jünger war, hatte sie geglaubt, sie sei in sich selbst zu Hause, innerhalb der Kontur, die sie für andere kenntlich machte. Nach wie vor konnte sie das Verlangen durchzucken, jemand möge sie berühren. Inwendig. Könnte man doch einen Finger hineinstecken und den inneren Menschen berühren, hatte sie gedacht. Oder: Jemand möge einen Finger in mich stecken und mich berühren. So, wie wenn einen der Liebste am Gebärmutterhals berührt.

Doch so etwas ist überhaupt nicht möglich. Sie geht weiter, bis das Flußufer steinig wird und bergauf führt, das Wasser rauscht unruhig dahin und übertönt alle Gedanken und jegliche Furcht. Hier ist der Holzsteg vor dem See, hier konnte man früher dämmen. Jetzt ist er morsch und die Schleuse eingerostet. Verwachsene, viel zu kluge Barsche stehen zwischen haarigen Pfählen. Hier kehrt Åsa um und geht nun flußabwärts, wobei sie in jedes stehende Wasser vor großen Ästen ihre Angel auswirft.

Sie geht so leise wie möglich, zwängt die Gummistiefel zwischen die Steine und verlagert langsam und bedächtig das Gewicht, bevor sie den anderen Fuß zu versetzen wagt. Trotzdem rutscht sie natürlich zu guter Letzt aus. Ein flacher Felsen, glatter als erwartet, den zweiten Fuß schon in Bewegung, bevor der erste Halt gefunden hat, und mitten im Gemurmel des Wassers ein sattes Platschen. Da liegt sie.

Blöde Kuh. Jetzt kann sie ebensogut laut reden, denn hier lauert keine fette Lachsforelle mehr. Das Wasser des Flusses braust ihr, wie sie da sitzt, über den Bauch und den Po. Es ist lauer als die Luft. Sie hat keine Lust, aufzustehen und mit vollen Stiefeln fröstelnd am Ufer entlangzupatschen. Da geht sie lieber im Fluß weiter, dessen nachtwarmes Wasser ihr um die Beine strömt. Es geht nicht schnell, aber es geht. Und sie braucht auch nicht vorsichtig zu sein.

Jetzt hat sie die anderen Åsas verlassen, denkt nicht mehr an sie. Die aufgetakelten, die darstellenden. Die erkennbaren. Sie ist nicht die anderen.

Sie kann ihr Inneres betreten. Und darin liegt der Unterschied zu all den anderen, die auch sie sind und in ihr ringen und reden und sich befreien. Es ist eine Art Aufenthaltsort, ein Raum, den man betreten kann. Sie hat keinen Namen dafür. Es ist angenehm, dort hineinzugehen. Ihr ist er zugänglich, nicht leicht, aber mit einiger Anstrengung ist er ihr oft zugänglich.

Es ist kalt, an der Biegung des Flusses herauszusteigen, doch sie muß zu den Hütten hinaufgehen. Deshalb saust sie, frierend, einfach quer über eine Sumpfwiese, steigt dann in den Bach und folgt diesem gegen den Strom. Gelangt zu den Almhütten, ohne daß die anderen über dem Plätschern des Wassers sie hören, und steigt hinter der Ecke der Hütte klatschnaß an Land.

»Aber Mädel! Was hast du getan?«

Sie sind jetzt gut eingemummelt, sitzen auf der Vortreppe und warten mit ihren Angeln auf sie. Die Gesichter weiße Flecken.

Was soll sie darauf antworten? Daß es jetzt richtig dämmrig sei, bald tiefste Nachtdämmerung. Daß sie heute so viel erlebt habe und deshalb ebensogut schlafen gehen könne. Wüsten und funkelnde Berge, langsame Wanderungen, langsames Erwachen.

»Ich bin ausgerutscht.«

»Mein Gott, wie ist das passiert?«

»Die Zigaretten sind naß geworden.«

»Jetzt ziehst du was Trockenes an!«

Helga wetterte. Zog sie hinein in die Herdwärme und legte trockene Hosen und einen Pullover bereit. Edvard stand derweil mit der Flasche da und schenkte ihr ein Glas voll ein.

»Runter mit allem, du bist ja pitschnaß. So, Edvard, dreh dich jetzt um! Wir wollen dem kleinen Mädel die Hosen wechseln. Also!«

Åsa trank in großen Schlucken, damit ihr warm wurde.

»Leg noch ein paar Scheite nach«, sagte Helga. »Wir müssen eine Weile warten, bis ihr wieder warm ist.«

»Ich lege mich gleich schlafen.«

»Nein, Mensch«, sagte Edvard. »Du kommst jetzt mit. Das ist die schönste Angelei im ganzen Jahr! Adana bleibt doch bei dem Buben.«

Helga wollte wissen, wo sie alle schlafen sollten. Es gab zwei Hütten, doch die eine war so desolat, daß man nur in der ehemaligen Küche logieren konnte. Dort stand eine Ausziehbank mit Matratzen.

»Die nehmen Helga und ich«, sagte Edvard. »Ihr andern bleibt hier.«

Sie protestierten. Es war die schlechtere Hütte. Doch Helga konnte nichts mehr von Edvards Beschluß abbringen. Sie sonnte sich darin.

»Hier hat es noch eine Hütte gegeben«, sagte Isak, »aber die ist weg.« Sie konnten deren Fundament noch wie eine Narbenbildung draußen in der Grasdecke sehen, eine sanfte Erhöhung im Erdboden.

»Das war eine so schnuckelige Hütte«, sagte Isak, obwohl er sie nie gesehen haben konnte. »Die hat Valfrid Pettersson gehört, dem Bruder der Mutter von Hulda Frick, der Mutter von Bror. Dem, der verbrannt ist. Der hat da gewohnt.«

Zeitig im Frühjahr, bevor die Kühe hinaufgebracht wurden, und spät im Herbst, nachdem sie wieder unten waren, hatte normalerweise Valfrid Pettersson dort oben gehaust. Er brannte in einem Kessel Schnaps, doch die Bauern hatten ein wachsames Auge auf ihn. Er machte einen starken und unreinen Schnaps, den nur Knechte und halbwüchsige Bauernlümmel tranken. Es ging das Gerücht, daß man davon zugrunde gehen könne. Einer sei blind geworden, ein anderer tobsüchtig und habe seine alten Eltern ins Verderben gestürzt. Es waren unbestätigte Gerüchte, doch sie trugen zu der Verlockung bei, die Valfrids öliger, gelber Schnaps für die noch nicht Ausgewachsenen darstellte.

Zur gleichen Zeit schwappte eine Enthaltsamkeitswelle durchs Land. Ein Mäßigkeitsverein wurde gegründet und schließlich auch eine Loge für völlige Abstinenz. Aus freiem Willen und unerschütterlichem Vorsatz gelobten die Mitglieder, dem Verzehr destillierter Getränke zu entsagen. Als der Verein jedoch auf einer Gemeindeversammlung konstituiert wurde, waren lediglich der Pfarrherr, Elis Hallén, und sein nächster Untergebener, Pastor Lundgren, bereit, diesen Eid abzulegen. Die Bauern blieben fern, doch auf Valfrid hatten sie, seines ungesunden Schnapses wegen, ein Auge.

Nachdem er darauf verfallen war, oben in der Almhütte zu sitzen und Schnaps zu brennen, mußten die Junggesellen Sendboten mit Geld, das sie in ein Taschentuch gebunden hatten, hinaufschicken. Das letzte Mal kamen zwei Jungen, die im Frühjahr konfirmiert werden sollten. Es war während der Schneeschmelze, der Weg zu den Almhütten war ein reißender Strom, außer auf dem letzten Stück, wo sie durch angetauten und harschigen Schnee stapfen mußten. Sie kamen nicht schnell voran, zum Teil deswegen, weil sie sich vor Valfrid fürchteten. Er stand in dem Ruf, von seinem Schnaps, den er vierzig Jahre lang ununterbrochen getrunken hatte, launisch und böse geworden zu sein.

Er brannte ihn in einem großen Kaffeekessel, dessen Tülle er verlängert hatte. Am Rohr hing ein Lappen, den er ab und zu in die Wassertonne tauchte; das war seine ganze Kühlvorrichtung. Er ließ den Schnaps direkt in den mitgebrachten Krug laufen, wenn er nichts auf Lager hatte.

Die Jungen blieben an der Tür stehen, Valfrid nahm ihre Flasche und stellte sie unter die Tülle. Er sagte, wenn sie Glück hätten, würde sie voll werden. Ansonsten müßten sie auf einen neuen Durchgang warten. Die Jungen schwiegen. Hinten in der Ecke beim Herd, wo der Alte saß, war es schwarz, und es roch derart nach Schnaps, daß ihnen die Augen tränten. Sie wollten nach Hause.

Gewöhnlich brannte er den Kessel eigentlich immer aus, bis von der Maische kein Tropfen mehr übrig war, doch jetzt, vor Zuschauern, dachte er wohl, sich einen Anstrich von Anständigkeit geben zu müssen. Deshalb füllte er, als die Flasche schon fast voll war, direkt an der Tülle einen Eßlöffel ab, hielt den Splitter eines Kienspans ins Feuer und steckte dann den Fusel an. Er brannte. Valfrid nickte.

Was dann geschah, geschah teils aufgrund seines großen Schnapsdurstes, teils aufgrund seiner Knausrigkeit. Er wollte nicht, daß der Schnaps in dem Löffel vor seinen Augen abbrannte, darum war es am besten, ihn auszutrinken. Er wurde jedoch übereifrig und vergaß, die Flamme auszublasen. Normalerweise war er mit Feuer immer vorsichtig und sich der Gefahren, die in seinem andauernden Schnapskonsum lauerten, durchaus bewußt.

Sein Atem, der weithin zu riechen war, entzündete sich fauchend und stand ihm wie die Feuergarbe einer Lötlampe vor dem Mund. Noch hätte er sich retten können, wenn er geistesgegenwärtig genug gewesen wäre, den Atem anzuhalten und den Kopf in die Wassertonne zu tauchen. In seinem Schrecken holte er jedoch tief Luft, wodurch er das Feuer mit Sauerstoff versorgte und einatmete. Seine Eingeweide entzündeten sich, und Valfrid Pettersson verbrannte vor den Augen der vor Schreck erstarrten Jungen.

Sie drückten sich an die Tür und versengten sich das Stirnhaar und die Augenbrauen, doch erst als von Valfrid nur noch eine fettige und ölige Asche übrig war, gelang es ihnen, die Tür aufzureißen und sich, von schwarzem Rauch umgeben, hinauszuwerfen.

Des Totenscheins wegen wurde aus der Stadt Doktor Timbré hinzugezogen und mußte zu den Almhütten hinaufbefördert werden. Hier konnte er nur feststellen, was geschehen war, doch den vor Scham am Boden zerstörten Angehörigen konnte er die Bescheinigung erst ausstellen, nachdem er wieder zu Hause war und in einem großen medizinischen Werk mit braunem Ledereinband nachgeschlagen hatte. Als Todesursache gab er *combustio spontanea* an und hob im Trauerhaus hervor, daß Valfrid Pettersson, soweit bekannt, als einziger im Lande dieses dramatischen und qualvollen Todes gestorben sei. Auf dem Kontinent und in England sei er jedoch in einigen Fällen belegt.

Die Hütte war irreparabel, obwohl sie nicht abgebrannt war. Der fettige Ruß an den Blockwänden ließ sich nicht abschrubben. Vielleicht hatte man auch Angst, Valfrid könnte zu der Hütte zurückkehren. Sie wurde so gründlich abgerissen, daß sogar die Schornsteinmauer und das Fundament vernichtet wurden.

Sie waren nicht allein am Bitartjärn. Es war eines der besten Angelgewässer des Forstunternehmens. Die Pfade rings um den See waren tief in den Boden getreten, Bierdosen blitzten im Ried.

An der Straße standen drei Autos, als sie kamen, doch an den Ufern war es still. Die Juninacht schlummerte, und nur ein einziger Kuckuck rief im Dunkel weiter. Kein Fisch kräuselte die Wasseroberfläche, doch auf den Landzungen standen reglose Männer und spannen ihre Köder ein.

»Huhu!« rief Edvard vergnügt und warf seinen Rucksack in die Gagelsträucher. Es antwortete jedoch niemand, und der Kuckuck rief unverdrossen weiter. Manchmal übersprang er einen Ton.

Der See war gerade mal so groß, daß man ihn in einer halben Stunde umrunden konnte. Das südliche Ufer war sumpfig und gab unter den Füßen nach, das nördliche bestand aus einem trockenen, festen Waldhang mit vereinzelten Kiefern und Krüppelsträuchern. Nur an einer Stelle reichte der Fichtenwald bis an den See, und dort war es dunkler.

Die Legeschnüre sollten hinaus. Edvard und Isak verteilten Bleiklumpen, Haken und Würmer. In der Kühle und dem Halbdämmer der Nacht knüpften sie mit steifen Fingern, die Schnüre dicht vor den Augen. Sie steckten die fettesten Würmer auf, außer Isak, der war der Ansicht, mit den kleinen und quirligen ließe sich ein besserer Fang machen. Zwei Angelkarten hatten sie gekauft, eine auf Edvards Namen und eine auf Isaks. Sie hatten, falls ein Kontrolleur käme, das Recht, mit je einer Rute zu angeln. Jetzt galt es, so viele wie möglich auszulegen, bevor die leichten Lüftchen des ersten Morgengrauens kämen, die Fische aufweckten und sie dreist machten. Die Bleiklumpen plumpsten in den See, die Schnüre spannten sich zunächst und erschlafften dann in einem schönen Bogen über dem Wasser, das blanker als Eis war. Die Enden der Schnüre befestigten sie in Zweigen und Steinspalten, und sie versuchten, sich die Anzahl und die Kennzeichen der Stützpunkte zu merken.

Über dem Anordnen der Legeschnüre verging die dunkelste Stunde. Dann wurde es ruhiger. Die Schnüre waren nicht zu sehen. Jetzt brauchten sie nur noch herumzugehen und zu kontrollieren und neue Würmer aufzustecken, falls welche aufgefressen worden waren oder ein Fisch angebissen hatte. Åsa suchte sich ein trockenes Plätzchen, wo sie sich setzen konnte, und Edvard kam nach und bot ihr zu trinken an. Am anderen Ufer schaltete jemand ein Transistorradio an und ließ es in lautstarkem, aber zugleich verlassen ängstlichem Ton spielen.

»Dreh das Ding ab da drüben!« schrie Åsa. Es wurde still, doch Edvard griff die Melodie auf, und tanzte dazu in den Knien wippend mit der Angelrute auf die Landzunge hinaus:

-to-daritta-ritta
to-daritta-ritta
tam – taj da …

»Dreh selber ab!« kam es vom sumpfigen Ufer auf der anderen Seite. Und dann eine andere Stimme:

»Hör mal, hast du nichts anzubieten?«

»Hast bestimmt selber was!«

Unrein und matt war die Terz des Kuckucks zu vernehmen. Doch er rief noch immer ohne Unterlaß. Unter Edvards Stiefelsohlen knackten trockene Zweige, als er in den Wald ging, um Brennholz zu suchen. Für eine Weile war es still. Vögel streiften mit ihren Flügeln die Wasseroberfläche, und die langen Spitzen der Landzungen tasteten nach einander. Åsa spürte, daß dies der dunkelste Moment war. In ein paar Minuten wird es heller, dachte sie. Heller und kälter. Sie schloß die Augen. Dann hörte sie wieder Edvard rufen, ein gutes Stück in Richtung der anderen Seeseite. Er klang erstaunt.

»Hört euch bloß diesen verdammten Kuckuck an, wie giftig der ist!«

Jemand bat ihn, die Klappe zu halten und die Fische nicht scheu zu machen. Dann ertönte Gelächter vom Ufer beim Fichtenwald her, wo das erste Feuer aufflammte. Der Kuckuck rief weiter. Åsa hörte Helga mit offenem Mund lachen.

Edvard war dabei, unterhalb von Åsas Platz zwischen den Ufersteinen ein Feuer zu machen, und sie mußte dorthin umziehen. Es wurde heiß im Gesicht. Am Rükken spürte sie den ersten nachmitternächtlichen Wind, und kleine, kurze Wellen schlugen gegen die Steine. Das Wasser war eiskalt, wenn sie ihre Legeschnüre kontrollieren ging, das einzige, wozu sie Lust hatte. Die Angelrute durfte stehenbleiben.

Ein Fisch hatte angebissen, eine Lachsforelle von fünf- bis sechshundert Gramm. Edvard war rasch bei ihr, sehr viel stiller nun.

»Das ist gut, aber halt jetzt die Klappe«, sagte er. »Ich glaube, die andern packen ein.«

Es gab ein Getrampel im Wald, Stimmen johlten – tschüs. Nach einer Weile hörte man Autos anfahren. Sie zählten drei Stück innerhalb einer Viertelstunde.

»Das waren alle«, sagte Edvard. »Die haben aufgesteckt.«

»Denen wurde es wohl ein bißchen zu wild hier«, meinte Åsa.

Edvard lächelte. Er verschwand mit der Angelrute auf die Landzunge, die ständig besetzt gewesen war. Dort belebte er die Reste eines Feuers. Nun brannten rings um den See an drei Stellen welche, und Åsa und Helga geisterten mit viel Gekicher um das Feuer beim Kiefernwald. Isak war nirgends zu sehen.

Zu ihrer Rechten hörten sie Helfeten. Das Gestrüpp krachte unter seinen lahmenden Anstrengungen, an der unzugänglichsten Stelle an den Uferrand zu gelangen. Er keuchte wie ein Urtier und stolperte in dem leidigen Halbdunkel über Baumwurzeln. Jetzt erreichte er mit einem Seufzer sein Ziel, jetzt hörte man die Flasche gegen einen Stein klingen, als er sie absetzte. Ein Streichholz ratschte, und ein paar Sekunden lang leuchtete zwischen den Erlen Helfetens Gesicht wie ein roter, von Wolken getriebener Mond und erlosch dann. Lange Zeit war es still, dann pfiff die Angelschnur, das Wasser lappte über dem Köder zusammen, die Ringe wurden größer und matter. Pfeifenrauch trieb übers Wasser.

Isak kam mit Gej im Schlepp aus dem Wald. Er ging langsam, damit der Hund mitkam. In einer Papiertüte von ICA, deren Boden sich allmählich auflöste, hatte er vierzehn Lachsforellen.

»Nicht gerade sonderlich groß. Ich hab sie da hinten

aus dem Bach geholt. Hier war ja ein Höllenspektakel die ganze Zeit.«

Die Forellen waren dunkel und hatten tiefschwarze Flecken.

»Schau nach, ob in dem Rucksack da Butter und Salz sind. Ich glaub, wir können gut einen Bissen vertragen, es wird langsam kalt und fröstelig.«

Er schlitzte die Forellen auf und kreuzigte sie an Stöckchen. Åsa suchte noch mehr dürres Holz, aber es war mittlerweile schwierig, in der Nähe noch etwas zu finden.

»Sollen wir nicht die andern rufen?«

»Die kommen schon, wenn sie was riechen. Teufel, das brennt vielleicht schnell! Das will auch keine Glut geben, nur weiße Asche.«

Er hatte eine vor Butter blubbernde Forelle in die Asche fallenlassen. Jetzt versuchte er sie sauberzublasen, und Åsa mußte sich die Hand vors Gesicht halten.

»Teufel, Teufel«, sagte Isak.

Er gab auf, warf Gej den ruinierten Happen hin und machte mit dem nächsten weiter. Helfeten kam mit fünf Lachsforellen in seiner Tüte an. Er fror und war froh, etwas in den Magen zu bekommen. Von dem Fisch aß er allerdings nur die Rückenstücke, die fette Partie, die in zwei glänzende Filets auseinanderfiel, wenn der Fisch richtig gebraten war und die ideale Größe hatte. Den Rest warf er Gej hin.

»Paß auf, daß er sich nicht überfrißt«, sagte Isak. »Er hat schon ziemlich viel gekriegt.«

Helfeten schleuderte den nächsten Schwanz und Nacken, die durch die Rückengräte verbunden waren, weiter weg ins Rauschbeerengestrüpp. Doch Gej, der annahm, es sei für ihn bestimmt, und der in seinen jungen Tagen nach einem Happen hohe Sprünge hatte machen können, stürmte mit glänzenden Augen und erhobenem Schwanz dem Überbleibsel hinterher. Isak briet noch ein paar Fische, ehe sie sich ans Einpacken machten.

»Wir kontrollieren die Angeln noch mal, bevor wir heimgehen.«

»Wo ist der Hund hin?«

»Paß auf die Flasche auf!« sagte Helfeten. »Gib den Rucksack mir.«

Åsa mußte an Edvard Halt suchen, der Pfad verengte sich. Helga kam mit den Fischtüten hinterher. Das Forstunternehmen ließ die Seen mit Kalk spritzen, damit das Wasser nicht sauer wurde und die Fische nicht starben. Wo der Lachsforellenbestand dürftig war, setzte man Regenbogenforellen aus. Wahrscheinlich nicht gerade für Leute wie uns, dachte Helga und schämte sich ihrer Tüten. Wir sind raffig. Wie die Allerärgsten. Ihr ging durch den Kopf, wie sehr sie sich schämen würde, wenn sie einem Kontrolleur begegneten, und zwar für sie alle.

Dann war ihr, als schließe sich der Pfad um Edvard und Åsa. Die Perspektive wurde in dem grauen Licht so tief und steil. Åsas Mundwerk stand nicht still, sie klang wie immer. Doch ihr gehorchten die Beine nicht, und darum mußte sie mit einem Arm um den Rücken gestützt werden, damit sie nicht wieder im Rauschbeerengestrüpp landete oder klatschnaß zwischen den Moltebeerenblüten liegenblieb. Jetzt ist sie vergnügt, dachte Helga, aber ich werde nun nichts mehr trinken. Es ist, als ob es einem die Augen verdrehte, man sieht Gespenster. Der Pfad wird so schmal. Die Tannen kommen näher, und mit einem Mal schlagen sie einem über dem Kopf zusammen wie die Flutwellen über Pharaos Soldaten im Roten Meer.

Inmitten des Rausches gibt es ein Meer der Klarheit, genau wie auf dem Mond. Es gibt auch das Meer der Dünste und das der Ruhe. Doch ein Weilchen befindet man sich in der Klarheit, und dann ist es, als wäre die Welt der Grund einer großen Kaffeetasse und als läge man an ihrem Rand und sähe hinein. Dort unten ist alles, was geschehen wird. Im Grunde weiß man natürlich, daß das, was man sieht, bereits geschehen ist oder gerade geschieht. Etwas anderes gibt es nicht.

Frostig jetzt, da der Morgen sich näherte. Ein Eichelhäher warnte übertrieben und rätschte in den Wald davon. Helga war bergauf langsam gegangen und dadurch ein gutes Stück zurückgefallen, und als sie zu den Hütten kam, saßen Edvard und Åsa schon auf der Vortreppe. Er hatte sich auf die Stufe gesetzt und die Flasche neben sich gestellt. Gläser waren keine da. Åsa hatte sich ausgestreckt und den Kopf auf seinen Schoß gelegt. Das Gummiband, mit dem sie ihr Haar zusammenhielt, hatte sie entweder verloren oder abgenommen. Die langen glatten Haarsträhnen umflossen ihr Gesicht. Sie war dabei, sich die Gummistiefel von den Füßen zu streifen.

Helga stellte die Fischtüten an die Wand des Brennholzschuppens. Sie wollte plötzlich nicht mehr dort hinübergehen. Ihr Atem ging schwer und unregelmäßig. Edvard hatte den Transistor eingeschaltet, der noch auf der Vortreppe stand, und Musik gesucht. Es war eine wilde, aufgeregte Musik mit viel Gedröhn, eine, die sie nie hörten, eine Musik für ein anderes Volk.

»Komm«, sagte Edvard.

Sie trat näher, wartete darauf, daß er sich erheben würde, Åsas Kopf auf die Vortreppe legen. Sich erheben. Gehen.

»Komm«, sagte er.

»Ich weiß nicht.«

Er hatte die Hand ausgestreckt und hielt sie so, während Helga zögerte. Lange vermochte er natürlich nicht mit ausgestreckter Hand dazusitzen, sie fiel herunter. Helga wußte nicht wohin. Sie drehte sich um und ging langsam zum Pfad zurück, so als wollte sie den Spaziergang ausdehnen, die Gedanken klären, die Nachtluft genießen. Eine Espe regt sich früher als alle anderen Bäume, deshalb erschreckt sie. Als schüttle sie sich in der Stille selbst, als würde sie von einem inneren Zwang getrieben, zu schaudern und fröstelnd zu zittern. Helga wußte nichts von deren Blattgrund; sie erschrak. Stieg quer über den Felsengrund, ohne sich um den Pfad zu scheren, knickte Zweige unter den Füßen und erschreckte sich selbst.

Sie schaffte es nicht, lange bergauf zu gehen, das Herz saß ihr hoch oben im Brustkorb und wollte sich aus dem Leib hämmern. Sie ging statt dessen am Bach entlang abwärts, und der Boden unter ihren Füßen wurde weicher; in den kalten, feuchten Nebelstreifen hing Gagelgeruch. Sie bekam Spinnweben ins Gesicht, die sie nur schwer los wurde. Es ist wie etwas, was man vergessen hat, dachte sie, es bleibt beharrlich hängen. Man wischt und wischt. Die Spinnenfäden waren naß und klebten schlimmer als sonst.

Wie dumm kann man bloß sein? Vor so was davonzulaufen. Aber jetzt! Unten am Bach, wo zwischen den Steinen das Wasser zu hören war, als es in einem kleinen Bauer aus Stille erklang, machte sie auf dem Absatz kehrt. Sie rannte quer über die Sumpfwiese, an der Scheune vorbei, die im Dunst schwamm, bezwang die Steigung, ohne ihr Seitenstechen zu beachten, und mußte an der Wand des Brennholzschuppens stehenbleiben, um ihren Atem zu beruhigen. Jetzt wußte sie auch, daß sie von ihnen nicht gehört werden wollte.

Sie saßen noch so da wie vorher. Mein Gott, es mußte doch schon eine Ewigkeit vergangen sein! Edvard beugte sich über Åsas Gesicht. Sie konnte nicht sehen, was er tat. Ob er mit ihr sprach. Oder wie nahe. Das Licht war zu grau.

Irgendwo war die Sonne aufgegangen, der Himmel war schon recht hell, doch der Tavelberg verdeckte sie noch eine Weile, und es war kalt. Helga ging rasch über die Wiese zu der anderen Hütte, wußte nicht, ob sie sie sahen oder ob sie überhaupt gesehen werden wollte.

Drinnen mußte sie sich für eine geraume Weile auf die alte Küchenbank setzen und nichts als ruhig und tief zu atmen versuchen. Dann trat sie ans Fenster, wo eine karierte Gardine hing, die sich vor Alter und Schmutz schon starr anfühlte. Sie schob sie so weit zur Seite, daß sie zwischen dem Stoff und dem Fensterrahmen hinausschielen konnte. Sie wollte nicht, daß sie sie sahen.

Dieses Schielen ekelte sie an. Es war, als schliffe man ein langes Messer, ohne zu wissen, für wen. Jetzt beugte er sich wieder über Åsas Gesicht, und die grauen Flecken flossen ineinander, doch Helga konnte die Bedeutung dieser Geste nicht einschätzen. Dann sah sie die beiden zusammenzucken, und Edvard zog sein Gesicht zurück. Sie bewegten sich jedoch nicht von der Vortreppe weg, obwohl Helfeten mit schweren Schritten aus dem Wald kam. Helga sah ihn etwas tragen, etwas Schlaffes und Schweres.

»Meine Güte!« schrie sie und rannte hinaus. »Was hast du da? Ist das Gej?«

Er stand mitten zwischen den Hütten und hielt den Hund auf beiden Armen.

»Lebt er?«

Helfeten sah unbestimmt drein.

»Herrjemine, was ist mit dem armen Hund passiert?«

Åsa und Edvard kamen herbei. Sie hatten sich von ihrem Platz auf der Vortreppe erhoben, doch Helga spürte, daß es nicht das war, was sie sich gewünscht hatte, zumindest nicht auf diese Weise. Er hätte sich schon früher erheben müssen. Er hätte sich dessen ungeachtet erheben müssen.

»Ich glaub, den hat der Schlag getroffen«, sagte Helfeten. »Ich hab das Stück Fisch geworfen, und dann hab ich ihn nicht mehr gesehen. Ich bin ihn da unten suchen gegangen.«

Helga war jetzt so müde; ihr wollten die Knie weich werden, und ihr dröhnten die Ohren. Sie hörte Edvard sagen, er werde den Hund begraben.

»Nicht jetzt«, bat sie. »Wir gehen schlafen. Du kannst dich morgen um das arme Tier kümmern.«

»Ich mach das schon«, sagte Helfeten.

Åsa strich mit dem Zeigefinger über Gejs Augenlider.

»Ich weiß ein schönes Plätzchen unten am Bach. Er muß ein schönes Plätzchen haben, wo er dann liegen wird. In den Moltebeerenblüten. Gej, altes Kerlchen ...«

»Laß sein«, sagte Helga. »Rühr ihn nicht an. Wir gehen schlafen.«

Helfeten legte den Hundekadaver hinter den Brennholzschuppen und ging hinein, um einen Spaten zu suchen. Sie begaben sich zur Vortreppe. Åsa brauchte etwas zu trinken. Helga fror und ihr war übel, doch sie wollte nichts mehr haben. Das allein wußte sie. Es saß wie ein weißer Punkt mitten ins Allerhitzigste genietet: Trink jetzt nichts mehr!

»Nimm auch einen Schluck. Wie blaß du bist. Was für ein Licht am Morgen – hua. Jetzt ist die Sonne aufgegangen. Helga!«

Nein, sie wollte nicht anstoßen.

»Wir gehen jetzt schlafen.«

Helga ging dicht neben Edvard und weinte leise. Er legte seinen Arm um sie, sagte aber nichts. Åsa folgte ihnen breitbeinig und mit ausladenden Schritten. Adana war in einen alten Bademantel gehüllt auf die Vortreppe gekommen. Sie verschränkte die Arme vor der Brust und fror, sagte aber nichts zu ihnen.

»Schläft Rolf?« fragte Helga.

Adana nickte.

»Schläft schläft schläft«, sagte Åsa. »Alles schläft. Jetzt werden wir schlafen. Jetzt wird das kleine Mädel schlafen.«

Sie hielt sich am Pfosten der Vortreppe fest, zog sich mühsam die Stufen hinauf.

»Leg dich jetzt schlafen, Mädel«, sagte Helga. »Geh rüber zu Rolf.«

Åsa wollte jedoch zwischen ihnen gehen, sie mußten sie stützen, und sie lachte über ihre eigenen Füße.

»Geh jetzt schlafen.«

»Ihr seid süß. Ihr seid ja so süß.«

Sie war in der Küche und steuerte auf die Bank zu. In Helgas Augen sah es so aus, als ginge sie unter Wasser, doch sie kam dort an. Ihr fiel das Haar über das Gesicht und den Hals, und sie landete direkt in dem Deckenhaufen auf der Ausziehbank.

»Bei euch schlafen.«

Sie standen da und sahen sie an. Edvard lächelte fortwährend, doch Helga konnte nicht. Åsas Körper war schwer, das sah sie, ohne sie anzufassen. Nun überkam Helga Müdigkeit, und sie war den Tränen nahe. Sie dachte: Eine kleine Weile halte ich das noch aus. Dann gehe ich. Dann gehe ich einfach schnurstracks raus.

»Was ist daran so lustig?« schrie sie Edvard an. »Sieh zu, daß sie rauskommt!«

Er versuchte, Åsa unter die Arme zu greifen, sie gurrte im Halbschlaf und wollte ihn nach unten ziehen.

»Sieh zu, daß sie von der Bank runterkommt!«

»Ich will bei euch schlafen.«

»Nein. Edvard, pack sie.«

Endlich, nach dem dritten Versuch, bekam er sie auf die Beine. Helga half ihm, sorgte dafür, daß sie hinauskamen. Über das Gras zur anderen Hütte hinüber ging es schneller. Adana stand noch auf der Vortreppe, Helga auf der ihren. Als Edvard mit Åsa anlangte, nahm Adana sie entgegen, und sie verschwanden in der Hütte. Er kam mit demselben Lächeln zurück, und Helga verspürte den Impuls, ihm eine runterzuhauen, besann sich jedoch schnell eines anderen. Oh, Gott! Sie war müde.

Er wollte mit ihr schlafen, und sie merkte, daß es nicht der richtige Moment war, müde zu sein. Nach einem Weilchen fragte er leise:

»Wär es denn so arg gewesen, wenn das kleine Mädel hier geschlafen hätte? Du bist doch nicht ihre Mutter, Helga.«

Sie erstarrte unter ihm. Sie merkte, daß sie nur so tat und es gleichzeitig automatisch ging. Dann bekam sie Angst, und noch ehe sie einen Gedanken fassen konnte, flüsterte er, daß er damit nichts habe sagen wollen. Überhaupt nichts, überhaupt nichts. Nein, herrje, sie waren beide müde. Er hatte eine Matratze von der schmalen Küchenbank gezogen, und dort blieb sie hinterher liegen. Edvard schlug zwei Decken um sie und legte sich dann auf die Bank. Ihr schien, als schliefe er auf der Stelle ein, seine Atemzüge waren lang und säuselnd. Komisch, daß er nicht schnarcht, so voll, wie er sein muß, dachte sie. Sie war vor Müdigkeit den Tränen nahe, und ihr war übel von den an- und abrollenden Kopfschmerzwellen. Die Küche lag in gelbem Sonnenlicht.

Sie hatte vielleicht fünf Minuten lang die Augen geschlossen, als vorsichtig knackend die Küchentür aufging. Åsa trat ein, aufrecht jetzt und ohne zu stolpern. Sie ging leise zur Bank. Helga linste durch die Wimpern, lag absolut still. Es war unmöglich zu sagen, ob er noch so atmete wie vorher oder leiser geworden war.

Eine ganz Weile stand Åsa an seinem Bett. Dann machte sie kehrt, verließ die Küche so leise, wie sie gekommen war, und schloß behutsam die Tür hinter sich. Nach etwa einer Minute hörte Helga, wie Edvard sich umdrehte. Sie wurde in den Schlaf geschleust, trieb durch Traumschichten nach oben, Gedanken regten sich und bekamen Körper mit Armen, sie hatte sich nach innen gewandt und hatte keinen Ausgang mehr zur Wachheit.

Helga erwachte vom Wind in den Gardinen und von den Mauerseglern, die so regelmäßig am Fenster vorübersirrten, daß man zwischen jedem Mal die gleiche Anzahl Sekunden hätte zählen können. Sie hörte auch Rolfs Stimme: »Schau! Schau!« und begriff, daß er mit jemandem auf der Vortreppe saß und den Vögeln nachsah. Mein Gott, stimmt mit dem Jungen etwas nicht, daß er die ganze Zeit über so still sitzt und den Vögeln nachsieht? Dieser Gedanke verfing sich in ihr und machte sie ordentlich wach, und da merkte sie, daß sie Kopfschmerzen hatte. Oh, wie widerlich, mit Kummer aufzuwachen! So als würde man um vier Uhr nachts wach und alles Böse hätte Gesichter gekriegt und wisperte in den Ecken. Doch es war jetzt mitten am Tag.

Nachdem sie von Adana Kaffee bekommen hatte, ging es vorüber. Der Tag war warm. In der anderen Hütte war es heiß wie in einem Backofen, und Isak und Edvard liefen mit nacktem Oberkörper umher und wechselten die Flaschen unter dem Apparat. Adana heizte ein. Helga wünschte, Isak hätte sich etwas angezogen, denn sein Leib war jetzt nur noch eine Hutzel. Ihn anzusehen schmerzte.

Åsa lag im Schatten der Vortreppe und wollte nicht sprechen. Sie hatte viel erbrochen, und ihr Gesicht war empfindlich. Die Haut unter den Augen war blaß blauviolett, und wenn sie die Augen schloß, bebten ihre Lider.

»Aber Mädel«, sagte Helga mitleidig und unehrlich.

»Hau ab, Mensch, ich weiß, was du denkst!«

Helga wollte das überhaupt nicht verstehen, und Åsa wälzte sich auf die andere Seite und drückte das Gesicht außerhalb der Decke ins Gras, als wollte sie dort eine herbere Kühle finden. Wenn Helga ganz genau horchte, hörte sie sie Worte wie »sich aufführen« murmeln. Ja, sich aufführen. Helga lächelte leis, und ihr war, als fühlte sie sich sowohl frischer wie auch älter als am Morgen.

Es kühlte im übrigen ab, älter zu sein. Edvard fragte, ob sie zum Waldsee mitkommen wolle, um nachzusehen, ob sie im Suff Legeschnüre vergessen hätten, und danach auf dem Rückweg vielleicht am Roparesjön vorbeizugehen und bei den Felsplatten zu baden. Doch sie wollte nicht, nein danke. Es lag ihr nicht, so umherzurennen. Sie saß lieber neben Adana auf der Vortreppe, hätte sie doch bloß ihr Strickzeug dabeigehabt! Es liegt Frieden und Versöhnung im Alter, selbst wenn es über Nacht kommt. Geh du nur allein. Mir geht es so gut so.

Åsa lag und wollte sich erheben, konnte aber nicht. Sie merkte: Wir machen was mit. Das ist keine Erholung hier. Augenblicklich wurde ihre Laune trüb, und sie sah die schiefen Hütten, den weißen Leib des Alten, Adana stumpf strickend auf der Vortreppe, das Kind mit der flammenden Narbe auf der Wange, Decken, auf denen Gras lag, sie roch die Maische, die Isak gerade hinter dem Brennholzschuppen auskippte, obwohl sie noch heiß war. Hier oben kommt keiner. Nein, Gott bewahre sie!

Sie krabbelte aus ihrem Deckenhaufen und sagte, sie wolle baden, um zu sehen, ob es helfe. Doch da mußte sich auch das Alter bewegen. Schaden konnte es auf keinen Fall. Es war schließlich so unerträglich heiß.

Helfeten kam mit, um ihnen zu zeigen, wo er Gej begraben hatte. Es war gleich neben dem Bach, und er hatte die Grassode so tief ausgestochen, daß die Siebensterne durch die Versetzung weder verrutscht waren noch welkten. Er hatte Abschnitte gewählt, wo die Blumen ganz dicht standen, und war ein wenig stolz. Helga wurde klar, daß er das Gefühl hatte, Gej umgebracht zu haben, und daß sie seine Vorkehrungen loben mußte.

Er ging zu Isak zurück, der aus dem Kessel gerade die letzte Flasche abfüllte. Bei der Wärme, meinte Helfeten, könnten sie auch schneller machen, doch davon wollte Isak nichts hören. Adana gehorchte nur ihm und legte lediglich so viel Holz nach, daß die Maische leicht am Sieden gehalten wurde. Es tröpfelte spärlich, und Isak schwitzte.

Helfeten holte Bier. Zwischen der Hitze und Dunkelheit in der Hütte und der Sonnenflut und lauen Luft draußen auf der Vortreppe waren merkwürdige Brücken zu überwinden. Im Erdkeller war wieder eine andere Welt: eine Wühlmausgruft mit Wasserlachen am Boden und einem Geruch nach fauligem Holz. Helfeten schwankte. Er hatte zu wenig geschlafen, nichts gegessen und eine Pfütze Schnaps aus einer Kaffeetasse getrunken, um sich wiederherzustellen.

Isak füllte ein neues Gebräu ein und stellte den Kessel zum Wärmen, ohne das Rohr zusammenzuschrauben. Er bat Adana, den Apparat im Auge zu behalten und ihn zu rufen, wenn es zu säuseln anfange. Dann nahm er Helfeten mit, der noch immer seine Bierdose in der

Hand hielt, und sie gingen über den Felsengrund, knisterndes Torfmoos unter den Füßen, und gelangten hinauf zu dem Punkt, von wo man im blauen Dunst das Meer und in den untersten und trägsten Wogen der Luft schwimmend die Höhenrücken sehen konnte. Isak, der im Unterschied zu den meisten Freunden und Nachbarn schon zeit seines Lebens sehr für großartige Aussichten war, betonte, dies sei eine der prachtvollsten, die es zu sehen gebe. Hier könne man den ganzen blauen Himmel in die Lungen einsaugen.

Es wurde jedoch heiß, und sie gingen über den grauen zottigen Felsrücken in die andere Richtung, bis der Boden steil zum Roparesjön und zum Fichtenwald abfiel. Dort sahen sie Edvard, Åsa und Helga baden, und Helfeten fluchte über Edvard Evansson.

»Laß sie«, sagte Isak. »Åsa bleibt nicht mehr lange daheim.«

Helga wußte gewisse Dinge. Wenn zum Beispiel ein Mann verreisen muß, stellt sich die Frau daheim hin und bäckt ihm Pfannkuchen. Klappt sie zweimal ein und packt sie in die Proviantbox. Bilder, die sich ihr tief eingeprägt hatten. Ein Mittsommerbaum für die Kinder, ein Weihnachtsbaum, ein Groschen für jeden ausgefallenen Milchzahn. Deshalb deckte sie am Mittsommerabend auf einem mitgebrachten Tuch den Tisch, bewegte Helfeten dazu, die Vortreppe mit Laub zu schmücken, und sagte klipp und klar, sie müßten den Apparat auseinanderschrauben.

»Packt ihn weg und wartet wenigstens bis morgen.«

Einen kleinen Mittsommerbaum für Rolf mußte sie allerdings selber machen, er wurde spillrig. Edvard, der unentwegt lächelte, war viel zu müde, und je weiter der Tag fortschritt, um so friedlicher wurde er, und daß Leben in ihm war, merkte man nur am Rauch seiner Pfeife.

Helga machte sich für den Abend fein, saß lange mit eingedrehtem Haar in der Nachmittagssonne und zog dann das Kleid an, das sie mitgenommen hatte. Es war weiß und hatte rings um die Ärmel und den Halsausschnitt dunkelblaue Matrosenränder. Dazu trug sie dunkelblaue Sandalen. Sie legte ein wenig getönte Creme auf und verteilte mit dem kleinen Finger Blau auf den Lidern. Mein Gott, wie dumm man doch ist, daß man das nicht immer macht, dachte sie, als sie fertig war und am Küchenfenster im Spiegel prüfte, ob das Make-up dem Tageslicht standhielt.

Åsa hatte am Nachmittag eine Weile mitgemacht, doch jetzt ging es ihr wieder elend, und diesmal so ernstlich, daß sie im andern Haus in der Kammer lag und das Fenster mit einer Decke verhängt hatte. Sie ertrug kein Licht und keinen Geruch nach Essen. So lag sie nun schon seit einigen Stunden, und Helga sagte mitleidig, das sei Pech am Mittsommerabend, aber nicht zu ändern. Sie glaubte, es würde länger anhalten, als es tatsächlich der Fall war.

Sie saßen noch keine zehn Minuten am Tisch, als die Kammertür aufging und Åsa eintrat, blaß, aber frisch gekämmt und mit rot geschminkten Lippen, sauberer Bluse zur Hose und einer eben angesteckten Zigarette in der Hand. Edvard fuhr glücklich in die Höhe und wollte aufdecken. Warum, in Gottes Namen, hatte Helga keinen Teller für sie hingestellt? Åsa sagte jedoch, sie müsse vorsichtig sein mit Essen. Aber ein bißchen zu trinken schon. Doch, das schmecke gut.

Helga versuchte sie zu einer gebratenen Forelle zu nötigen, und sie aß ein Rückenstück, das ihr gut bekam. Sie schwirrten jetzt alle um Åsa herum, und Helga dachte, es sei offensichtlich eine Art Auszeichnung, wenn es einem elend gehe, weil man zuviel getrunken habe, und man müsse hier eben lächelnd und gesellig bleiben. Prost!

Helfeten sagte, sie sehe flott aus in ihrem Kleid, aber du liebe Zeit, wie Helga das reizte, ebenso wie Isaks Altherrenkomplimente. Åsa war den ganzen Tag über wachsbleich gewesen, was ihr gar nicht schlecht stand, doch nun erblühten auf ihren Wangen schnell die Rosen der Gesundheit. Wieder in vollem Schwung jetzt. Prost, allerseits!

Danach saßen sie mit ihren Kaffeetassen um die Vortreppe herum. Diese gesegnete Zeit, bevor die Mücken ernstlich in Fahrt kommen.

»Jetzt müssen wir horchen, ob dieser Kuckuck wieder ruft. Dieser giftige da.«

»Wenn er nicht gekriegt hat, was er wollte. Weil sonst hört er wohl auf.«

»Nein, dann fangen sie wieder von vorn an. Kukkucke geben nie auf.«

Nach Mittsommer werde er in einen Stoßfalken verwandelt, wußte Helga. So was hätten sie früher den Kindern erzählt. Aber man könne sich schon fragen, wohin er eigentlich verschwinde, denn Sorgen um den Nachwuchs brauche er sich ja nicht zu machen.

»Beneidest du den Kuckuck, Helga?«

Sie lachten über sie. Und sie hatte sich ja tatsächlich ins Zeug gelegt. Das kommt davon, wenn man ein bißchen intus hat. Sie mußte ebenfalls lachen. Und eigensinnig wurde sie vom Schnaps. Wollte sich nicht umziehen, als sie zum See hinuntergehen wollten, sondern das weiße Kleid anbehalten und fein sein. Es war doch warm! Und sie hatte nicht vor, zu angeln.

Åsa und sie gingen voraus, einig darüber, daß es warm sei. Und die anderen langweiligen Knacker! Helfeten – plumps – keuch – Åsa ahmte ihn nach, und sie schnappten nach Luft vor lauter Lachen und fürchteten, daß er sie hörte. Und Isak. Mein Gott! Åsa konnte wirklich gut nachahmen. »Obwohl, weiß der Himmel, ob man so hohe Ansprüche hat«, sagte Helga. »An einem solchen Abend.« Plumps-plumps-keuch!

»Hört euch die Mädels an! Die beiden sind wie Schwestern. Das hab ich seinerzeit schon zu Egon Wedin gesagt. Er wollte, daß du zu Helga Mutter sagst. Weißt du noch?« Nein, Åsa weiß es nicht mehr. Helfeten ist mindestens hundert. Keuch-keuch. Man weiß nicht mehr alles, was er im Kopf behalten hat.

»Nehmt dürre Zweige mit, wenn ihr welche seht.«

Edvard wollte, daß sie ein großes Feuer machten, eines, das man weithin sähe. Doch als er es so hatte, wie er es haben wollte, und es hoch und knisternd brannte, wurde er mit einem Mal müde von der ganzen Holzschlepperei und mußte sich setzen. Åsa war ebenfalls müde, und sie warf sich auf den Boden – oh, Gott, wie angenehm, aber Holzstöckchen stachen einem in den Kopf. Knorrig und nadelig und spitz.

Folglich saßen sie da, als Helga eine dürre Fichte anschleppte, um sie in Edvards Feuer zu legen, und Åsa hatte ihren Kopf auf seinem Schoß. Sie wand und räkelte sich in seinem Arm, um die beste Lage zu finden, und hatte ihr Gummiband verloren oder es abgenommen, so daß sich ihr Haar gelöst hatte und über Edvards Schoß breitete.

»Ah, so ist es wohlig«, sagte sie. »Nun müßt ihr nur noch das Feuer so wie jetzt am Brennen halten, dann brauchen wir uns nicht mehr zu bewegen. Wenn der Kuckuck anfängt, seht zu, daß ihr ihn abstellt.«

Helgas Sandalen waren nicht gut dafür geeignet, hier unten umherzulaufen. Sie bekam Zweigchen in die Schuhe, sie tat sich weh und knickte ein. Sie mußte jedoch ein Stück weggehen. Dann würde er es wohl merken, wenn schon sonst nicht. Sie hatte wieder Herzklopfen bekommen, es war noch dazu wie ein Schmerz, und sie konnte auch nicht denken. Sie war einfach mittendrin, es war aussichtslos, etwas zu wissen. Sie ging wie ein Uhrzeiger, zwangsläufig in stets dieselbe Richtung. Unten am Ufer schlugen kleine Wellen gegen die Steine und benetzten ihre Füße, sie stieg in den Kahn. Dann kam ihr der Gedanke, daß es vielleicht richtiger wäre, sich davonzumachen, sie zog die Sandalen aus, sprang aus dem Boot und schob es auf das Wasser, bis es trieb. Sie stieß sich ab, hievte sich wieder hinein und merkte, daß sie fast das Gleichgewicht verloren hätte, doch nun glitt der Kahn mit ihr auf dem nachtglänzenden Wasser leicht dahin.

Erst als das Boot sich nicht mehr bewegte und sie, die Hände im Schoß, auf der Ruderbank saß, bemerkte sie, daß keine Riemen vorhanden waren, und sie war zutiefst beschämt.

Sie winkten ihr. Edvard ohne den anderen Arm von Åsa in seinem Schoß zu nehmen. Helga sah nicht richtig, aber trotzdem mehr, als sie wollte. Von den Riemen sagte sie nichts. Es wäre jetzt zu qualvoll gewesen, sich lächerlich zu machen.

Das Feuer brannte hoch und sprühte Funken in Richtung der Kiefern. Helga wurde leicht angst, als sie das von weitem sah. Oh, sie war spinnerig, genau wie die anderen immer sagten. Alles machte ihr angst. Doch jetzt konnte sie in Ruhe hier sitzen und, so gut es eben ging, die nächtlichen Erscheinungen genießen, bis ein Windstoß käme und den Kahn antriebe, hoffentlich zum Ufer hin.

Da erhob sich Helfeten und betrachtete etwas, dann ging er durch die Gagelsträucher am Uferrand, wühlte im Gestrüpp und zog die Riemen hervor. Er betrachtete sie lange und dann das Boot. O Gott, dachte Helga. Wie träg geht das bloß? Doch nun dämmerte es ihm.

Er ließ plötzlich die Riemen fallen und watete ins Wasser. Es wallte ihm um die Beine und stieg ihm über den Bauch, ohne daß er im geringsten zögerte. Er war vollständig bekleidet, hatte nicht einmal seine Jacke abgeworfen. Am Ufer hörte sie die anderen lachen und rufen. Helfeten näherte sich, keuchend und prustend, denn jetzt schwamm er. Wenn ihn nun der Schlag trifft! Lahm und zuckerkrank und alles! Ihr war auch nicht klar, wie er sie ohne Riemen bergen wollte, hoffte jedoch, er werde den Kahn schwimmend bugsieren.

Womöglich wollte er das auch, doch als das Wasser durch eine Strömung aus der Tiefe kälter wurde, geriet er in Panik, und beim Kahn angekommen, ergriff er ihn mit beiden Händen und versuchte sich hochzuhieven. Helga schrie und schlug auf seine Fäuste, doch die saßen fest, und langsam, wie sie fand, kippte der Kahn um, und dann lag Helga tief unter Wasser und trieb halb erstickt nach oben.

O Gott. Noch nie hatte sie jemanden so lachen hören. Edvard war aber immerhin auf den Beinen. Und Åsa kam auf sie zugerannt, als sie weit vor Helfeten an Land watete. Sie hatte gar nicht gewußt, daß sie so gut schwimmen konnte. Helfeten keuchte noch immer dort draußen.

Das Wasser rann an ihr herunter. Ihr klebte das Kleid am Körper, und die Haare waren an die Stirn gekleistert. Die Sandalen hatte sie verloren, der Kahn trieb kieloben draußen im See. Sie lachten derart, daß sie sich setzen mußten. Nicht so Helga.

Sie trat schnurstracks zu Edvard und streckte die Hand aus. Er begriff nur langsam und reichte ihr die Flasche. Da nahm sie ordentliche, tiefe Schlucke.

»Ich friere«, sagte sie. »Ich gehe jetzt heim.«

Helfeten war an Land gekommen, sie umringten ihn

und fragten ihn, wie er es denn hätte anstellen wollen, Helga zu retten. Sie wieherten vor Lachen. Helga ging. Obwohl sie barfuß war, spürte sie weder Holzstöckchen noch Baumwurzeln. Der Schnaps im Magen wärmte und verströmte seine Milde im ganzen Blutkreislauf.

Es ist so lächerlich. So lächerlich. Und meine Frisur ist so fein gewesen. Sie stieg jetzt den Hang hinauf, und hinter sich hörte sie Schritte auf dem trockenen Pfad. Jemand lief ihr nach, lief leicht.

»Helga! Warte!«

Es war Åsa. Obwohl Helga klatschnaß war, legte Åsa den Arm um sie.

»Das schöne Kleid«, sagte sie. »Arme Helga!«

»Es ist so lächerlich. Immer mache ich mich so lächerlich.«

»Das warst doch nicht du. Das war dieser verdammte Klumpfuß. Wir gehen jetzt heim und schnappen uns trockene Sachen.«

»Sind die andern noch unten?«

»Kümmere dich nicht um die. Die sitzen da und lachen über Helfeten. Hoffentlich friert er sich zu Tod.«

»Sag so was nicht.«

»Was macht das? Glaubst du, er friert sich deshalb zu Tod, weil ich das sag?«

Åsa ahmte ihn nach. Sie lachten und rannten das letzte Stück bis zu den Hütten. Åsa lief hinein zu Adana und Rolf, und Helga rannte in die andere Hütte und zog sich vor der Küchenbank aus. Sie war jetzt steif vor Kälte und bibberte nicht einmal. Den Spiegel hatte sie auf dem Fensterbrett stehenlassen, und als sie sich darin sah, nahm sie den Kamm und fuhr sich damit durchs Haar. Sie war nackt und hatte glattes, naß gekämmtes Haar, als Åsa eintrat.

Eine geraume Weile blieb Åsa mit dem Bademantel überm Arm und der Flasche und zwei Gläsern im anderen in der Tür stehen.

»Ich friere«, sagte Helga leise.

Åsa schlug den Bademantel um sie und begann sie warm zu reiben.

»Hier. Nimm das Glas.«

Sie tranken beide, und dann klopfte Åsa ihr wieder mit kurzen, harten Schlägen den Rücken, bis sie schrie, schlug die Arme um sie, küßte sie auf beide Wangen und sagte, sie sei der einzige nette Mensch. Dann heulten sie beide plötzlich vor Lachen, und Åsa sagte:

»Du hast dich nicht in der Hand. Wie hättest du's denn gern?«

»Naja – du bist nett. Die andern sind fies. Die lachen so.«

»Dumme, dumme Helga. Jetzt höre ich sie. Jetzt kommt Edvard.«

»Ja.«

Sie hörten sie draußen gute Nacht sagen. Der dunkelste Moment war überschritten. Jedenfalls hörte man die Mauersegler. Helga schloß die Augen ein wenig, spürte Åsas Lippen auf der Wange.

»Bleib«, sagte sie.

Es war, als hätte Åsa nicht richtig verstanden, was sie gesagt hatte. Sie mußte ihr das Ohr direkt an den Mund legen, sich das Haar beiseite schieben.

»Bleib bei uns. Schlaf hier.«

»Das willst du doch nicht.«

»Doch, ich will es.«

Als er hereinkam, saßen sie nebeneinander auf der Küchenbank und waren ungeduldig, so als läge etwas sehr

Dringliches vor ihnen. Er kapierte zunächst nicht. Als sie sich küßten, wurde ihm angst. Er hatte noch nie Frauen gesehen, die sich küßten. Dann war er hingerissen. Sie waren spaßig, sie waren schön.

»Sie wird hierbleiben«, sagte Helga.

Ja, das verstand er.

»Aber willst du das denn?«

Er hätte noch einmal fragen sollen, er hätte mit ihr allein sein und sie fragen sollen. Sie war nicht nüchtern. Er merkte, daß er am liebsten davongelaufen wäre, hinaus in die nächtliche Kühle vor der Hütte. Fort.

Er saß wie gelähmt auf der Kante der Bank. Hätte sich gern seine Pfeife angesteckt, wenn er nur genügend Ellbogenfreiheit gehabt hätte.

War das sie, die so frech war? Helga erkannte sich nicht wieder. Und gleichzeitig gefiel ihr diese neue, freche Helga. Viel mutiger. Viel, viel mutiger als diese alberne Gans. Die Mutigen bekommen alles. Wer da anklopft, dem wird aufgetan. Åsa, sie – ja, das mußte Helga einsehen, obwohl es rote Nebel und keine Gedanken waren – sie hatte so etwas bestimmt schon mal getan. Ja.

Er ging nicht von ihnen. Sie liebkosten seinen Ständer und sagten, der werde für sie beide reichen, und Edvard wußte nicht, ob sie meinten, was sie sagten, oder ob sie nur den Mund vollnahmen. Sie schimpften und fragten, ob sein Ding einschlafen wolle, kniffen und kitzelten und bliesen, und dann fragte Åsa:

»Hältst du uns für Hexen?«

»Nein.«

Nein, Engel waren sie. Engel.

Was jedoch werden oder wie das enden sollte, das verstand er nicht. Und er dachte, es sei auch nicht seine

Sache, dies zu verstehen. Sie durften verfahren, wie sie wollten. Er wagte nichts zu tun, was Helga nicht sagte.

Helga begann am ganzen Körper zu schwitzen, ihr Blut geriet in Wallung. Nach der Hitze kam die Schwere, sie konnte diese Ausschweifungen nicht länger mitmachen. Åsa hatte die Matratzen auf den Fußboden gezogen. Jetzt rollte sich Helga von ihnen weg und barg das Gesicht in einem Kissen. Ihr war übel.

Immer wurde es so lächerlich. Sie mußte sich jetzt übergeben. Doch sie wollte nichts sagen, und außerdem mußte es schnell gehen. Sie schaffte es nicht mehr, sich den Bademantel zu schnappen, bevor sie hinausrannte.

Sie übergab sich in die Nesseln hinter der Hütte, und fast schlagartig ging es ihr besser. Am liebsten hätte sie sich für einen Moment hingesetzt. Sie fror nicht. Die Kühle war angenehm. Doch dann mußte sie hineingehen. Herrje, wie lange war sie fort gewesen?

Drinnen war es ganz unwirklich hell. Tief im Innern hatte sie vielleicht geglaubt, sie träume, die Matratzen lägen so da wie immer und Edvard schliefe auf dem Rücken liegend auf dem Küchensofa. Aber es war noch so wie vorher, außer daß sie nun dicht beieinanderlagen, Åsa auf ihm. Helga ging herum. Sie war starr. Sie mußte es sehen. Das war jetzt wichtiger als alles andere – oh, sie verkraftete es nicht, das zu sehen, mußte es aber. Wenn er es nun getan hatte, während sie draußen war? Wenn er sie jetzt enttäuschte? O Gott, steh mir bei!

Nein, sie verkraftete es nicht, das zu sehen, sah es aber. Dann rannte ihr die Wachheit ein Messer geradewegs durch den Leib, und sie stand da, mit offenem Mund, und konnte nicht schreien. Daß etwas so weh tun konnte … daß etwas.

Sie tastete auf dem Tisch und auf dem Spülstein nach etwas, schlug die Flasche um und suchte weiter. Fand nicht, wonach ihre Finger suchten. Hier waren Zahnbürsten, die Seifenschale, ein Gürtel. Daß aber niemand sie aufhielt! Als sie Edvards Rasierer unter den Fingern fühlte, schlossen sie sich um ihn, und Helgas Bewegungen wurden völlig beherrscht und präzis, sie fühlte sich nicht einmal mehr betrunken. Nun denn.

Draußen auf der Vortreppe ging sie in die Hocke, schraubte den Rasierer auseinander, nahm die Klinge heraus und ließ den Rest liegen. Dann rannte sie auf bloßen Füßen, aber nun mit besserem Gefühl durchs Gras schnurstracks zu dem Pfad, der zum See hinunterführte. Sie erwartete die ganze Zeit über, Schritte hinter sich zu hören, und war erstaunt, wie weit sie kam.

Jetzt war sie unten am Ufer. Hier lag das Boot, geleert und hochgezogen. Vielleicht hatte Edvard es eingeholt. Sie wollte sich nicht umsehen, doch vom Pfad her war nach wie vor nichts zu hören, und sie war jetzt so fürchterlich hellwach und wußte, daß sie hier unten in der nächtlichen Kühle etwas tun mußte.

Sie stieß das Boot vom Ufer ab, und da hörte sie ihn. Eilends watete sie mit dem Boot ein Stück hinaus, schob es an und setzte sich hinein. Da sah sie ihn im Laufschritt aus dem Wald kommen, er hatte seine Hosen an. Über seinem Arm hing der Bademantel.

Jetzt wußte sie, wie lächerlich sie schon wieder war. Sie hielt die Hand aus dem Boot und ließ die Klinge los. Diese wollte kaum fallen, denn Helgas Handfläche war schweißig geworden.

»Komm zurück!«

Doch sie tat genau das Gegenteil, tauchte die Riemen ein, die ordentlich eingezogen auf der Achterducht lagen, und ruderte los. Da watete er hinaus und ergriff das Heck des Kahns.

»Komm jetzt, Helga.«

Er war so ordentlich. Sie fand, er hätte das Boot Boot sein lassen können, doch er zog es, nachdem er ihr den Bademantel um den Rücken gelegt hatte, genauso weit heraus wie zuvor. Hantierte ewig mit dem Tau, das um einen Erlenstamm herum liegen sollte.

»Wir gehen jetzt heim.«

»Ich kann nicht. Ich verkrafte es nicht ...«

»Aber nein. Wir gehen heim, nur wir beide«, sagte er.

Noch nie war ein Bett so warm gewesen. Sie bekam zwei Decken umgelegt. Er rieb sie. Doch er war wütend, und sie merkte es.

»Bist du böse auf mich?«

»Nein, nein.«

»Auf wen dann?«

»Auf mich selber natürlich. Morgen fahren wir nach Hause.«

Er klang entschlossen, und in tiefer Wärme schlief sie ein.

Adana hatte an diesem Vormittag einen zudringlichen Blick. Als Helga fragte, wo Åsa sei, schüttelte sie nur den Kopf. Hatte sie heute nacht nicht in der Kammer geschlafen? Adana verneinte. So war das. Sie war überhaupt nicht bei ihnen in der Hütte gewesen.

»Wo mag das Mädel bloß sein?«

Helga schlüpfte in Gummistiefel und ging sie suchen. Es war jetzt hellichter Tag, und sie hatte sowohl empfindliche Fußsohlen als auch Angst vor Schlangen. Sie fand Åsa auf dem Holzsteg unten am Bach, wo sie mit dem Bademantel bekleidet und den Haaren über dem Gesicht auf dem warmen Holz in der Sonne lag und schlief. Ihre Zigarettenpackung und Streichhölzer lagen neben ihr, ebenso ein Stapel alter *Allers* und *Lektyr*, die sie im Brennholzschuppen gefunden hatte.

»Hier liegst du.«

»Ja.«

»Bist du traurig?«

Åsa schwieg, war aber traurig. Das sah Helga, und sie konnte jetzt nicht kommen und das sagen, was sie hatte sagen wollen: Edvard hat gesagt, daß wir nach Hause fahren werden. Im übrigen wußte sie nicht, ob er immer noch so entschlossen war. Womöglich würde er nach

Hause fahren, wenn sie es sagte. Aber vielleicht sagte sie auch gar nichts.

»Wir können doch versuchen, ganz normal unsern Spaß zu haben«, sagte sie statt dessen. »Es ist doch nicht nötig, daß wir so viel trinken wie gestern. Keiner von uns.«

»Nein«, stimmte Edvard zu, als sie dies später zu ihm sagte, »das ist nicht nötig.«

Am Abend waren sie müde. Isak heizte den Herd ein und erwärmte den Apparat. Sie hatten die Tür zur Kammer geöffnet und saßen dösig da, ließen das Radio laufen und unterhielten sich mit langen Pausen. Åsa legte den Rechenmeister samt zweier Kartenspiele auf den Tisch. Sie hatte eine Petroleumlampe angezündet, und es waren Eulenfalter hereingekommen, ehe sie das Fenster schloß. Sie schlugen gegen das Glas der Lampe und brannten sich. Noch als Krüppel machten sie Sprünge und arbeiteten sich mit halb versengten Flügeln ab, den heißen Punkt des Glases zu erreichen. Jeden Morgen fegte Adana die Leichen in ihre Handfläche und warf sie aus dem Fenster.

Rolf schlief ein und hatte ein ausrangiertes Kartenspiel auf der Bettdecke verstreut. Helga sammelte die Karten ein und glättete diejenigen, die er geknickt hatte. Sie nahm seine im Schlaf leicht geballten Fäuste, barg eine kleine Hand in der ihren.

Sie selbst schlief irgendwann auf Edvards Arm ein. Es war ein bißchen hart auf dem Fußboden, und sie schlief nicht so tief, als daß sie es nicht spürte. Edvard stieß mit dem Fuß die Tür zu.

»Da draußen zischt es«, brummelte er. »In dem Zaubertopf vom Isak.«

Åsa schüttete alle einhundertvier Karten zusammen,

stapelte sie langsam zu einem einzigen dicken Stoß. Dann legte sie ihn beiseite, kroch auf den Fußboden und legte sich auf Edvards anderen Arm. So fest schlief Helga nicht, als daß sie es nicht merkte. Es geht wieder los, dachte sie, war aber nicht ängstlich, nur erwartungsvoll.

Schon als sie durchs Gras zu der anderen Hütte hinübergingen, entschloß sie sich: Diesmal würde sie mutiger sein. Wenn sie sich nur traute, das spürte sie, läge alles in Reichweite. Im übrigen waren wir gestern blau, heute ist es besser. Nur gerade so viel, daß ich nicht feig sein werde. Feige Helga. Das flüsterte sie Åsa zu.

»Du bist nicht feig. Ich werde dir nichts wegnehmen.«

Angst und Genuß ruhen ineinander, doch wer ist Same und wer Schale? Wer keimt und wer fällt weg? Sie wußte es nicht.

Wie lustig sich das anfühlte. Ein so kleiner Mund. Und wie konnte man ihn mit dem Finger berühren, ohne daß es weh tat? Nein, Gott sei Dank war sie kein Mann!

Edvard war gerade stammelnd dankbar. Er liebt und ist verliebt, dachte Helga. So muß es sein. Es mußte abgestuft sein, das spürte sie. Noch immer verkraftete sie den Gedanken nicht, daß Åsa und sie auf eins hinausliefen. Da würde sie wieder davonrennen. Und deshalb verkraftete sie es auch nicht, zu sehen, wie sie miteinander schliefen. Edvard tat nichts, worum sie ihn nicht bat. Doch sie bat ihn. Sie wollte jetzt mutig und großzügig sein. Åsa war es, die sagte: »Sei großzügig! Leih mir deinen Kerl für einen Moment. Das wird zu schwer hier.« Sie bekam ihn.

Helga starrte die beiden zunächst ein paar Minuten lang an, dann schrie sie und rannte davon. Vielleicht vor allem deshalb, weil sie so schön waren. »Ich Kuh!« heulte sie. Edvard war diesmal schneller hinter ihr her, hielt sie fest und sagte, sie irre sich. Er habe sie gern.

Dergleichen hatte er noch nie gesagt. Nun glaubte sie in einem Augenblick des Mutes wieder, dies sei alles wert, nämlich hören zu dürfen:

»Du bist prima. Ich habe dich gern. Das ist wahr. Ich habe dich wirklich sehr gern.«

Åsa zog sich an und ging. Edvard wollte ihr richtig adieu sagen, sie trösten. Doch da weinte Helga.

Åsa hatte auch in dieser Nacht nicht in der Hütte geschlafen. Sie lag auf dem Holzsteg und hatte sich in eine Decke und den Bademantel gehüllt. Helga nahm kaum an, daß sie überhaupt geschlafen hatte. Sie war blaß und hatte trockene Lippen.

Von den Feiertagen waren noch zwei Abende übrig. Sie sprachen nicht mehr davon, früher nach Hause zu fahren. Helga sagte nur:

»Es geht nicht. Ich schaffe das nicht, auch wenn ich es will.«

Am Abend waren sie jedoch wieder kicherig und füllten Isaks Glas, damit er schneller einschliefe. Adana hatte sich in die Küche gelegt und schlief bereits, Helfeten schnarchte auf einer Matratze auf dem Fußboden. Edvard schubste mit dem Fuß die Tür zu. Es war wunderbar, als Åsa kam und sich auf seinen anderen Arm legte. Helga lag schon lange da. Und daß Isak mit offenem Mund dasaß und schlief, machte es nicht weniger angenehm. Helga und Åsa kicherten und guckten, ob er aufwachte.

»Wir gehen jetzt ins Bett«, sagte Edvard.

»Ich schaff das aber nicht, ich weiß nicht, was ich für eine bin. Können wir es denn nicht einfach so belassen?«

Sie war jedoch willenlos und fand, daß alles so langsam ging. Es war nicht unbehaglich, nur gemächlich und lange, und ohne Willen fielen sie zueinander.

»Mir kommt es vor, als wären wir schon hundert Jahre hier.«

Erst als der Schlaf kam, fand sie es richtig angenehm. Er sickerte herein wie eine Dämmerung durch die Fenster, wenn man die Augen schloß. Wenn man aufsah, war klarer Sonnenschein, und über die Dachschindeln raschelten Eichhörnchenpfoten.

Am letzten Abend weinte Åsa unverhohlen, als sie in der Kammer saßen und sie für sich allein die Karten auf die Tischplatte knallte.

»Aber Mädel«, sagte Isak.

Sie rauschte zur Tür hinaus und blieb eine Weile fort.

»Mir war's, als ob sie geflennt hätte.«

»Sie hat vielleicht ein bißchen gequarrt«, sagte Edvard.

Am Morgen trugen sie außer den Demijohns alles zur Straße hinunter und packten es auf die Fahrräder. Es war so warm wie zu der Zeit, als sie zu den Hütten hinaufgefahren waren.

Am vierten Juli, demselben Tag, an dem die Industrieferien begannen, wurde Åsa mit einem blauen Nylonkittel samt Abzeichen auf der Brusttasche uniformiert und auf einen Platz gesetzt, um von dort über eine große Registrierkasse, eine rotierende Scheibe, die Waren auf ein Band beförderte, und einen Münzbehälter, der mit kleinen Rülpsern Wechselgeld aufstieß, zu herrschen. Anfangs fand sie das amüsant. Sie saß inmitten dieses reißenden Stroms von Milch und Wurst, Plätzchen und Shampoo und sah, wie die Leute von roten Preisetiketten verzaubert einkauften. Da sie neugierig und redselig war, wurden die Schlangen an ihrer Kasse lang, doch schon nach ein paar Tagen war sie es leid, und es ging schneller. Am Ende der ersten Woche fuhren Helga und Edvard mit dem Bus zum Einkaufen in den Ort, doch Åsa hatte keine Zeit, mehr als ein paar Worte mit ihnen zu wechseln, denn in der ICA-Halle drängten sich die Leute. Helga faßte ihre Eile falsch auf und glaubte, Åsa schäme sich ihrer.

Vorläufig teilte sich Åsa lediglich ein Zimmer mit einem Mädchen aus der Obst- und Süßwarenabteilung, und Rolf durfte bei Helga zu Hause bleiben. Er beanspruchte jetzt viel Aufsicht, weil er zu guter Letzt laufen und sprechen gelernt hatte und sich nicht mehr damit begnügte, die Welt nur zu betrachten. Ende Mai, Anfang Juni hatte er plötzlich den Küchenstuhl losgelassen, an dem er sich festgehalten hatte, und war auf krummen Beinchen durch die Küche schnurstracks zum Herd gestürmt. Beim zweiten Versuch stürmte er zu heftig und schlug mit der Oberlippe gegen den Knopf der Aschentür des alten Herds, es gab Gebrüll und Schmerzen. Helga mußte ihm ein kaltes Messer auflegen, doch seine Lippe wurde trotzdem dick, blau und steif.

Helga machte sich Sorgen darüber, daß Rolf vaterlos war. Ursprünglich mußte natürlich ein Mann seine Hand und noch ein bißchen mehr im Spiel gehabt haben, doch in dem Punkt zeigte sich Åsa verschwiegen, was sonst gar nicht ihre Art war.

»Aber es ist gut, daß sie mal raus und unter die Leute kommt«, sagte Helga zu Edvard. »So kommt auch das eine oder andere ins Lot.«

Edvard schwieg.

»Nun, das Kind braucht doch einen Vater, Rolf so gut wie andere Kinder«, sagte sie ein wenig hitziger.

»Ach ja?« erwiderte Edvard.

Sie wurde nicht klug aus dem, was er meinte. Sie begann jedoch über Väter nachzudenken.

Ihr eigener Vater war Prahmschiffer auf dem großen Fluß gewesen und im Sommer 1944 gestorben. Sie hatte sehr an ihm gehangen und konnte sich noch immer an sein Gesicht erinnern, besonders an seine Augen, die licht und blau gewesen waren, nicht blaß, sondern von einem fast funkelnden Blau. Dagegen konnte sie sich an nichts von dem erinnern, was er gesagt hatte, oder an irgendeine seiner Ansichten. Ihr war nicht klar, worauf das beruhte, doch entdeckt hatte sie das schon im ersten Sommer nach seinem Tod. Damals hatte sie sich, bevor es zu spät war, hingesetzt und zu ergründen versucht, was er zu seinen Lebzeiten geäußert hatte. Das einzige, worauf sie kommen konnte, war, daß er gesagt hatte, er schätze Hecht mehr als jeden anderen Fisch. Und beim Hecht legte er am meisten Wert auf den Schwanz, den er gekocht und mit zerlassener Butter und Meerrettich serviert haben wollte. Im Schwanz, hatte er gesagt, seien bei einem Hecht die wenigsten Gräten.

Sie dachte auch an Egon Wedin. Åsa hatte sie noch als Achtjährige in Erinnerung, ein schmuddliges Kind mit rauhen Händen und strähnigem Haar, die eine Hand in einem fort am Hintern, weil sie ständig Madenwürmer juckten. Wie Egon jedoch zu Åsa gewesen war, daran konnte sie sich schlichtweg nicht mehr erinnern.

Sie hatte mit Rolf jetzt eigentlich genug zu tun sowie damit, für Edvard, der Bror Frick half, das Essen zu machen. Mitten in der Mahd bekam Anna Frick einen Vorfall und mußte ins Krankenhaus gebracht werden. Helga durfte sich nun in Fricks Küche stellen und die Männer bekochen, und mit einem Mal war alles wie vor zehn, fünfzehn Jahren. Sie mußte rasch die Stallarbeit erledigen, bevor sie sich an den Salzströmling und die Kartoffeln fürs Frühstück machen konnte, und sie schaffte es gerade so, ein wenig zu putzen, in Annas Beet Erdbeeren zu pflücken und einzufrieren, damit sie nicht verdarben, einen Gugelhupf zu backen und den Männern draußen zum Kaffee zu bringen. Den Kaffeekorb hatte sie vorn auf dem Fahrrad und Rolf hinten, wenn sie wieder nach Hause fuhr, und dann mußte sie zusehen, das Abendessen fertig zu haben, so daß sie essen konnten, bevor es Zeit für den Stall war. Für Anna zu waschen, wie sie es vorgehabt hatte, schaffte sie nicht. Etwas Frischgebackenes sollte sie aber schon haben, wenn sie aus dem Krankenhaus heimkäme, das schwor sich Helga. Also durfte sie am Morgen um fünf Uhr in Fricks Küche stehen und einen Teig ansetzen, bevor sie in den Stall ging. An keinem einzigen dieser acht Tage schaffte sie das, was sie sich vorgenommen hatte, und sie dachte: Mit mir muß etwas nicht stimmen. Sie hätte gern Adana gebeten, ihr zu helfen, doch das sei unmöglich, sagte Isak. Sie habe eine ungewöhnlich schwere Zeit, obwohl sich das nicht dergestalt äußere, daß sie untätig und aufgedreht in der Kammer sitze und mit ihrem Spiegelbild auf der Kommode rede. Sie hatte die ganze Zeit über emsig in der Küche gewerkelt, und Isak hatte erst gemerkt, wie es mit ihr bestellt war, als sie zu backen anfing.

Adana buk ein Kind. Sie fertigte den Fötus aus Teig: den runden Bauch, die gekrümmten Beine und den auf der Seite ruhenden Kopf, alles formte sie aus festem Hefeteig. Sie konnte das Kind nicht in Embryonalstellung bringen, sondern mußte es auf dem Rücken ruhen lassen. Der Teig ging jedoch auf, und das Kind wurde gedunsen und unförmig und bekam das Gesicht eines Idioten. Sie stellte das Blech in den Ofen, als glaubte sie, nach dem Backen wäre alles besser. Der Teig ging jedoch weiter auf, und am Ende bildete sich auf dem Bauch der Riß, der bei Brotlaiben so ansprechend ist. Es roch frischgebacken, und sie behandelte es mit Zärtlichkeit, doch kam man nicht darum herum, daß es ziemlich mißglückt war, nachdem alle Details ineinandergeflossen waren. Adana schien schlicht nicht dafür gemacht, ein Kind zu erschaffen, doch sie wollte sich nicht damit abfinden, sondern schloß sich hinterher ein und weinte sehr. Bei Fricks konnte man nach dem harten Schlag mit dem Backen lange Zeit nicht mit ihrer Hilfe rechnen.

Obwohl Helga viel zu tun hatte, war sie nicht unfroh.

Ihre elf einsamen Winterwochen wurden immer unwirklicher. Untätig zu sein war wie eine Krankheit schleichender und unbestimmter Art. Sie wünschte nichts sehnlicher, als daß Edvard zum Herbst Arbeit bekäme. Zugleich gab es nichts, wovor sie sich mehr fürchtete. Er würde zwangsläufig fortziehen, und er hatte kein Wort davon gesagt, daß sie zusammen fortziehen sollten. Sie wußte auch nicht, ob sie sich getraut hätte. Schon manchmal in die Stadt zu fahren konnte aufreibend sein. Wenn man gewohnt war, zu Hause zu sein, war es anstrengend mit neuen Leuten, man dachte an die Kleidung und daran, wie man aussah. Und man redete bäurisch.

Mittsommer war für Helga bald ebenso unwirklich wie der Winter. Seit ihrer Rückkehr war zwischen Åsa und ihnen nichts Derartiges mehr vorgefallen, vielmehr war es völlig unfaßbar, wie es jemals hatte geschehen können. Sie wußte aber, wie sehr sowohl Åsa als auch Edvard auf die Krebszeit warteten. Es war nichts ausgesprochen, doch sie ahnte, daß sie wieder einen draufmachen und alle ihre Verirrungen wiederholen würden. Helga spürte, daß sie damit nicht zu Rande käme. Edvard wollte es jedoch so vehement, und sie wußte nicht, ob sie die Kraft hätte, sich zu widersetzen. Sie gestattete sich nie, die Sache bis zu Ende zu denken, und ließ den Gedanken nur geschwind wie einen Flügel diese sengenden Bilder streifen, ohne sich zu verbrennen. Doch ab und zu blitzten Augenblicke von Klarsicht auf. Wie merkwürdig, daß es so angenehm sein konnte, an etwas zu denken, wovor man dermaßen Angst hatte.

Edvard konnte mitten in der Nacht aufwachen und sich aufsetzen. Er hatte die Augen geöffnet, und er rührte sich nicht. Helga, die von der heftigen Bewegung ebenfalls wach geworden war, flüsterte:

»Was ist denn?«

Ihr war, als horchte er auf etwas.

»Mach das Licht an«, bat er, ohne sie anzusehen. Es war so hell in der Kammer, daß er ohnehin sah, doch er wiederholte ungeduldig:

»Mach das Licht an!«

Sie machte Licht. Da er den Kopf nicht drehte, nahm sie die Lampe vom Nachttisch und hielt sie näher an sein Gesicht. Er bewegte die Lippen, doch sie wirkten steif.

»Leg dich jetzt hin«, sagte Helga. »Ich habe Licht gemacht.«

Sie mußte die Lampe abstellen und ihm, ihren Arm unter seinem Nacken, aufs Kissen zurückhelfen.

»Ich habe das Licht angemacht.«

Endlich erschlaffte sein Körper, der so angespannt gewesen war, und ihm fielen die Augen zu.

»Na also.«

Sie wagte die Lampe erst auszuschalten, als er wieder schlief.

Edvard sagte nichts von Krebsen, und Helga dachte schon, er habe es sich anders überlegt oder das Ganze vergessen. Am Freitag, dem achten, stellte er am Abend einen Eimer rotäugiger Strömlinge auf die Spüle und sagte, das seien die Köder für die Krebsfallen.

»Isak und ich gehen heute runter, komm mit, wenn du magst«, schlug er vor. Es war jedoch Freitag, sie wollte den Spielfilm sehen.

Sie kamen nicht zum Kaffeetrinken zurück, nachdem sie die Fallen ausgelegt hatten, und so ging Helga ins Bett, als der Film zu Ende war. Es war nicht leicht, einzuschlafen, wenn Edvard nicht da war. Das Licht war grau, unten auf der Lehde hörte sie Möwen schreien, vielleicht schlich ein Fuchs vorbei. Sie schwitzte im Halbschlaf, und unklare Gedanken ballten sich zu Traumbildern. Da glaubte sie, vom Lachen eines Mädchens aufzuwachen.

Das hört sich an wie Åsa, dachte sie. Aber das konnte ja nicht sein. Sie stand auf und stellte sich barfuß ans Fenster. Sie schlug den Vorhang um sich, um nicht gesehen zu werden, falls jemand vorbeiging. Die Nacht war jedoch so schwül, daß sie am liebsten nackt dort gestanden hätte.

Sie konnte nichts sehen, doch vom Fluß unten waren

Stimmen zu hören. Die Nächte waren jetzt schon viel dunkler, so daß es schwierig war, von weitem etwas anderes auszumachen als Konturen, und das Grün der Erlen dort unten war dunkel und dicht. Immer wieder aber hörte sie ein Mädchenlachen von dort. Nach einer Weile legte sie sich wieder ins Bett, doch ihre Gedanken waren hartnäckig und enervierend wie ein Steinchen im Schuh. Wenn Åsa nun schon am Freitagabend mit jemandem hatte mitfahren können? Sie hatte ja frei. Wenn sie nun zum Fluß hinunter gegangen war, statt nach Hause zu kommen?

Schließlich stand sie auf und zog sich ein Kleid über den Kopf. Man könnte ihnen doch jederzeit eine Thermoskanne Kaffee runterbringen, dachte sie. Wo sie schon nicht heimkommen. Es wird beschwerlich, da unten so lange ohne Kaffee herumzusitzen.

Sie öffnete vorsichtig die Tür zur Stube und sah nach Rolf. Er schlief wie eine kleine Hummel, es summte um ihn. Auf seiner Stirn klebten nasse Locken, und sie schlug vorsichtig seine Decke zurück. Er wacht nicht auf, dachte sie. Mit einem Mal hatte sie es so eilig, daß sie keine Zeit mehr zu haben glaubte, frischen Kaffee zu kochen, sie nahm also nur die Thermoskanne mit dem Rest, der noch darin war, und packte sie zusammen mit ein paar Tassen und einer Tüte Zwieback in den Korb.

Es war unbehaglich, durch das Erlendunkel zu gehen. Überall waren Stimmen und Geplansch zu hören, doch Isak und Edvard fand sie nur mit Mühe. Es waren viele Leute in Bewegung da unten, niemand aber schien gesprächig zu sein. Das war in den vergangenen Jahren auch schon immer so gewesen. Sie fischten mit so vielen Fallen wie möglich und so nahe an der alten Mühle, wie sie herankommen konnten. Es war ein stiller und erbitterter Kampf um die besten Plätze. Jetzt hörte sie Isaks Stimme gleich bei der Mühle, und ihr wurde klar, daß sie einen guten Platz ergattert hatten. Sie rief nach Edvard. Er hörte nicht, und sie rief noch einmal sowohl nach Edvard als auch nach Åsa. Plötzlich stolperte sie fast über ihn. Er saß auf einem Stein und stopfte seine Pfeife.

»Åsa«, sagte er. »Ist sie hier?«

»Nein, ich dachte bloß, daß sie vielleicht da ist.«

Sie hatte das Gefühl, daß er sie ansah, und wurde verlegen.

»Ich dachte, ich sollte ein bißchen Kaffee runterbringen. Ihr kommt ja nicht heim.«

»Wir können nicht weg hier. Es ist nun mal so, daß sie heimlich die Fallen plündern.«

»Nein!«

»Es sind Leute von außerhalb. Da drüben treibt sich die Vejbrobande rum. Lars-Erik hat sie mitgenommen, behaupten sie. Sie haben aber kein Recht, hier zu fischen.« Er war verbittert und ein bißchen blau, hörte sie.

»Und, fangt ihr was?«

»Drei haben wir!«

»Drei Stiegen?«

Er schwieg und zeigte ihr einen Plastikeimer. Drei Krebse waren es, die sich auf dem Grund bewegten, es knisperte.

»Ach du liebes bißchen!« sagte Helga. »Habt ihr alle Fallen kontrolliert?«

Er nickte.

»Wir warten das zweite Mal ab. Ich glaube aber, es gibt keine mehr. Von den anderen hat auch keiner was gefangen.«

Ihr Kaffee war nicht nötig, merkte sie. Isak hatte eine

Thermoskanne dabei, und sein Kaffee war fast wärmer als ihrer. Sie tranken hastig und verlängerten die zweite Tasse mit Schnaps. Dann gingen sie hinunter, um die Fallen ein zweites Mal zu kontrollieren, Helga blieb am Uferrand sitzen. Das Mädchenlachen erklang immer wieder, doch jetzt hörte sie, daß da viel jüngere Mädel in Fahrt waren und daß es von der Stelle unterhalb der Brücke kam, wo sich die Vejbrobande herumtrieb.

Isak und Edvard zogen die Fallen ein und holten die Köder heraus. Sie hatten im zweiten Durchgang nicht einen Krebs gefangen. Edvard fluchte.

»Es hört sich so an, als ob auch sonst niemand was gekriegt hat«, sagte Isak. »Und das soll hier der beste Platz sein.«

»Wir gehen heim.«

Der Pfad zur Straße hinauf war schmal und steil. Auf beiden Seiten stand verwachsenes Gras, von verblühten Brustwurzen durchwuchert, die über dem Pfad fast aufeinandertrafen. Edvard ging voran. Plötzlich blieb er stehen, und Helga trat ihm auf die Fersen. Er fluchte.

»Mach Platz da!« sagte er, aber nicht zu ihr. Sie guckte ihm über die Schulter und sah Nolby dort stehen. Der Pfad war zu schmal, einer mußte zurückweichen.

»Du kannst wohl selber Platz machen. Du hast nach unten den kürzeren Weg.«

Er klang gutmütig.

»Wir gehen ein Stückchen zurück, Edvard«, sagte Helga. »Es ist gräßlich, in die Brennesseln zu müssen.«

»Nicht nötig«, sagte Edvard, doch sie zog ihn mühsam wieder hinunter zum Uferrand. Hinter ihr wich Isak zurück. Helga war leicht nervös. Es gefiel ihr nicht, daß Edvard jetzt voll war.

»Was sind das für Leute, die sich hier herumtreiben?« fragte Nolby.

»Wieso?« erwiderte Edvard.

»Nun, es sind viele Auswärtige hier, heißt es.«

»Hier treiben *wir* uns rum.«

Helga zog Edvard leicht am Arm, merkte aber, daß er gereizt wurde.

»Das ist die Vejbrobande, da auf der andern Seite der Brücke«, beeilte sie sich zu erklären.

»Die haben kein Recht, hier zu fischen, soviel ich weiß.«

»Das ist sowieso egal, denn hier gibt es keine Krebse mehr.«

»Ja, das ist übel«, stimmte Nolby zu. »Wahrscheinlich ist die Krebspest jetzt auch hier. Leute von außerhalb schleppen verseuchte Geräte an, und schon ist es passiert.«

»Das ist die Schweinepisse«, meinte Edvard.

»Wir wollen jetzt lieber gehen und uns schlafen legen«, sagte Helga. »Ich finde, es wird langsam fröstelig.«

»Es ist die Schweinepisse, die behagt ihnen nicht, den Krebsen«, sagte Edvard. »Und darum sterben sie.«

»Quatsch«, erwiderte Nolby. »Du bist nicht mehr nüchtern.«

»Ausreichend.«

»Hier kommen aus allen möglichen Ecken und Enden Schwarzfischer, Leute, die nicht die geringste Berechtigung haben, in dem Fluß zu fischen . . .«

Nolby hob die Stimme, doch Edvard, der unter einer mächtigen Erle stand, so daß sein Gesicht zwischen dem Laub nicht zu sehen war, fiel ihm ins Wort:

»Wo kommst du denn selber her?«

»Ich wohne hier.«

»Nun, du bist kein Grundbesitzer, soviel ich weiß. Und wenn wir genau sein wollen, dann haben nur die das Recht, zu fischen.«

»Ich wohne hier«, wiederholte Nolby, und Helga erschrak über seinen Ton.

»Ja, das tust du. Aber der Hof, wo du wohnst, gehört Norén, und das wissen wir. So gut wie du. Du verdammter Hundsfott.«

»Jetzt reicht es aber«, sagte Nolby, während sich Helga dicht neben Edvard stellte und ihm ihre Finger in den Arm preßte.

»Still jetzt!«

»Das nimmst du zurück«, sagte Nolby.

»So was läßt sich nicht zurücknehmen.«

Helga sah Nolby am Rücken an, daß er Angst hatte, und ihr war zugleich nach Weinen und Kichern zumute. Er ließ Edvard links liegen, ging an ihm vorbei zum Uferrand hinunter und sah im Halbdunkel in Richtung Brücke.

»Das hört sich nach dieser Vejbroklientel an«, sagte er.

»Du weißt doch gar nicht, wie die sich anhört. Du weißt ja kaum, was das für welche sind.«

Als Nolby kehrtmachte und auf dem Weg zurück an der großen Erle vorbeiging, stellte Edvard ihm ein Bein, Nolby fiel schwer zu Boden. Helga schrie auf.

»Nein, laß sein«, sagte Isak. »Das geht nicht gut aus.«

Nolby kam wieder auf die Beine, ließ die Arme hängen und guckte in die Grotte aus Erlenzweigen, wo Edvards Hemd als weißer Fleck leuchtete. Er sieht aus, als wolle er sich nicht prügeln, obwohl er glaubt, es tun zu müssen, dachte Helga. O Gott, daß das passieren mußte! Sie stolperte an ihm vorbei, stürmte unter den Baum und schlug die Arme um Edvard.

»Jetzt gehen wir. Komm jetzt! Hörst du, was ich sage!«

Nolby rief sie zu, er solle verschwinden.

»Mach schon! Verschwinde von hier, bevor was passiert, was ihr beide bereuen werdet!«

»Ich habe nichts zu bereuen«, murmelte er, stieg aber doch den steilen Pfad hinauf, zuerst langsam und schließlich immer schneller. Edvard riß sich unsanft los, folgte ihm jedoch nicht. Er schwankte leicht.

»Geh jetzt heim, Isak«, sagte Helga. »Wir gehen zu uns. Nein, nein, ich komm schon klar mit ihm. Geh nur.«

Sie kam nicht an ihn heran. Sein Blick war flach und ins Leere gerichtet. Er antwortete einsilbig oder überhaupt nicht, doch er ging immerhin an ihrer Seite, und sie hatten bald das kurze Stück Weg nach Hause hinter sich gebracht, ohne Nolby noch einmal gesehen zu haben.

»Jetzt gehen wir aber ins Bett«, sagte Helga. »Himmel, so ein Elend! Ich wußte doch, daß diese Krebsfischerei mit was Schrecklichem enden würde. So uneins, wie ihr euch über die Fangplätze immer seid. Du hättest wenigstens dran denken können, daß er immerhin mein Schwager ist!«

Edvard reagierte nicht, und Helga wurde mutiger.

»Diese Krebsfischerei habe ich noch nie gemocht«, sagte sie. »Himmel noch mal! Da wird nichts als gesoffen, dann ist man sich uneins über die Plätze und beschuldigt sich hin und her. Wie schon zu Wedins Zeiten. Ich würde es lieber bleibenlassen, dahin zu gehen, selbst wenn da noch immer so viele Krebse wären wie vor zehn Jahren!«

»Was hattest du dann dort zu suchen?« fragte Edvard und setzte sich schwerfällig auf die Küchenbank, sobald sie im Haus waren. »Du hättest auch daheim bleiben können.«

»Ich wollte Kaffee runterbringen.«

»Die paar Tropfen?«

Sie schwieg. Edvard stopfte seine Pfeife neu, jetzt mit ruhigen, gemessenen Bewegungen. Sie sah, daß sie möglicherweise einem Irrtum erlegen war. Er war gar nicht so blau, wie sie gedacht hatte, und sie schämte sich nun ein bißchen bei dem Gedanken, wie sie ihn auf dem ganzen Heimweg gezerrt hatte.

»Du hast nach Åsa gerufen«, sagte er.

»Ja.«

»Hast du geglaubt, daß sie dort ist?«

»Ja, ich habe gedacht, sie ist vielleicht einen Abend früher gekommen, als sie gesagt hat.«

»Dann wäre sie bestimmt heimgegangen und hätte nach dem Buben gesehen«, sagte Edvard.

»Das ist nicht so sicher. Ich habe gedacht, sie ist vielleicht zuerst zu dir runter.«

»Wir treffen uns doch nie allein.«

Eine Sekunde lang hatte sie nichts im Kopf. Er war leer, hallte vor Leere, und sie verspürte eine leichte Übelkeit wie von einem Schwindel. In der nächsten Sekunde kamen die Worte, legten sich ihr auf die Zunge und waren ausgesprochen, noch ehe sie wußte, was sie bedeuteten.

»Und in Stockholm?«

»In Stockholm«, wiederholte er. »Wer hat das gesagt?«

»Tu doch nicht so«, sagte sie. »Ich weiß doch, daß du in der Woche, wo Onkelchen gestorben ist, in Stockholm warst. Ist doch klar, daß du da bei Åsa gewohnt hast.«

Ihm war beim Pfeifestopfen etwas schiefgegangen, er

leerte den Tabak in den Aschenbecher und begann die Pfeife mit dem Taschenmesser auszukratzen. Lange Zeit hörte sie nichts als das leise Geräusch der Messerspitze auf der schorfigen Innenseite der Pfeife. Sie mußte sich an die Kammertür lehnen, ihr war leicht schwummrig, und sie hatte Herzklopfen.

»Warum ist das so klar?« fragte Edvard langsam.

»Hast du etwa nicht dort gewohnt?«

Da er schwieg, mußte sie die Worte wiederholen, und ihre Stimme wurde schrill.

»Hast du etwa nicht dort gewohnt?«

»Doch«, sagte er leise.

Es gab ein Dasein, bevor er ihre Frage beantwortet hatte. Und dann war es danach. Es würde immer danach sein. Zuerst bemerkte er nichts Besonderes. Ihr Gesicht war ein bißchen starr, sie leckte sich unentwegt die Lippen. Das war alles.

»Hast du mit ihr geschlafen?« fragte sie.

Er wollte nicht so direkt darauf antworten, er spürte, daß es ihr weh tun würde.

»Naja, klar haben wir ein bißchen miteinander geschmust.«

»Habt ihr miteinander geschlafen?«

»Ja, ein bißchen. Es war... wir waren nicht mehr nüchtern. Ich weiß nicht mehr. Eigentlich war gar nichts. Nichts Richtiges.«

»Hast du mit ihr geschlafen?«

Jetzt merkte er, daß ihre Stimme drauf und dran war, sich zu überschlagen. Sie saß mit halb geschlossenen Augen da und atmete schwer. Dann wiederholte sie die Frage, und Edvard war ängstlich zumute; es braute sich etwas zusammen, was er nicht verstand.

»Ja«, sagte er. »Man muß es wohl so sagen.«

Es war so merkwürdig mit ihr. Sie leckte sich wieder die Lippen und fragte weiter, ohne ihn anzusehen. Jedes Detail zog sie ihm aus der Nase. Es war peinlich, und er schämte sich für sie. Als das durch war, schrie sie auf, sie schrie heftig und kurz, als hätte ein Raubtier sie gebissen, und warf sich im selben Augenblick nach hinten, so daß ihr Stuhl umkippte. Edvard war darauf völlig unvorbereitet und dachte zunächst, sie wolle auf eine wunderliche Weise Scherze machen oder etwas vorschützen. Verblüfft stand er auf und versuchte sie zu fassen. Er fürchtete, sie habe sich weh getan. Sie stieß weiterhin diese kleinen, kurzen schrillen Schreie aus. Es hörte sich an, als bekäme sie immer wieder denselben Biß und als könnte sie sich nicht dagegen wehren.

»Aber Mädelchen«, sagte er hilflos und versuchte ihr seinen Arm um den Rücken zu legen. Da holte sie aus und schlug ihm mit der flachen Hand direkt ins Gesicht, und zwar so fest, daß er zurückprallte und die Hände hob, um sich zu schützen. Immer und immer wieder schrie sie, und er hörte Rolf im Zimmer nebenan aufwachen und losweinen.

»Sei doch mal still, du mußt dich beruhigen!«

Er versuchte, seine Arme um sie zu schlingen, doch das war schwierig, denn sie rollte sich auf dem Fußboden zusammen, und als er ihr die Hand auf den Mund legte, biß sie zu. Rolf weinte hinter der Kammertür immer ärger, doch Edvard traute sich nicht, Helga allein zu lassen. Sein Hemdrücken war schweißnaß, und er merkte, daß er immer noch nicht richtig nüchtern war. Es war jedoch schwierig, nüchtern zu werden; es war, als tastete man mit den Füßen nach dem Grund, während man sich noch immer in tiefem Wasser befand. Er versuchte erneut, sich ihr mit vorgereckten Händen zu nähern, doch sie schlug zu. Plötzlich stand sie auf und rannte zur Tür, und ehe er ihr nachkam, hörte er schon die Verandatür zuscheppern. Er wollte zu dem

Jungen hineingehen, traute sich aber nicht, sie allein davonrennen zu lassen.

Er fand sie beim Waschhaus oben. Vermutlich war sie über irgend etwas im Gras gestolpert, denn sie lag längelang und völlig still da. Er glaubte, sie sei ohnmächtig geworden, und war beinahe erleichtert. Als er sie jedoch berührte, rollte sie sich wieder ganz fix zusammen und schlug nach ihm.

»Hau ab!«

Er lag auf den Knien und versuchte, an sie heranzukommen.

»Hörst du nicht, was ich sage! Geh, geh!«

»Schrei nicht! Das hört man ja bis zu den Strömgrens runter ...«

»Scher dich zum Teufel! Ich will dich nie mehr sehen!«

Das war nicht ihr Gesicht. Es war starr, Lippen und Augen waren geschwollen. Sie hatte sich aufgesetzt, kroch zur Waschhauswand und preßte den Rücken fest an deren Holz. Sie flüsterte. Er solle abhauen. Sie wolle ihn nie wieder sehen, nie wieder im Leben. Sie hasse ihn.

»Hörst du?«

»Ja«, sagte er. »Das verstehe ich. Aber ich kann jetzt nicht gehen. Du mußt zuerst reingehen. Und der Junge ...«

»Hau ab, zum Teufel!«

Er versuchte wieder, sich ihr zu nähern, doch da schlug sie erneut zu und traf ihn so heftig auf den Nasenrücken, daß ihm vor Schmerz die Augen tränten.

»Kannst du nicht wenigstens reingehen«, bat er. »Dann verzieh ich mich. Wenn du nur reingehst und den Jungen beruhigst. Er ist ganz außer sich.«

Sie stand auf und rannte zum Haus zurück. Als er ihr folgte, schlug sie ihm die Verandatür vor der Nase zu. Er hörte, wie sie abschloß. Er sank auf die Verandatreppe und saß eine Weile mit geschlossenen Augen und leerem Kopf da. Dann stand er auf, ging zu der Reihe Johannisbeersträucher unter dem Küchenfenster und versuchte hineinzuschielen. Es wurde allmählich hell, und im grauen Dämmerlicht erschienen die Gegenstände drinnen alle so, wie er sie gewohnt war. Er erkannte sie jedoch nicht wieder. Ihm war, als guckte er in die Küche fremder Leute, als sei das zwischen den Gardinen dort drinnen ein Bild, das bald von Unbekannten bevölkert würde. Er hatte Mühe, zu atmen, hatte eine Art Krampf im Zwerchfell. Er mußte sich an die Hauswand lehnen und versuchen, sich zu entspannen und ganz tief einzuatmen. Drinnen hörte er Rolf und Helga weinen, ihn gottverlassen und zunehmend hysterisch und sie mit ausgiebigem Geheul. Es klang unmenschlich, und als er an den Jungen dachte, wurde ihm angst. Sie erschreckt den Jungen noch zu Tode, dachte er. Ich bin es, auf den sie stinkig ist, aber der Junge kriegt es ab. Er bummerte mit der Faust ans Küchenfenster, nahm aber keine Veränderung wahr. Sie jammerte pausenlos.

»Besinn dich!« rief er, doch sie schien es nicht zu hören. Das Fenster war geschlossen, und er konnte nirgends hinein. Er ging um das Haus herum, um nachzusehen, doch es stand nirgendwo ein Fenster offen. Als sie immer weiterheulte, wurde ihm klar, daß er irgendwie hineinkommen mußte, und sei es nur wegen des Jungen. Er brauchte jedoch Hilfe. Mit beiden wurde er nicht fertig. Wie peinlich es ihm auch war, er mußte zu Strömgrens gehen und sie wecken.

Kaum hatte er diesen Entschluß gefaßt, fühlte er sich besser, und er ging langsam, um sich zu beruhigen und ordentlich nüchtern zu werden. Die Schreie hinter ihm wurden immer leiser, und als er zur Straße hinunterkam, war ihm, als hätten sie aufgehört und als ginge die Verandatür. Er blieb bei Strömgrens alter Milchbank stehen und horchte. Auf dem Hof oben waren jetzt deutlich Schritte im Kies zu hören, sie wurden immer schneller. Helga kam angerannt. Jetzt stand sie mitten auf der Straße und sah sich nach ihm um. Er trat vor, und sie entdeckte ihn.

»Geh nicht!«

Sie warf sich vornüber, und er fing sie auf, bevor sie fiel. Sie war schwer, auf dem ganzen Weg zum Hof zurück mußte er sie schier schleppen, und sie klammerte sich an ihm fest, als fürchtete sie sich vor irgend etwas hinter ihnen.

»Geh nicht. Du darfst nicht gehen!«

»Das wollte ich auch nicht«, sagte er. »Komm jetzt. Wir gehen rein.«

Es kümmerte sie nach wie vor nicht, daß der Junge weinte, sie setzte sich nur schwerfällig auf die Küchenbank. Ihre Lippen waren ganz trocken, und ihre Stimme war derart ausgeschrien, daß er ihr ein Glas Wasser geben mußte. Dann legte er sie vorsichtig hin und schob ihr einen Pullover, der über der Lehne hing, unter den Kopf.

»Ruh dich jetzt aus«, sagte er. »Ich muß zu dem Buben.«

»Geh nicht weg! Ich habe Angst.«

»Ich gehe nur in die Stube.«

Sie hielt ihn jedoch fest, und ihre Finger waren hart wie Krallen. Er wagte nicht sich loszureißen. Rolf schluchzte in immer größeren Abständen, und vielleicht würde er sich doch noch beruhigen, wenn Helga weiterhin stillblieb.

Es dauerte eine halbe Stunde, bis sie sich wieder aufsetzen konnte. Da hatte sie zu weinen aufgehört, hatte aber nach wie vor einen Krampf im Zwerchfell, und es fiel ihr schwer, aufrecht zu sitzen. Sie hielt ihn fest, und ihre Hände bewegten sich unablässig über seinen Rücken.

»Hör jetzt her«, sagte sie. »Wir reden nie wieder davon. Nie wieder. Versprich es mir.« Er nickte.

»Nein, du sollst es versprechen! Wir reden nie mehr davon. Niemals wieder. Ich verkrafte das nicht. Wir tun einfach so, als ob es nie passiert wäre, und sie ... sie kann wieder abhauen. Nach Stockholm oder wohin sie mag. Du mußt mir versprechen, daß du dich nicht mit ihr triffst. Oder mit ihr redest. Ich verkrafte das sonst nicht.«

»Aber ja«, sagte er. »Alles wird gut. Du mußt dich jetzt ins Bett legen.«

Er war verwundert, wie schnell sie einschlief. Wahrscheinlich war sie völlig erschöpft. Ein paarmal wachte sie auf und jammerte, als ob sie schwer geträumt hätte. Wenn er ihr jedoch das Gesicht streichelte, schlief sie wieder ein. Rolf war still geworden, ohne daß er nach ihm gesehen hatte.

Er schlief selbst mehrere Stunden und erwachte vor Helga. Sowie sie ihn jedoch in der Küche mit Kaffeetassen klappern und das Wasser laufen hörte, wurde sie wach. Sie sprach nicht mehr von dem, was geschehen war, und sie tranken schweigend ihren Kaffee. Ihm wollte um nichts in der Welt etwas einfallen, was er hätte sagen können. Rolf hatte er ein wenig Milch gegeben, doch nun meinte Helga, er müsse Brei bekommen. Sie erhob sich und ging in die Küche, um welchen zuzubereiten, nach einer Weile aber merkte Edvard, daß nichts daraus wurde. Als er in die Küche kam, saß sie auf der Bank und hatte die Arme auf dem Küchentisch. Sie weinte nicht, soviel er sehen konnte, saß nur völlig reglos da. Rolf ging zu ihr hin und gurgelte. Als sie nicht reagierte, zupfte er an ihrem Morgenrock und begann zu weinen.

»Laß mich«, sagte sie, ohne aufzusehen.

Als er weiterhin an ihrem Morgenrock zupfte, schlug sie nach ihm. Er stürzte und schrie außer sich vor Schreck. Edvard mußte ihn hochnehmen und in die Kammer bringen, doch er wußte nicht, wie er ihn beruhigen sollte. Helga hatte zugeschlagen, ohne hinzusehen. Der Schlag war nicht sehr heftig gewesen, doch der Junge war jetzt erschrocken und begnügte sich nicht damit, auf Edvards Schoß zu sitzen. Er wollte zu Helga, hatte aber Angst vor ihr. Edvard wußte nicht, was er anfangen sollte, doch wurde ihm klar, daß er ihn hier wegbringen mußte. Er suchte nach einem Pullover und versuchte ihn ihm anzuziehen, doch Rolf krümmte sich, und seine Arme und Beine wurden steif und schlenkerten im Weinkrampf an ihm herum. Edvard mußte aufgeben, er stopfte nur ein paar Sachen aus einer Schublade in einen leeren Beutel und lief dann mit Rolf zu Strömgrens hinüber.

»Der ist ja durch und durch naß«, sagte Vera. »Habt ihr ihn denn nicht gewickelt?«

»Helga ist krank. Wenn du mir vielleicht helfen könntest, bitte. Ich werde Åsa anrufen, damit sie ihn abholt.«

Vera fragte, ob Helga wieder eine Gallenkolik habe, und Edvard sagte, er wisse es nicht.

Åsa war telefonisch nicht zu erreichen. Sie sei bereits gefahren, sagte das Mädchen, mit dem sie zusammenwohnte. Auf ihre Auskünfte hin mußte er mehrere Telefonate führen, um denjenigen zu erwischen, mit dem Åsa fahren wollte. Sie waren jedoch schon fort, unklar, seit wann. Er mußte versuchen, das Auto abzufangen, und bat Vera, ihm ihr Fahrrad zu leihen. Die ganze Zeit über war er fürchterlich nervös wegen Helga, die nun schon länger als eine halbe Stunde allein war. Vera fand sein Benehmen merkwürdig.

»Åsa wird doch erfahren, wo der Bub ist, wenn sie heimkommt«, sagte sie. »Das ist doch kein Problem.«

»Ich muß sie abfangen. Sie muß den Buben mit in die Stadt nehmen. Wir können ihn nicht daheim behalten, so schlecht, wie es Helga geht.«

»Nein?« fragte Vera. »Ist sie so krank?«

Er radelte, bergab auf den Pedalen stehend, davon.

Er fuhr nur bis zum Bahnübergang hinunter, machte dann kehrt und radelte den Berg wieder hinauf. Vera stand mit Rolf auf dem Arm noch auf der Vortreppe.

»Ich fahre zurück«, sagte er. »Kannst du Åsa aufhalten, wenn sie kommt? Sag ihr, sie soll bei dir auf mich warten.«

»Aber du liebes bißchen, warum denn?« fragte Vera.

»Mach nur.«

Er war schweißgebadet, und sie starrte ihn an.

»Geh rein und wasch dich«, sagte sie.

»Nein, ich geh jetzt heim.«

Er rannte wieder zu Wedins hinauf, doch Helga schlief, als er ins Haus kam. Ihr Gesicht war gedunsen und blaß. Die Lider waren verquollen und beinahe durchsichtig. Er schloß die Kammertür hinter sich und setzte sich auf die Küchenbank, sein Hemdrücken war noch immer ganz naß, und er war so müde, daß ihm schlecht war.

Er packte noch einige von Rolfs Kleidungsstücken

und Spielsachen in ein paar Beutel, ohne daß Helga aufwachte. Dann hatte er nichts mehr zu tun, außer die Straße, auf der Åsa kommen würde, im Auge zu behalten. Erst da begann er darüber nachzudenken, wie es weitergehen sollte.

Sie kam nach anderthalb Stunden und stieg mit zwei großen Einkaufstaschen aus dem Auto des Postbeamten. Sie winkte und johlte, als sie ihn sah, und er rannte den Kiesweg hinunter.

»Was ist denn los?« fragte sie, sowie sie sein Gesicht sah.

Auf der anderen Seite war Vera auf die Vortreppe herausgekommen und sah zu ihnen herüber.

»Sag schon, was los ist«, drängte Åsa. »Ist was mit Rolf?«

»Nein, mit Helga. Du mußt den Buben mitnehmen. Sie ist völlig am Boden zerstört. Es sind die Nerven, nehme ich an. Sie hat die Sache mit Stockholm rausgekriegt.«

»Stockholm?«

Edvard wußte nicht, was er sagen sollte.

»Ach herrje«, sagte Åsa. »Habt ihr die Stunde der Wahrheit gehabt?«

»Geh jetzt«, bat er. »Ich kann es nicht ändern. Ich habe alle Hände voll mit ihr zu tun. Der Junge ist bei Vera.«

Er lief rasch davon. Er hörte Åsa ein paarmal rufen, doch er drehte sich nicht um.

Sie bekamen eine Hitzewelle. Als es am heißesten war, zeigte das alte Thermometer am Küchenfenster eines Nachmittags einunddreißig Grad an. Helga ging nicht aus dem Haus; sie fürchtete sich vor den Leuten und weinte, wenn sie jemanden an der Tür hörte. Edvard wünschte, er hätte mit irgend jemandem über sie sprechen können, doch er wußte nicht, was er hätte sagen sollen. Sie hatte in der Kammer die Rollos heruntergelassen, so daß das Licht dort blau schimmerte. Es war, als begäbe man sich unter Wasser, wenn man zu ihr hineinging. Es roch nach Schweiß und Nelken da drinnen. Edvard erkannte den Geruch einer Seife, die sie immer benutzte, doch jetzt, da sie so still in dem warmen Raum verharrte, wurde er fast zu streng.

Er war ihr noch nie so nahe gewesen. Sie verlangte es und bemitleidete sich ständig wegen des Schreckens, den sie empfand. Es war, als horchte sie den Schlag ihres eigenen Herzens ab und machte ihn zu Schritten hinter sich, immerzu. Er mußte, trotz Hitze und Schweiß, still liegen und sie im Arm halten. Sie klebten aneinander fest, und ihm juckte die Haut vom Salz. Es war schlimmer, als bei fünfzig Grad in einer Traktorkabine zu sitzen, fand er, doch sie schien dagegen unempfindlich zu sein.

Er hatte sie noch nie mit glattem Haar gesehen. Sie hatte braune, körnige Warzenhöfe auf den Brüsten, was er ebenfalls noch nie gesehen oder bedacht hatte. Er entdeckte sie Stück für Stück in dem blauen Dunkel, wünschte jedoch manchmal, ihm wäre diese Vergrößerung durch die Nähe bei der Hitze erspart geblieben. Er wußte nicht, wann er es im Bett jemals so angenehm gehabt hatte, trotzdem mußte er ab und zu schneller hinaus, als er ihr erklären konnte.

»Es ist die Wärme«, sagte er. »Ich ertrage die Wärme nicht.« Und sie weinte.

Er kochte mehrmals am Tag Kaffee, und manchmal wollte sie ein belegtes Brot dazu, ansonsten aber aßen sie wegen der Wärme kaum etwas. So ein Glück, dachte er, denn es waren nicht mehr viele Kronen übrig, um damit etwas einzukaufen. Helga schien das jedoch nicht zu bekümmern, oder sie wußte nichts davon.

Sie saß häufig vor dem Spiegel der Schranktür. Sie faßte sich in das glatte Haar, als wäre es eine fremde und feindliche Materie, klemmte es hinters Ohr und näherte ihr Gesicht dem Spiegelglas. Mit Zeige- und Mittelfinger strich sie sich über die Haut und palpierte Pünktchen und Grübchen, untersuchte eingehend Leberflecke und Schwellungen. Er wollte nicht hinsehen, fand das peinlich, doch sie genierte sich überhaupt nicht. Sie drückte die Haut am Schenkel zusammen und hielt die Wülste mit einem kräftigen Kniff fest, so daß Fettgrübchen sichtbar wurden.

»Was müßt ihr über mich gelacht haben«, sagte sie. »Mich Kuh, die ihr so übertölpelt habt.«

»Niemand hat über dich gelacht.«

Doch es war ihre fixe Idee: Sie hatten hinter ihrem Rücken über sie gelacht, hatten über die leicht zu übertölpelnde, gutgläubige Helga gelacht, die allmählich alt wurde. So fing es fast immer an, als ein galliger Scherz. Sie konnte es jedoch nie damit genug sein lassen. Haß loderte in ihr auf und riß sie von der Wirklichkeit los. Es war eine Kraft, die sie ritt, sie konnte nichts dagegen machen und erniedrigte sie beide. Edvard war genauso machtlos. Er seilte sich in den Brunnen seines Schweigens ab, und da saß er dann. Er krümmte den Rücken, wenn sie ihn anschrie, er hielt die geballten Fäuste vor das Zwerchfell, als versuchte er es gegen den Schmerz zu schützen. Doch der kam von innen, Edvard hatte das Gefühl, ihm schnitten stumpfe Messer in die Magennerven.

Er verließ nicht oft das Haus, denn er hatte Angst, sie für längere Zeit allein zu lassen. Hätte er Geld gehabt, wäre er mit ihr irgendwohin gefahren. Er las Annoncen über Moltebeerenfahrten mit dem Bus, doch er mußte zu Hause bleiben und versuchen, Arbeit zu finden. Er fuhr in die Stadt, um wieder zur Arbeitsvermittlung zu gehen, und mit Umsteigen und Warten brauchte er dazu den ganzen Tag. Als er nach Hause kam, lag sie im blauen Halbdämmer der Kammer, lediglich mit einem Laken bedeckt, und ihr Haar war, naß vor Schweiß, in schwarzen Strähnen über das Kissen gebreitet. Ihre eine Hand hing über die Bettkante und war unbeholfen mit einem durchweichten Handtuch bandagiert. Er löste den Verband, ohne daß sie aufwachte, und sah, daß sie sich verletzt hatte, mehr aber auch nicht. Sie hatte an mehreren Stellen des Handgelenks versucht, durch die Haut zu kommen, war jedoch nie bis in die Pulsader vorgedrungen. Er sah, daß es weh getan haben mußte, und als seine Angst nachließ, weinte er.

Sie hatte ihm einen Brief geschrieben, es tue zu weh,

sie könne mit diesem Schmerz, den sie nicht zu einem Teil ihrer selbst zu machen vermöge, nicht länger leben. Er fresse sie von innen her auf, wie ein Raubtier, das sie unfreiwillig beherbergen müsse. Der Brief strotzte vor feierlichen, nahezu unwahrscheinlichen Wendungen, und Edvard hatte Mühe, ihn zu verstehen. Außen auf das Kuvert hatte sie noch eine Mitteilung geschrieben. Hab keine Angst, ich tu mir nichts, ich bin zu feig. Ich habe nur die drei Schlaftabletten genommen, die ich noch hatte. Laß mich schlafen. Ich will schlafen.

Er verstand, daß Helga krank war, doch er wußte nicht, was er machen sollte. Ihm kam es bisweilen so vor, als gäbe es nur sie und ihn auf der Welt, es war unmöglich, mit jemand anders zu sprechen. Sie lebten unter Wasser, sie bewegten sich langsam. Manchmal dachte er, er müsse versuchen, mit ihr zu sprechen, es zu erklären. Er verstand sich selbst nicht. Ständig hatte er Angst, sie könnte sich wieder etwas antun, doch es blieb bei dem einen Mal. Eines Abends holte sie eine Flasche Schnaps aus der Speisekammer und leerte sie, während er fernsah. Er glaubte, sie sähe sich ebenfalls die Sendung an, und merkte überhaupt nicht, was mit ihr passierte. Als er sich erhob und mit ihr redete, war sie schon blau. Zum ersten Mal in dieser ganzen Zeit verließ sie das Haus. Sie riß sich von ihm los, rannte davon und ließ die Verandatür in der nachtfeuchten Luft sperrangelweit offen. Er war müde und setzte sich ein Weilchen auf die Treppe, ohne sich dazu aufraffen zu können, Helga zu folgen. Immer häufiger hatte er dieses Gefühl: eine Art Trägheit, die immer tiefer wurde, beinahe angenehm.

Spät in der Nacht fand er sie in dem Espenwald unterhalb der Schweinefabrik. Sie lag auf dem Bauch und hatte ihren hellblauen Nylonmorgenrock vorne vollgespieen. Er bekam sie auf die Beine, mußte sie aber trotzdem schier nach Hause tragen. Sie klammerte sich an seinem Arm fest, doch das war auch das einzige, wozu sie Kraft hatte. Zu Hause spie sie weiter und bekam, lange nachdem ihr Magen leer war, Krämpfe.

Tags darauf war ihr derart elend, daß sie kaum miteinander sprachen. Erst am Abend kam ihre Mühle wieder in Gang. So dachte er, und ihn durchfuhr ein kalter Schauer. Einen Augenblick lang sah er sie überdeutlich wie in einer unbarmherzig scharfen Vergrößerung.

»Du läßt nicht locker, bevor du alles kaputtgemacht hast«, murmelte er mit abgewandtem Gesicht.

»Wenn du mir bloß antworten würdest! Antworte mir bloß ein einziges Mal!«

Er konnte nicht. Er hatte keine Antworten.

»Wir wollten doch nicht mehr drüber reden«, sagte er. »Du warst es doch, die unbedingt wollte, daß ich es verspreche. Wäre das denn nicht besser?«

»Aber du warst es, der das Versprechen gebrochen hat!«

Das verstand er nicht.

»Du hast mit ihr geredet! Du hast sie getroffen!«

Mein Gott, er hatte doch nicht umhin können, sich Rolfs anzunehmen. Sie schrie ihn an, und ihm war, als schrie sie stundenlang, doch er hatte, wie er merkte, ein schlechtes Zeitempfinden. Alles, was sie sich je von ihm gewünscht und nicht erfüllt bekommen hatte, bekam er jetzt zu hören. Gleichwohl wußte er irgendwie schon vorher: Er war feig. Es fiel ihm schwer, sich zu entscheiden. Er war oft starr vor Schüchternheit und ließ andere über sein Leben entscheiden, über den kleinen Teil seines Lebens, in dem er immer noch Wahlfreiheit besaß. Sie hätte ihm das nicht ins Gesicht zu schreien brauchen.

Er spürte, daß sie nur eins von ihm begehrte: Er sollte es ungeschehen machen. Das, was damals in Stockholm geschehen war, als er blau gewesen war und woran er sich kaum erinnerte, das sollte nicht geschehen sein. Das war das einzige, was sie begehrte.

Der Schnaps war alle, das Geld auch. Es wurde allmählich kühler nach der Wärmeperiode, der Sommer war jedoch ein für allemal versengt. Immerhin bekamen sie gutes Erntewetter, und Edvard sollte Bror Frick mit der Gerste helfen, doch dann mußte er sich entscheiden. Als er zum zweitenmal, im Glauben, selbst hinzugehen werde mehr helfen als anzurufen, die Fahrt zur Arbeitsvermittlung unternahm, erfuhr er, daß es bei Frånsjö Sulfit zum ersten Oktober eine Stelle in der Putzerei geben werde.

Er kannte die Fabrik. Sie war nicht groß, siebzig-, achtzigtausend Tonnen im Jahr und zwischen zwei- und dreihundert Angestellte. Er wußte, daß sie vor 1974 stillgelegt werden sollte, denn das Unternehmen hatte für die Investition vieler Millionen Kronen, die das Umweltschutzgesetz verlangte, andere Objekte. Er hatte aber auch gehört, daß sie jetzt mit großem Gewinn heruntergefahren werde. Es war nicht eben ein sicherer Job, aber es war ein Job. Er hätte ihn angenommen, wenn Helga sie selbst gewesen wäre oder wenn er die Woche über zu Hause hätte wohnen können. Doch es gab keine Busverbindung nach Frånsjö, und ohne Auto ging es nicht.

Helga gegenüber erwähnte er immerhin, daß es in der Sulfitfabrik einen Job gebe.

»Fragt sich, ob du dich da wohl fühlen würdest?« sagte sie. Es klang unschuldig, doch glaubte er zu wissen, was sie meinte, und schwieg.

Adèle hatte mehrmals bei ihnen angeklopft. Sie wollte sich erkundigen, wie es Helga gehe, und es wurde immer mühsamer, sie abzuwimmeln. Helga wollte jedoch keinen Menschen hereinlassen. Man hörte sie drinnen poltern, wenn sie zwischen dem Schrank und dem Bett hin und her rannte und ein Kleid zu finden versuchte. Sie weinte und fuhr sich immer wieder mit dem Kamm durch das glatte Haar.

»Was macht sie denn?« fragte Adèle. »Sie ist doch immerhin auf?«

»Manchmal schon.«

»Aber eine Gallenkolik kann das ja wohl nicht sein, da müßte es ihr schon längst wieder gutgehen. Oder ihr hättet ins Krankenhaus fahren müssen.«

»Es sind wohl eher die Nerven«, sagte Edvard zögernd. »Sie ist völlig runter mit den Nerven.«

»Ja, was Wunder!«

Zuerst dachte er, sie wisse Bescheid, und bekam einen trockenen Mund. Doch dann fuhr sie im selben Ton fort:

»Das würde doch alle fertigmachen, hier herumzulaufen und zu wissen, daß du keine Arbeit hast. Monat um Monat. Wovon lebt ihr eigentlich?«

Das geht dich gar nichts an, wollte er antworten. Doch er sagte nichts.

»Hast du noch nichts gehört?«

»Doch, in Frånsjö. Aber da komme ich nicht hin.«

»Dann mußt du eben dort wohnen. Wenigstens die Woche über.«

Er konnte nicht erklären, daß er hier wie in einem Schraubstock festsaß. Daß er Helga nicht allein zu lassen wagte; sie war nicht mehr dieselbe Helga wie früher.

»Das geht nicht«, murmelte er.

»Ich werde mit Helga reden!«

Er hielt die Tür fest.

»Laß sie«, sagte er. »Sie will noch niemand sehen.«

»Dann rede ich mit Sture«, sagte Adèle. »Hauptsache, es passiert was. So könnt ihr nicht weitermachen. Nach dem Urlaub sind zwei Mann gegangen, die haben sich wohl nach etwas anderem umgesehen. Folglich kann er dir einen Job geben, wenn er will.«

»Es ist nicht sicher, daß ich den will. Nicht dort.«

Sie wurde wütend.

»Auf dich scheiß ich!« schrie sie. »Aber Helga ist meine Schwester, und so kann es nicht weitergehen. Wenn ich ihn dazu bringe, dir einen Job zu geben, dann bist du so gut und nimmst ihn auch an! Glaub bloß nicht, ich wüßte nicht, daß ihr von Helgas Witwenrente lebt! Und die reicht nicht einmal für sie selbst!«

»Nichts weißt du«, brachte er heraus.

Doch da war sie bereits auf schnellen Absätzen auf dem Kiesweg davongeknirscht. Er war so erbost, daß ihm die Knie weich wurden und er sich kaum auf den Beinen halten konnte. Er mußte sich eine geraume Weile auf die Verandatreppe setzen, bevor er zu Helga hineingehen konnte.

Als Adèle wiederkam, hatte er ihr noch immer nichts zu sagen. Sein Zorn stak wie ein Spieß in ihm, er war reglos. Sie ließ sich nicht beirren, wahrscheinlich kapierte sie nicht einmal, sondern redete einfach drauflos.

»Ich habe mit Sture geredet«, sagte sie, »und ihm war schwer etwas zu entlocken. Weil du schon mal aufgehört hast da oben, und dann warst du unverschämt, sagt er. Ich weiß es nicht. Doch er will fünf gerade sein lassen.«

Edvard starrte sie an.

»Er verlangt aber eine Entschuldigung.«

»Für was denn?«

»Für das, was du zu ihm gesagt hast. Er wollte es nicht mal wiederholen.«

Nachdem sie ihm das ausgerichtet hatte, ging sie, ohne auch nur darum zu bitten, zu Helga hineingehen zu dürfen. Sie schien sich ihrer Sache sicher zu sein. Doch nie, niemals! Er erinnerte sich nicht mehr an das, was er zu Nolby gesagt hatte. Es war irgendwas. Hundesohn, verdammter Schweinepriester. Irgendwas. Doch niemals nähme er das zurück! Und niemals setzte er seinen Fuß in die Schweinefabrik!

Er hätschelte nun dieses Niemals. Es lag in ihm beschlossen und wollte gepflegt werden. Drei Tage ging er damit um, dann stand er plötzlich vor dem Schrankspiegel und zog sich ein sauberes Hemd an.

»Wo willst du hin, im weißen Hemd?« fragte Helga.

»Ich gehe auf einen Sprung zu Bror rüber, dann sehen wir weiter.«

Er ging jedoch geradewegs zum Laden, wie sie es nach wie vor nannten, auch wenn Adèle wollte, daß sie »zu Nolbys« sagten. Er wußte, daß er sich entschieden hatte, und brauchte nicht einmal zu denken. Er dachte jedoch, es sei oft so: Man wußte nie, wann man sich für etwas entschied. Es war einfach in einem drin.

»Das habe ich mir doch gedacht«, konnte sich Adèle nicht verkneifen zu sagen, als sie öffnete. Seit ihrem Einzug war er noch nie in dem Haus gewesen. Es roch nach Kaffee und Neuem: nach neuen Möbeln, Malerfarbe. Er erinnerte sich an den Onkelgeruch.

Sture Nolby saß in einem hellen flauschigen Sessel und sah fern. Er blickte kurz auf und nickte, als Edvard eintrat. Dann konzentrierte er sich wieder auf das Bild. Edvard blieb an der Tür stehen und sah einen Reporter mit einem Mikrofon in der Hand. Hinter ihm qualmte etwas.

»Edvard möchte wohl über den Job reden«, sagte Adèle. »Ich setze noch Kaffee auf.«

»Für mich nicht, danke«, sagte Edvard. »Ich muß gleich wieder heim.«

Sie ging trotzdem in die Küche, und er hörte Wasser laufen.

»Ja, ich hab gehört, du brauchst Leute da oben«, sagte er.

»Das regelt sich immer irgendwie«, erwiderte Nolby.

Edvard saß schräg hinter ihm und schluckte, in der Hoffnung, die Trockenheit im Mund zu beseitigen.

»Ja, es wäre schon gut, wenn ich hier was kriegen würde«, sagte er. »Helga ist doch krank.«

Nolby schwieg, und einige Sekunden lang wußte Edvard, wie das war: auf jemanden zu warten, der schweigt. Dann sagte er schnell zu Nolbys Rücken:

»Sie hat gesagt, daß du eine Entschuldigung haben möchtest. Obwohl ich nicht mehr weiß, was ich da eigentlich von mir gegeben habe. Aber – ja. Du mußt schon entschuldigen.«

»Bleibst du denn auch da?« fragte Nolby. »Damit ist es bisher doch schlecht bestellt gewesen.«

»Freilich bleibe ich, bestimmt. Die Kastenstände sollen ja auch weg, habe ich gehört.«

»Ja, die Säue brunsten nicht so, wie sie sollen, wenn sie sich nicht bewegen können.« Adèle kam mit drei Tassen auf einem Tablett herein.

»Dann zum ersten Oktober also«, sagte Nolby. »Da hört Lindberg auf.«

Edvard kam nicht umhin, mit ihnen Kaffee zu trinken und Adèles Gebäck zu probieren. Wie er da so saß, überkam ihn plötzlich ein absurdes Gefühl von Behaglichkeit. Nur, weil er mit Leuten zusammen war, egal welchen. Als er jedoch aufbrechen wollte, mußte er sich für den Kaffee bedanken, und da fühlte er sich wieder so elend wie zuvor.

Es war halb neun, als er dort wegkam, er war ein wenig besorgt wegen Helga, vermochte den Gedanken aber nicht zu Ende zu denken. Als er den Weg zu Wedins hinaufging, trat Helfeten aus der Verandatür.

»Willst du nicht reingehen?«

»Ich war schon drin«, sagte Helfeten.

»Ach so, ich dachte, Helga hätte womöglich nicht aufgemacht. Sie ist ein bißchen unpäßlich. Aber ich finde, sie hätte es nötig, Leute zu treffen. Komm doch mit rein.«

»Sie hat schon aufgemacht«, sagte Helfeten. »Aber ich geh da nicht mehr rein. Sie ist böse geworden auf mich.«

»Weswegen denn?«

»Nun, ich hab gefragt, ob wir nicht bald ein bißchen Schnaps brennen wollen. Aber das hat sie wohl gründlich satt. Meine Herren, wie die geschimpft hat!«

Er hatte es eilig, wegzukommen.

»Es war wohl nicht nötig, Helfeten anzumotzen«, sagte er zu Helga, als er ins Haus kam. Er sah sie nicht. Die Tür zur Kammer stand offen, und Helga lag auf dem Bett, eine schemenhafte Erhöhung im Dunkeln. Er ging hinein und schaltete den Fernseher an. Erst da antwortete sie.

»Du meinst also, daß ihr wieder mit dem Schnapsbrennen anfangen werdet!«

»Das habe ich nicht gesagt.«

»Und wieder das gleiche Elend anrichten! Meinst du nicht, daß ich allmählich genug habe? Was glaubst du eigentlich, wieviel ich ertragen kann?«

Es war ungewöhnlich, daß sie vom Fleck weg zu schreien anfing. Er ging zur Tür, blieb jedoch stehen und lehnte die Stirn an den kühlen Anstrich der Türfüllung.

»Halt die Klappe«, sagte er matt.

»Warum denn!«

»Ich kann nicht mehr.«

Sie mußte eingesehen haben, daß sie zu weit gegangen war, denn nun war sie hinter ihm und versuchte zu turteln.

»Rühr mich nicht an!«

Sie wurde ängstlicher, wollte ihm nahe sein und versuchte sich festzuklammern.

»Laß mich in Ruhe.«

Er schüttelte sie ab und trat durch die Tür in die Küche. Er kam jedoch nicht weit, lehnte sich nur mit dem Rücken an die Tür und hielt sie zu. Hinter ihm rüttelte Helga an der Klinke. Er hörte, wie ihre Hysterie in Schwung kam und Blüten trieb.

»Es ist was passiert! Sag schon, was!«

Als er nicht antwortete, begann sie zu weinen, und er hörte sie schwer fallen. Er war jedoch zu müde, um hineinzugehen. Dann hörte er zwischen den Schluchzern heraus:

»Du hast sie getroffen! Ich weiß es, ich weiß es ...«

Er öffnete leise die Tür, ging wieder hinein und setzte sich aufs Bett. Er sprach kaum vernehmlich und eintönig, das merkte er selbst. Ihm war es fast einerlei, ob sie es hörte oder nicht. Er konnte sie nicht erreichen.

»Ich habe Åsa nicht getroffen«, sagte er. »Kein einziges Mal mehr seit da an der Straße. Ich hab auch nicht mit ihr telefoniert. Vera Strömgren hat aber erzählt, daß sie den Job noch hat. Das ist alles, was ich weiß. Und daß Rolf im Kinderheim ist.«

»Im Kinderheim! Warum denn?«

»Sie wußte nicht, wohin mit ihm. Er wird dort bleiben, bis sie eine Wohnung kriegt und für den Jungen einen Platz in der Kinderkrippe. Und das kann dauern.«

»Kinderheim«, sagte Helga.

Nach einer Weile begann sie wieder zu weinen. Es hörte sich an, als nähme sie eine Handarbeit wieder auf, die sie hatte sinken lassen, sie machte dort weiter, wo sie aufgehört hatte. Er stand auf und verließ die Kammer.

Die Schwalben waren fortgezogen und hatten den Himmel hoch und leer hinterlassen. Um die Hausecken herum wurde das verwachsene, verhedderte Gras gelb. Die einzigen Blumen, die den Frostnächten standhielten, waren Schafgarben und Stinkhundskamillen und die eine oder andere Glockenblume, die an ihrem dünnen Stengel baumelte. Helga war öfter draußen, wollte aber immer noch ungern jemanden treffen. Bis Edvard eines Morgens sagte:

»Heute werden wir bei Bror Erdäpfel lesen, und da kommst du jetzt mit.«

Sie wußte nicht, ob sie rechte Lust dazu hatte. Doch er blieb stur.

»Du kommst mit.«

Es war ungewohnt, ihn so zu hören. In letzter Zeit hatte sie ihn allzu oft zusammengekauert gesehen, stumm vor Angst, mit angewinkelten Armen und mit den Fäusten das Zwerchfell schützend. Das war seine Nachtseite. Sie konnte sie mitten am Tag hervorrufen; sie konnte es jetzt tun.

»Ich weiß nicht recht«, sagte sie.

Er sah sie an, dann ging er. Und zwar noch ehe sie an seinen Augen ablesen konnte, ob Angst darin lag. Sie wollte sich ins Bett legen, doch ihr ging durch den Kopf, was sie anziehen würde, wenn sie mit hinausginge. Sich unter Leuten zu zeigen – das war eine Seite. Ansonsten war da der erdige Kartoffelacker. Sie probierte ein Paar von Åsas zurückgelassenen Jeans an, und sie war immerhin keine so dicke Kuh, so daß diese ihr in der Taille zu weit waren.

Als sie hinauskam, trug sie einen roten Pullover und ums Haar ein weißes Halstuch mit schwarzen Tupfen. Sie hatte sich geschminkt. Die Luft war nach wie vor frostklar.

Edvard sah sie von weitem als zwei rote Flecken und einen weißen: der Pullover, der Plastikeimer und das Tuch ums Haar. Er winkte. Sie winkte zurück, denn sie erkannte ihn an der gelben Schirmmütze aus der Farbenhandlung. Es waren viele Leute da.

Dem Traktor liefen wie ein Schwarm Möwen Kinder hinterher, die man weithin hörte. Adana und Isak waren da. Helga begrüßte die beiden als erstes, doch Adana hatte kaum Zeit, aufzusehen. Sie erntete, als arbeiteten sie im Akkord. Isak saß auf den leeren Säcken auf dem Pritschenwagen und schmauchte mit Bror ein Pfeifchen.

»Schau an, Helga, bist wieder auf den Beinen. Geht's denn wieder gut jetzt?«

Es machte sie verlegen, daß sie so nett waren.

Es eilte mit der Ernte, doch keiner wußte, warum eigentlich. Bei jeder neuen Furche, die Bror aufwarf, wenn er mit dem Traktor kam, rannten sie mit den Eimern los und ernteten, ohne aufzusehen. Die kleinen Kartoffeln ließen sie liegen, denn diese durften Isak und Adana hinterher für ihr Ferkel aufsammeln. Bror hatte King Edvard gesetzt. Sie waren rosig, wenn sie aus den Erdkrümeln hervorkamen. Helga erntete neben Vera, und sie ruhten nur in den Minuten, die Bror brauchte, um eine neue Furche umzupflügen.

»War es die Galle?« fragte Vera leise.

»Ich weiß nicht.«

»Ich hätte dir doch geholfen, wenn du mich reingelassen hättest.«

»Ich weiß«, erwiderte Helga. »Aber ich war so mit den Nerven runter, daß ich niemand hab sehen wollen.«

»Aber Mädel«, sagte Vera. »Wie ist das denn losgegangen?«

»Ja, es ist am Ende wohl alles zuviel gewesen«, sagte Helga. »Wo Edvard doch nie eine Arbeit kriegt.«

Freigesetzt sein, das wußte Helga, war Entschuldigung genug für schlechte Nerven. Vera würde sich einer solchen Sache wegen nicht zum Richter aufwerfen.

»Da ist es ja wirklich gut, daß er zu arbeiten anfängt«, sagte sie. »Obwohl es ihm da oben vielleicht nicht gerade gefallen wird.«

»Wo?«

»In der Schweinefabrik.«

Helga empfand zuerst eine Art leichten Schwindel. Er verging allmählich und hinterließ nur Trockenheit im Mund. Sie ernteten weiter.

Als Anna Frick gegen drei Uhr mit den Kaffeekörben angeradelt kam, saß Helga, die Hände im Schoß gefaltet, auf zwei zusammengelegten Kartoffelsäcken am Grabenrand. Sie redete mit niemandem. Er bleibt, dachte sie.

Dennoch mußte sie fragen. Sie hatten Kaffee in ihre Tassen bekommen und saßen dicht nebeneinander. Sie konnte ihm ins Ohr flüstern.

»Ist es wahr, was Vera sagt, du fängst wieder in der Schweinefabrik an?«

Er nickte.

»Dann wird nichts aus Trånsjö?«

»Nein.«

Er würde bleiben.

Sie ging vor ihm nach Hause, denn sie wurde schneller müde. Sie hatte ein paar neue Kartoffeln in ihrem Eimer und rieb einige für einen Kartoffelpufferteig. Als Edvard kam, war sie gerade dabei, die Puffer zu backen.

»Seid ihr jetzt fertig?«

»Ja, allerdings. Zum Schluß wurde noch ein höllisches Tempo angeschlagen, damit wir es schafften, um fünf Uhr Feierabend zu machen.«

»Wir essen jetzt«, sagte sie.

Die ersten Puffer setzte sie ihm vor.

»Kannst du die Arbeit in Trånsjö immer noch kriegen?«

»Freilich kann ich das, bestimmt«, murmelte er.

»Dann, finde ich, solltest du das machen.«

Er starrte sie an. Sie konnte sich kaum das Lachen verbeißen, denn er hatte noch nicht hinuntergeschluckt. Dann sagte er:

»Da geht kein Bus.«

»Ich weiß«, erwiderte sie. »Ich dachte, du hättest vielleicht vor, dorthin zu ziehen.«

Diesmal kaute er sehr sorgfältig zu Ende, bevor er antwortete.

»Nein. Jedenfalls nicht meinerseits. Das hab ich nie vorgehabt.«

»Nein, das weiß ich«, sagte Helga. »Das wird mir so langsam klar.«

Sie goß neuen Teig in die Pfanne und verstrich ihn mit dem Bratenwender. Edvard saß still da, aß aber nicht, sondern sah sie aufmerksam an, obwohl sie ihm den Rücken zukehrte.

»Deswegen habe ich mir gedacht, du könntest das Geld nehmen, das ich für Onkelchens Haus gekriegt habe, und ein gebrauchtes Auto kaufen«, sagte sie. »Dann kannst du pendeln. In die Schweinefabrik, finde ich, solltest du nicht mehr.«

Sie hörte, daß er sich von seinem Platz am Tisch erhob, und unter dem Linoleum knarrten die alten Dielen.

»Es sind fast viertausend übrig«, sagte sie atemlos. »Irgendein Auto wirst du dafür schon kriegen. Dann kannst du abends heimkommen. Wenn du nicht meinst, es ist zu weit zum Fahren.«

Sie hatte das Geld in einer Teedose, er mußte über sie lachen. Dort lag auch der Lottoschein vom vorigen Monat.

»Ein Glück, daß wir überhaupt etwas für das Haus gekriegt haben. Ohne das Geld wären wir nie klargekommen.«

»Glück«, erwiderte er. »Das weiß ich nicht recht.«

»Da gibt es jedenfalls nicht viel hin und her zu reden. Du nimmst das jetzt. Und ich werde Åsa anrufen, daß sie Rolf herbringen kann.«

Sie sprach schnell und wollte ihn nicht ansehen.

»Schaffst du das?«

»Das weiß ich nicht!«

Er stellte sich hinter sie und drückte sie an sich. Sie spürte ihn an den Schenkeln und am Po und den ganzen Rücken hinauf. Er strich ihr Haar im Nacken auseinander und legte ihr seine Lippen auf die Haut. Ihr Haar würde nach Kartoffelpuffern riechen, doch sie wollte nicht abrücken.

»Ruf Nolby an und sag, daß du nimmer kommst«,

sagte sie. »Mach das jetzt gleich.« Dann fing sie zu weinen an.

»Mädelchen«, sagte er. »Immer mußt gleich heulen und greinen. Wegen nix.«

Es hieß, der beste Schnaps, den Isak Persson früher gemacht habe, sei der Mittsommerbranntwein gewesen. Dazu benötigte er unbedingt eine Maische aus Gerste. Drei Mal mußte sie destilliert werden, bevor sie taugte, und dann durch pulverisierte Kohle geseiht werden. Er hatte gehofft, das machen zu können, wenn sie bei Fricks, Strömgrens und Petterssons die Gerste eingebracht hätten. Doch daraus wurde nichts.

Es wurde nichts gebrannt im Dorf. Erst im Jahr darauf sagte Helga unverhofft:

»Bitte Bror um Gerste, wenn ihr abrechnet.«

»Gerste?«

Edvard hatte sich eine Woche Urlaub aufgespart, um Bror bei der Ernte zu helfen. Jetzt tat er, was Helga sagte, ohne daß er recht zu hoffen wagte.

Aber es stimmte. Er durfte die Demijohns hervorholen, und Helga spülte sie. Er seinerseits kochte zur Probe Wasser in dem Apparat, um zu sehen, ob er noch einigermaßen dicht war. An einem der ersten Oktobertage radelte er am Abend bei der Diamantkate vorbei und erzählte es Isak.

»Ich habe Gerste eingeweicht.«

So kam es, daß Isak noch einmal probieren durfte, Mittsommerbranntwein zu machen.

Er würzte ihn mit den Blüten des Johanniskrauts, und es dauerte mehr als ein Jahr, bis er fertig war; Hypericum blüht nicht vor Juli, und man kann es nicht trocknen und aufbewahren. Isak nannte seinen Schnaps nicht wie sonst üblich Hirkum Pirkum, sondern Mittsommerbranntwein. Die Blüten pflückte er bei Wedins, so wie er es immer getan hatte. An den sonnenverbrannten Hängen, wo die kostbaren und empfindlichen Traber einst geweidet hatten, gediehen sie am besten.

Wenn die getüpfelten Knospen ausschlugen, pflückte er sie. Jede Blüte mußte vom Stengel abgeschnitten werden, damit sie nicht zerdrückt wurde und ihren Saft verlor, und er brauchte einen ganzen Vormittag, um ein Litermaß zu füllen. Die Blüten färbten den Schnaps rot und dunkelten selbst zu Blutbraun. Die rote Farbe ging in den Schnaps über, vertiefte sich jedoch mit der Zeit. Sein Geschmack war anfangs streng, er war sogar bitter. Doch nach der Bitterkeit kam die Reife. Man schmeckte die Weichheit und Wärme des Kornbranntweins.

Isak sagte selbst über seinen Mittsommerbranntwein, daß man über dessen medizinische Wirkungen und Vorteile in jeglicher Hinsicht viele Worte machen könne. Das Beste aber sei doch der Rausch, den er spende.

Es sei ein leichter Rausch, sagte er, aber trotzdem reinigend und durchgreifend. Habe man sich vorher zu fast allem bemüßigt gefühlt, was man sich vorgenommen habe, so hebe einen der Mittsommerbranntwein aus diesem Tal von Zwang und Überdruß heraus. Weiter behauptete er, man trage diese Freiheit länger in sich, als der Rausch anhalte, und darin unterscheide sich der Mittsommerbranntwein von anderen Schnäpsen.

Das ganze Jahr über hatte Noréns Villa leer gestanden, dann zog Sture Nolby mit seiner Frau dort ein. Helga ging mit Rolf, der von Wasserlache zu Wasserlache hüpfte, daran vorbei, betrachtete die Fenster und fand es unfaßbar, nahezu schwindelerregend. Immerhin meine Schwester. Doch Norén war wohl nichts anderes übriggeblieben, das Haus ließ sich nicht verkaufen. Den Laden mieteten Strömgrens Tochter und ihr Mann, jedoch nur so lange, wie er Arbeit im Wald hatte. Was danach kam, wußte man nicht. Strömgrens Schwiegersohn konnte vielleicht Arbeit in der Schweinefabrik bekommen, es konnte aber auch sein, daß man den Betrieb dort einschränken mußte. Es ging das Gerücht, daß er sich nicht mehr lohne; es gab nicht viel, was sich in einem Dorf wie diesem lohnte.

Dieser kleine Tupfen auf Erden. Sie hatten in der Schule gelernt, den Zeigefinger auf die Mündung des großen Flusses zu setzen, diesem dann ein Stück aufwärts zu folgen, dann genau in einem Spalt zwischen Fluß und Meer auf den Ort an der Bahnstation zu zeigen, dann ein ausreichendes Stück für den Wald abzumessen, und schließlich war man da. Das Dorf stand auf keinen anderen als den Generalstabskarten.

Wäre man ein Adler oder ein Pilot oder ein Heiliger Geist, hätte man die Landschaft von oben sehen können, bis zu den Fjälls Meile um Meile haarig vor Wald, und dann Wald, Wald und nochmals Wald, bis auf der anderen Seite das Meer begann. Vom Dorf aus erschien der Wald wie dichte Kränze aus Höhenrücken: der erste dunkelgrün, der nächste olivfarben und der letzte entfernt blau. Wenn bei Fricks in der Tenne ein geschlachtetes Stierkalb hing, dann lag dessen Kopf träumend im Waschhaus, und der Blick war so sanft dunstblau wie der letzte Kranz der Höhenrücken. So mancher war wohl mit träumend auf die Höhenrücken gerichtetem Stierkalbblick hier umhergegangen. Hatte man sich jedoch zu dem Versuch entschlossen, hier zu leben, dann glotzte man nicht zum Himmel hinauf.

Für gewöhnlich war es das gewöhnliche Dorf. Ein Oktobertag: Ejnar Strömgren holte entlang der Lehden Draht ein. Er ging stapfend und stiefelte im ersten Hartgefrorenen dahin. Anna Frick hatte eine Schlachtbank auf den Vorplatz hinausgetragen und scheuerte sie. Die Scheuerbürste zischte, aus dem Schweinestall, wo der Spengler zugange war, klimperten Hammerschläge.

Manchmal war es ungewöhnlich still und konnte es so lange sein, daß sie nicht mehr wußten, ob es ungewöhnlich war. Helga am Küchentisch mit der umgedrehten Tasse, um aus dem Kaffeesatz zu lesen. Vera und Ejnar kerzengerade in der Kammer vor einem hohen, hellbraunen Fernseher. Bror Frick im steifen, sauberen Hemd auf der Bank unterhalb der Vortreppe gleich bei der Wassertonne neben dem Regenrohr, das zu tropfen aufgehört hatte.

Hier blendete das Licht nie. Hier waren die Tage wie Dunst. Sie waren der Niederschlag auf einem Glas, an das man den Mund setzt. Regen, der kam und ging.

PIPER ORIGINAL

Kerstin Ekman

Die Totenglocke

Roman. Aus dem Schwedischen von Hedwig M. Binder.
249 Seiten. Klappenbroschur.

Blutrot stehen die Espen und Ahornbäume gegen den kaltblauen Herbsthimmel. Morgen würde die Jagd beginnen. Und das große Abendessen bei Mard gehört ebenso dazu wie die alten Geschichten und der Whiskey-Soda. In diesem Jahr allerdings müssen sie noch den verspäteten Klas Bodin vom Zug abholen. Die angeheiterte Jagdgesellschaft nimmt in ihrem kleinen Bus die Route durch den Wald – und überfährt auf der schmalen Fahrspur versehentlich eine junge Frau auf ihrem Fahrrad. Die Männer versuchen das Geschehen zu vertuschen, aber leider gibt es einen Mitwisser: Klas Bodin, der ihnen entgegen gegangen ist und alles mitangesehen hat. Doch auf der Jagd bietet sich mehr als nur eine Gelegenheit, sich seiner zu entledigen ...
Kerstin Ekman läßt ihr klassisches Kriminalstück in der nebelverhangenen, moorigen schwedischen Landschaft spielen. Mit ihrer knappen, lakonischen Sprache und einem scharfen Blick fürs Detail entwickelt sie höchste Spannung und große Suggestivkraft.

04/1007/01/R

SERIE PIPER

Kerstin Ekman

Am schwarzen Wasser

Roman. Aus dem Schwedischen von Hedwig M. Binder. 462 Seiten. Serie Piper

Mutig faßt die junge Hebamme Hillevi Klarin den Entschluß, ihrem heimlichen Verlobten Edvard nach Nordschweden zu folgen, wo er eine Pfarrstelle in einer kleinen Gemeinde antreten soll. In der kargen Landschaft der schwarzen Seen und dunklen Wälder scheint die Zeit stehengeblieben zu sein: Die alten Mythen und der Aberglaube der Menschen sind noch lebendig. Aber wird Edvard sie überhaupt zur Frau nehmen, wie Hillevi es sich erträumt? Eine spannungsreiche Erzählung von Schuld und Vergebung und vom Kampf zwischen Vernunft und Leidenschaft.

05/1376/01/L

Kerstin Ekman

Springquelle

Roman. Aus dem Schwedischen von Hedwig M. Binder. 406 Seiten. Serie Piper

Mühsam hält sich Tora, ein ehemaliges Dienstmädchen, mit dem Verkauf von Brot und selbstgemachten Bonbons über Wasser. Eines Tages möchte sie ihr eigenes Café eröffnen, und schon bald scheint die lang ersehnte Unabhängigkeit zum Greifen nah. Doch die Krisenzeiten des Ersten Weltkriegs machen auch vor Schweden nicht Halt … Humorvoll und eindringlich erzählt Kerstin Ekman vom mutigen und selbstbewußten Kampf unbeugsamer Frauengestalten in den ersten Jahrzehnten des vergangenen Jahrhunderts.

»Witzig und wortreich, präzise und detailliert beschreibt Kerstin Ekman den Alltag ihrer Protagonistinnen.«
die tageszeitung

05/1377/01/R

Karin Fossum

Stumme Schreie

Roman. Aus dem Norwegischen von Gabriele Haefs. 318 Seiten. Serie Piper

In dem abgelegenen Flecken Elvestad sieht sich der wortkarge und sensible Kommissar Konrad Sejer mit dem Fall einer grausam zugerichteten Frauenleiche konfrontiert. Niemand kennt die Fremde. Sejers Ermittlungen führen in eine geschlossene Gemeinschaft, die von guten Absichten und zerstörerischem Haß geprägt ist. In meisterhafter Sprache erzählt Karin Fossum vom Mord an der schönen Inderin Poona. Ein poetischer und fesselnder Roman, der zum Besten gehört, was die norwegische Kriminalliteratur zu bieten hat.

»Die Geschichte ist intelligent konstruiert, ohne Klischees, ruhig erzählt und dennoch höchst spannend.«

Norddeutscher Rundfunk

05/1011/01/L

Karin Fossum

Fremde Blicke

Roman. Aus dem Norwegischen von Gabriele Haefs. 352 Seiten. Serie Piper

Still und schwarz liegt der Schlangenweiher, eingebettet in die Hügel der grünen Fjordlandschaft, als Hauptkommissar Konrad Sejer am Ufer die junge Annie Holland findet. Sie ist ermordet worden, und niemand in dem kleinen norwegischen Dorf kann sich erklären, weshalb. Denn Annie galt als liebenswert und äußerst hilfsbereit. Doch als der wortkarge Konrad Sejer mit Beharrlichkeit und feinem Ohr für die Mißtöne in der Dorfgemeinschaft Annies letzte Wochen rekonstruiert, stellt sich heraus, daß sie sich in dieser Zeit sehr verändert hatte – sie war plötzlich tieftraurig, wankelmütig und launisch geworden. Und dann stößt Sejer auf einen zweiten tragischen Todesfall in der Gemeinde, der erst wenige Monate zurückliegt …

05/1009/01/R

SERIE PIPER

Carlo Lucarelli

Der rote Sonntag

Ein Fall für Commissario De Luca. Aus dem Italienischen von Monika Lustig. 208 Seiten. Serie Piper

Commissario De Luca schlägt den Mantelkragen hoch. Ein kühler Wind weht durch das regennasse Bologna. Es ist der April des Jahres 1948. Nervosität und die lähmende Spannung der ersten demokratischen Wahlen liegen über der Stadt, als De Luca sich auf den Weg macht in die Via delle Oche. Dort soll sich der kommunistische Bordellhandlanger Ermes Ricciotti erhängt haben. Die Indizien am Tatort sprechen eine andere Sprache, doch von oberster Stelle werden De Lucas Ermittlungen im Keim erstickt. Bis er der »Tripolina«, der verschlossenen, dunkelhaarigen Bordellbesitzerin, näherkommt. Mit seinem eigenen festen Moralkodex bewegt sich Commissario De Luca in diesem Netz aus Lügen, Betrug und politischer Machtgier. Lakonie, der scharfe Blick fürs Milieu und bestechend vielschichtige Charaktere zeichnen die Romane von Carlo Lucarelli aus – und die ganz besondere Atmosphäre ihrer Zeit.

05/1359/01/L

Carlo Lucarelli

Der trübe Sommer

Ein Fall für Commissario De Luca. Aus dem Italienischen von Barbara Krohn. 147 Seiten. Serie Piper

Es ist der Sommer des Jahres 1945, und Commissario De Luca ist inkognito unterwegs nach Rom. In einem kleinen Dorf in der Emilia Romagna macht er eine schauerliche Entdeckung – sämtliche Mitglieder der Familie Guerras liegen erschlagen auf ihrem Grundstück. Weshalb mußten sie sterben? War es ein politischer Mord? Die Lösung des Falles wird für De Luca zu einer gefährlichen Gratwanderung, denn auch er hat ein dunkles Geheimnis.

»Mit großer Kunstfertigkeit öffnet Lucarelli in diesem kleinen und ungemein spannenden Krimi den großen Resonanzraum von Schuld und moralischer Verstrickung.«
Abendzeitung

05/1352/01/R

Sara Paretsky

Die verschwundene Frau

Ein Vic Warshawski Roman. Aus dem Amerikanischen von Sonja Hauser. 446 Seiten. Serie Piper

Warum mußte die Einwanderin Nicola Aguinaldo auf so gewaltsame Weise sterben? Weshalb verschwindet ihre Leiche, bevor ein ausführlicher Obduktionsbericht erstellt werden konnte? Und aus welchen Gründen will die Chicagoer Polizei ausgerechnet Vic Warshawski die Schuld an dem Tod der jungen Frau in die Schuhe schieben? Beim Lösen ihres neuen Falls ist die charmante und scharfsinnige Privatdetektivin vor besondere Schwierigkeiten gestellt, denn ganz offensichtlich wollen einflußreiche Kreise ihre Nachforschungen unterbinden.

»Paretsky ist eine Ausnahme unter den amerikanischen Kriminalschriftstellern, weil sie gesellschaftliche Ungerechtigkeit leidenschaftlich verurteilt.«

Donna Leon, Welt am Sonntag

05/1406/01/L

Sara Paretsky

Ihr wahrer Name

Ein Vic Warshawski Roman. Aus dem Amerikanischen von Sonja Hauser. 493 Seiten. Serie Piper

Lotty Herschel ist nicht nur Vic Warshawskis älteste Freundin, sondern auch angesehene Ärztin. Doch als Lotty im Fernsehen den Namen Paul Radbuka hört, verliert sie die Fassung: In einem aufwühlenden Interview behauptet Radbuka, das Geheimnis seiner Herkunft gelüftet zu haben und tragisches Opfer des Holocaust zu sein. Unter dem Druck der Ereignisse gesteht Lotty ihrer Freundin Vic, sie habe nach dem Krieg für kurze Zeit den Namen Radbuka annehmen müssen, um ihre wahre Identität zu verschleiern. Was hatte Lotty damals zu verbergen? Und wer ist Radbuka wirklich? Hat er sich etwa eine fremde Vergangenheit zueigen gemacht? Vic folgt den Spuren einer Geschichte, die Lotty seit über fünfzig Jahren zu verdrängen sucht.

»Vic Warshawski ist die einzige Privatdetektivin von Weltformat.«

Donna Leon

05/1404/01/R

Jodi Picoult

Auf den zweiten Blick

Roman. Aus dem Amerikanischen von Christoph Göhler. 448 Seiten. Serie Piper

Morgengrauen, ein Friedhof in Los Angeles: Der Gärtner findet eine offenbar verwirrte Frau, die aus einer Kopfwunde blutet und nicht weiß, wer sie ist. Entsetzt läuft er davon. Einen Tag lang irrt die Frau umher, bis sie von dem Polizisten Will aufgelesen wird. Will meldet den Fall seiner Behörde und der Presse, bis endlich der Mann erscheint, der das Rätsel um die Identität der Frau löst: Alex Rivers, der berühmte Schauspieler. Er identifiziert sie als seine schwangere Frau. Aber Cassie ist befremdet, dieser Mann macht ihr Angst. Als Alex voller Zärtlichkeit eine Eheidylle vor ihr ausbreitet, kehren langsam ihre Erinnerungen an die grauenvolle Wahrheit über ihre Beziehung zurück, und sie versteht, warum sie ins Vergessen geflohen ist … Der fesselnde Roman einer schmerzvollen Reise in die Vergangenheit.

05/1360/01/L

Jodi Picoult

Die einzige Wahrheit

Roman. Aus dem Amerikanischen von Ulrike Wasel und Klaus Timmermann. 464 Seiten. Serie Piper

Die kleine Amish-Gemeinde mitten in der idyllischen Landschaft von Lancaster County wird von einem schrecklichen Fund erschüttert. In einer Scheune liegt ein totes Neugeborenes. Alles deutet darauf hin, daß die unverheiratete Katie die Mutter des Kindes ist. Als sie unter Mordverdacht gestellt wird, ist das junge Mädchen völlig verzweifelt. Sie hatte doch nur zu Gott gebetet, sie von diesem hilflosen Bündel zu befreien. Ellie, eine entfernte Verwandte und Staranwältin, übernimmt die Verteidigung. Auch sie steht an einem Wendepunkt ihres Lebens. Ein meisterhaft psychologischer Thriller um Treue, Verrat und die Freundschaft zweier ungewöhnlicher Frauen.

05/1363/01/R

SERIE PIPER

Elfie Donnelly

Kein einziges Wort

Roman. 187 Seiten. Serie Piper

Stella Norden, die attraktive Wiener Bestattungsunternehmerin aus der norddeutschen Provinz, widmet sich nach dem Unfalltod von Mann und Sohn ganz ihrem Beruf – und dem Tango. Diese Leidenschaft verbindet die scheue Schöne mit dem rundlichen Kommissar Strecker, zweimal in der Woche. Als der Tanz zum Tango mortale wird und aus der Gruppe die lebenslustige und immer flirtende Dorothea Griester tot aufgefunden wird, beginnt für Stella ein Wettlauf gegen die Zeit, denn nur sie glaubt, daß es kein Unfall war ... Ein packender Krimi über die Frage: Beendet der Tod die Schuld?

05/1339/01/L

Fran Dorf

Der lange Schlaf

Roman. Aus dem Amerikanischen von Leon Mengden. 479 Seiten. Serie Piper

Nach zwanzig Jahren erwacht Lana aus einer katatonischen Trance, einem totenähnlichen Zustand. Sie hat keine Erinnerung mehr an jenen tragischen Tag des Woodstock-Festivals, als sie von einem siebzig Meter hohen Felsvorsprung stürzte. Sie ahnt auch nichts von dem Sensationsprozeß, in dem ihr Jugendfreund Ethan wegen versuchten Mordes an ihr verurteilt wurde. Während die völlig überraschten Ärzte noch über das vermeintliche Wunder ihrer Genesung rätseln, gelingt dem Mann, der sie vielleicht umbringen wollte, die Flucht aus dem Gefängnis. Immer näher kommt er ihr, und wo er auftritt, sät er Gewalt. Aber will er wirklich vollenden, was er vor zwei Jahrzehnten begonnen hat? Fran Dorfs Roman handelt von der vernichtenden Kraft der Leidenschaft und zieht den Leser durch seinen raffinierten und dramatischen Aufbau bis zur letzten Seite in seinen Bann.

05/1361/01/R

SERIE PIPER

Rupert Thomson

Im weißen Zimmer

Roman. Aus dem Englischen von Karen Lauer. 299 Seiten. Serie Piper

Er ist attraktiv, erfolgreicher Tänzer, hat eine charmante Freundin und fühlt sich wohl in Amsterdam. Bis er eines Abends für Brigitte noch ein paar Zigaretten holen soll. Plötzlich wird er von drei maskierten Frauen überfallen. Er erwacht angekettet in einem weißen Raum, ausgeliefert dem Begehren der drei Frauen. Für eine endlose Zeit, wie es ihm scheint. Als er wieder freikommt, macht er sich auf die Spur seiner Peinigerinnen.

»Der einzige Grund, dieses Buch aus der Hand zu legen, wäre, das Ende der Lektüre hinauszögern zu wollen … So subtil, so brillant, daß man unwillkürlich in Applaus ausbrechen möchte.«
The Independent

05/1408/01/L

Thomas Perry

Sicher ist nur der Tod

Roman. Aus dem Amerikanischen von Elke Link. 403 Seiten. Serie Piper

Zwölf Millionen Dollar stehen auf dem Spiel. Denn genau diese Versicherungssumme soll Ellen Snyder an ihren angeblichen Kunden ausbezahlt haben. Nun fehlt von ihm und Snyder jede Spur. Ihr ehemaliger Geliebter John Walker und der Ex-Polizist Max Stillman sollen sie ausfindig machen – die heiße Spur führt sie in ein Dorf, in dem sie die Drahtzieher vermuten. Doch was sie dort entdekken, übersteigt jede Vorstellungskraft: eine ganze Gemeinde, die dem Verbrechen verfallen scheint, und sie geraten in den Strudel einer gigantischen Verschwörung.

»Ein rasanter Kriminalroman mit einem außergewöhnlichen, fast komischen Ermittlerduo.«
Buchkultur, Krimi 2002

05/1416/01/R

Anne Holt

Das achte Gebot

Roman. Aus dem Norwegischen von Gabriele Haefs. 444 Seiten. Serie Piper

Ståle Salvesen hat Selbstmord begangen, dafür gibt es Zeugen. Salvesen galt jedoch als Hauptverdächtiger in einem abscheulichen Mordfall, und nun steht die Osloer Hauptkommissarin Hanne Wilhelmsen mit ihren Ermittlungen wieder ganz am Anfang. Dann gibt es ein zweites Opfer: Ein bekannter Wirtschaftsjournalist wird erschlagen aufgefunden, und zwar ausgerechnet in Salvesens Keller …

»Anne Holts neuer Fall ist dunkel, schön und melancholisch.«

Die Welt

05/1053/01/L

Anne Holt

Blinde Göttin

Roman. Aus dem Norwegischen von Gabriele Haefs. 320 Seiten. Serie Piper

Karen Borg, eine Osloer Wirtschaftsanwältin, findet einen grausam zugerichteten Toten. Mit der Aufklärung des Falls werden die Polizeikommissarin Hanne Wilhelmsen und Håkon Sand beauftragt, Jurist im Polizeidienst und seit der gemeinsamen Studienzeit unsterblich in Karen verliebt. Schon bald stellt sich heraus, daß hinter dem brutalen Mord eine Drogenmafia steckt, deren Verzweigungen bis in die höchsten gesellschaftlichen Kreise reichen … Der erste Kriminalfall der bekannten und beliebten Osloer Kriminalkommissarin Hanne Wilhelmsen.

»Wenn man fragt, ob es ein weibliches Pendant zu Henning Mankell gibt und wie ihr Name lautet, ist für mich die Antwort klar: Anne Holt.«

Gert Scrobel, Westdeutscher Rundfunk

05/1054/01/R

SERIE PIPER